苏 童 著

茅盾文学奖获奖者散文丛书

八百米故乡

江苏凤凰文艺出版社
JIANGSU PHOENIX LITERATURE AND
ART PUBLISHING, LTD

图书在版编目（CIP）数据

八百米故乡 / 苏童著. — 南京：江苏凤凰文艺出版社，2019.1

（茅盾文学奖获奖者散文丛书）

ISBN 978-7-5399-9495-6

Ⅰ. ①八… Ⅱ. ①苏… Ⅲ. ①散文集－中国－当代 Ⅳ. ①I267

中国版本图书馆 CIP 数据核字(2016)第 171356 号

书　　名	八百米故乡
著　　者	苏　童
责任编辑	蔡晓妮
责任校对	朱铁群　孟　璐
出版发行	江苏凤凰文艺出版社
出版社地址	南京市中央路 165 号，邮编：210009
出版社网址	http://www.jswenyi.com
印　　刷	江苏凤凰新华印务有限公司
开　　本	880×1230 毫米　1/32
印　　张	8.875
字　　数	220 千字
版　　次	2019 年 1 月第 1 版　2019 年 1 月第 1 次印刷
标准书号	ISBN　978-7-5399-9495-6
定　　价	39.00 元

目　录

第一辑　河流的秘密

第二辑　八百米故乡

第三辑　虚构的热情

第一辑　河流的秘密

城北的桥

苏州城自古有六城门之说，城市北端的齐门据说不在此范围之中，但我却是齐门人氏，准确地说我应该是苏州齐门外人氏。

我从小生长的那条街道在齐门吊桥以北，从吊桥上下来，沿着一条狭窄的房屋密集的街道朝北走，会走过我的家门口。再走下去一里地，城市突然消失，你会看见郊区的乡野景色，菜地、稻田、草垛、池塘和池塘里农民放养的鸭群，所以我从小生长的地方其实是城市的边缘。

即使是城市的边缘，齐门外的这条街道依然是十足的南方风味，多年来我体验这条街道也就体验到了南方，我回忆这条街道也就回忆了南方。

齐门的吊桥从前真的是一座可以悬吊的木桥，它曾经是古人用于战争防御的武器。请设想一下，假如围绕苏州城的所有吊桥在深夜一起悬吊起来，护城河就真正地把这个城市与外界隔绝开来，也就把所有生活在城门以外的苏州人隔绝开来了。所幸我没有生活在那个年代，事实上在我很小的时候齐门吊桥已经改建成一座中等规模的水泥大桥了。

但是齐门附近的居民多年来仍然习惯把护城河上的水泥桥叫做

吊桥。

从吊桥上下来，沿着一条碎石铺成的街道朝北走，你还会看见另外两座桥，首先看见的当然是南马路桥，再走下去就可以看见北马路桥了。关于两座桥的名称是我沿用了齐门外人们的普通说法，我不知道它们是否有更文雅更正规的名称，但我只想一如既往地谈论这两座桥。

两座桥都是南方常见的石拱桥，横卧于同一条河汊上，多年来它们像一对姐妹遥遥相望。它们确实像一对姐妹，都是单孔桥，桥孔下可容两船共渡，桥堍两侧都有伸向河水的石阶，河边人家常常在那些石阶上洗衣浣纱，桥堍下的石阶也是街上男孩们戏水玩耍的去处。站在那儿将头伸向桥孔内壁观望，可以发现一块石碑上刻着建桥的时间，我记得北马路桥下的石碑刻的是清代道光年间，南马路桥的历史也许与其相仿吧。它们本来就是一对形神相随的姐妹桥。

人站在南马路桥上遥望北马路桥却是困难的，因为你的视线恰恰被横卧两桥之间的另一座庞然大物所阻隔。那是一座钢灰色的直线形铁路桥，著名的京沪铁路穿越苏州城北端，穿越齐门外的这条街道和傍街而流的河汊，于是出现了这座铁路桥，于是我所描述的两座桥就被割开了。我想那应该是六十年以前的事了，也许修建铁路桥的是西方的洋人，也许那座直线形的钢铁大桥使人们感到陌生或崇拜，直到现在我们那条街上的人们仍然把那座铁路桥称做洋桥，或者就称铁路洋桥。

铁路洋桥横亘在齐门外的这条街道上，齐门外的人们几乎每天都从铁路洋桥下面来来往往，火车经常从你的头顶轰鸣而过，溅下水汽、煤屑和莫名其妙的瓜皮果壳。

被阻隔的两座石拱桥依然在河上遥遥相望，现在让我来继续描述这两座古老的桥吧。

南马路桥的西侧被称为下塘，下塘的居民房屋夹着一条更狭窄的小街，它与南马路桥形成丁字走向。下塘没有店铺，所以下塘的居民每天都要走过南马路桥，到桥这侧的街上买菜办货。下塘的居民习惯把桥这侧的街道称为街，似乎他家门口的街就不是街了。下塘的妇女在南马路桥相遇打招呼时，一个会说：街上有新鲜猪肉吗？另一个则会说：街上什么也没有了。

南马路桥的东侧也就是齐门外的这条街了，桥堍周围有一家糖果店、一家煤球店、一家肉店，还有一家老字号的药铺，有一个类似集市的蔬菜市场。每天早晨和黄昏，近郊的菜农挑来新摘的蔬菜沿街一字摆开，这种时候桥边很热闹，也往往造成道路堵塞，使一些急于行路的骑车人心情烦躁而怨言相加。假如你有心想听听苏州人怎么斗嘴吵架，桥边的集市是一个很好的地点。而且南马路桥附近的妇女相比北马路桥的妇女似乎刁蛮泼辣了许多，这个现象无从解释。在我的印象中，南马路桥那里是一个嘈杂的惹是生非的地方。

也许我家离北马路桥更近一些，我也就更喜欢这座北马路桥。我所就读的中学就在北马路桥斜对面不远的地方。每天都要从桥下走过，有时候去母亲的工厂吃午饭或者洗澡，就要背着书包爬过桥，数一数台阶，一共十一级，当然总是十一级。爬过桥就是那条洁净而短促的横街了，横街与北马路桥相向而行，与齐门外的大街却是垂着的或者说是横着的，所以它就叫横街。我不知道为什么从小就喜欢这条横街，或许是因为它街面洁净房屋整齐，或许因为我母亲每天都从这里走过去工厂上班，或许只是因为横街与齐门外的这条大街相反而成，它真的是一条横着的街。

北马路桥边是一家茶馆，两层的木楼，三面长窗中一面对着河水，一面对着桥，一面对着大街。记忆中茶馆里总是一片湿润的水汽和甘甜的芳香，茶客多为街上和附近郊区的老人，围坐在一张张破旧的长桌前，五六个人共喝一壶绿茶，谈天说地或者无言而坐，偶尔有人在里面唱一些弹词开篇，大概是几个评弹的票友。茶馆烧水用的是老虎灶，灶前堆满了砻糠。烧水的老女人是我母亲的熟人，我母亲告诉我她就是茶馆从前的老板娘，现在不是了，现在茶馆是公家的了。

北马路桥边的茶馆被许多人认为是南方典型的风景，曾经有几家电影厂在这里摄下这种风景，但是摄影师也许不知道桥边茶馆已经不复存在了，前年的一场大火把茶馆烧成一片废墟。那是炎夏七月之夜，齐门外的许多居民都在河的两岸目睹了这场大火，据说火因是老虎灶里的砻糠灰没有熄灭，而且渗到了灶外。人们赶来只能眼睁睁地看着大火烧掉桥边茶馆，当然，茶馆边的石桥却完好无损。

现在你从北马路桥上走下去，桥堍左侧的空地就是茶馆遗址，现在那里变成了一些商贩卖鱼卖水果的地方。

苏州城北是一个很小的地域，城北的齐门外的大街则是一个弹丸之地，但是我想告诉人们那里竟然有四座桥。按照齐门外人氏的说法，从南至北数去，它们依次为吊桥、南马路桥、铁路洋桥、北马路桥，冷静地想这些名字既普通又有点奇怪，是吗？

我之所以简略了对铁路洋桥的描述，是因为它在我童年的记忆中充满了血腥和死亡的气息。我在铁路洋桥看见过七八名死者的尸体，而在吊桥上，在南马路桥和北马路桥上，我从来没看见过死者。

自行车之歌

一条宽阔的缺乏风景的街道，除了偶尔经过的公共汽车、东风牌或解放牌卡车，小汽车非常罕见，繁忙的交通主要体现在自行车的两个轮子上。许多自行车轮子上的镀光已经剥落，露出锈迹，许多穿着灰色、蓝色和军绿色服装的人骑着自行车在街道两侧川流不息，这是一部西方电影对七十年代北京的描述——多么笨拙却又准确的描述。所有人都知道，看到自行车的海洋就看到了中国。

电影镜头遗漏的细部描写现在由我来补充。那些自行车大多是黑色的，车型为二十六寸或者二十四寸，后者通常被称为女车，但女车其实也很男性化，造型与男车同样地显得憨厚而坚固。偶尔地会出现几辆红色和蓝色的跑车，它们的刹车线不是裸露垂直的钢丝，而是一种被化纤材料修饰过的交叉线，在自行车龙头前形成时髦的标志——就像如今中央电视台的台标。彩色自行车的主人往往是一些不同寻常的年轻人，家中或许有钱，或许有权。这样的自行车经过某些年轻人的面前时，有时会遇到刻意的阻拦。拦车人用意不一，有的只是出于嫉妒，故意给你制造一点麻烦；有的年轻人则很离谱，他们胁迫主人下车，然后争先恐后地跨上去，借别人的车在街道上风光了一回。

我们现在要说的是普通的黑色的随处可见的自行车，它们主要由三个品牌组成：永久、凤凰和飞鸽。飞鸽是天津自行车厂的产品，在南方一带比较少见。我们那里的普通家庭所梦想的是一辆上海产的永久或者凤凰牌自行车，已经有一辆永久的人家毫不掩饰地告诉别人，还想搞一辆凤凰；已经有一辆男车的人家很贪心地找到在商场工作的亲戚，说，能不能再弄到一辆二十四寸的女车？然而在一个物质匮乏的时代，这样的要求就像你现在去向人家借钱炒股票，只能引起对方的反感。

有些刚刚得到自行车的愣头青在街上“飙”车，为的是炫耀他的车和车技。看到这些家伙风驰电掣般地掠过狭窄的街道，泼辣的妇女们会在后面骂：去充军啊！骑车的听不见，他们就像如今的赛车手在环形赛道上那样享受着高速的快乐。也有骑车骑得太慢的人，同样惹人侧目。我一直忘不了一个穿旧军装的骑车的中年男人，也许是因为过于爱惜他的新车，也许是车技不好，他骑车的姿势看上去很怪，歪着身子，头部几乎要趴在自行车龙头上，他大概想不到有好多人在看他骑车。不巧的是这个人总是在黄昏经过我们街道，孩子们都在街上无事生非，不知为什么那个人骑车的姿势引起了孩子们一致的反感，认为他骑车姿势像一只乌龟。有一天我们突然冲着他大叫起来：乌龟！乌龟！我记得他回过头向我们看了一眼，没有理睬我们。但是这样的态度并不能改变我们对这个骑车人莫名的厌恶。第二天我们等在街头，当他准时从我们的地盘经过时，昨天的声音更响亮更整齐地追逐着他：乌龟，乌龟！那个无辜的人终于愤怒了，我记得他跳下了车，双目怒睁向我们跑来，大家纷纷向自己家逃散。我当然也是逃，但我跑进自家大门时向他望了一眼，正好看见他突然站住，他也在回头张望，很明显他对倚在墙边的自行车放心不下。我忘不了他站在街中央时的犹豫，最后他转过身跑向他的自行车。这个可怜的男人，为了保卫自行车，他承受了一群孩子无端的污辱。

我父亲的那辆自行车是六十年代出产的永久牌。从我记事到八十年代离家求学，我父亲一直骑着它早出晚归。星期天的早晨我总是能看见父亲在院子里用纱线擦拭他的自行车。现在我是以感恩的心情想起了那辆自行车，因为它曾经维系着我的生命。童年多病，许多早晨和黄昏我坐在父亲的自行车上来往于去医院的路上。曾经有一次我父亲用自行车带着我骑了二十里路，去乡村寻找一个握有家传秘方的赤脚医生。我难以忘记这二十里路，大约十里是苏州城内的那种石子路、青石板路（那时候的水泥沥青路段只是在交通要道装扮市容），另外十里路就是乡村地带海浪般起伏的泥路了。我像一只小舢板一样在父亲身后颠簸，而我父亲就像一个熟悉水情的水手，他尽量让自行车的航行保持通畅。就像自信自己的车技一样，他对我坐车的能力表示了充分的信任，他说：没事，没事，你坐稳些，我们马上就到啦！

多少中国人对父亲的自行车怀有异样的亲情。多少孩子在星期天骑上父亲的自行车偷偷地出了门，去干什么？不干什么，就是去骑车！我记得我第一次骑车在苏州城漫游的经历。我去了市中心的小广场，小广场四周有三家电影院，一家商场。我在三家电影院的橱窗前看海报，同一部样板戏，画的都是女英雄柯湘，但有的柯湘是圆脸，有的柯湘却画成了个马脸，这让我很快对电影海报的制作水平作出了判断。然后我进商场去转了一圈，空荡荡的货架没有引起我的任何兴趣。等我从商场出来，突然感到十分恐慌，巨大的恐慌感恰好就是自行车给我带来的：我发现广场空地上早已成为一片自行车的海洋，起码有几千辆自行车摆放在一起，黑压压的一片，每辆自行车看上去都像我们家的那一辆。我记住了它摆放的位置，但车辆管理员总是在擅自搬动你的车，我拿着钥匙在自行车堆里走过来走过去，头脑中一片晕眩，我在惊慌中感受了当时中国自行车业的切肤之痛：设计雷同，不仅车的色泽和款式，甚至连车锁都是一模一样的！我找不到我的自行车了，我的钥匙能够捅进好多自行车的车锁眼里，但最后却不能把锁打开。车辆管理员在一边制止我盲目的行为，她一直在向我嚷嚷：是哪一辆，你看好了再开！可我恰恰失去了分辨能力，这不怪我，令人不可思议的事情总是发生在自行车上。我觉得许多半新不旧的"永久"自行车的坐垫和书包架上，都散发出我父亲和我自己身上的气息，怎能不让我感到迷惑？

自行车的故事总与找不到自行车有关，不怪车辆管理员们，只怪自行车太多了。相信许多与我遭遇相仿的孩子都在问他们的父母：自行车那么难买，为什么外面还有那么多的自行车？这个问题大概是容易解答的，只是答案与自行车无关。答案是：中国，人太多了。

到了七十年代末期，一种常州产的金狮牌自行车涌入了市场。人们评价说金狮自行车质量不如上海的永久和凤凰，但不管怎么说，新的自行车终于出现了。购买"金狮"还是需要购车券。打上"金狮一辆"记号的购车券同样也很难觅。我有个邻居，女儿的对象是自行车商场的，那份职业使所有的街坊邻居感兴趣，他们普遍羡慕那个姑娘的婚姻前景，并试探着打听未来女婿给未来岳父母带了什么礼物。那个将做岳父的也很坦率，当场从口袋里掏出一张盖着蓝印的纸券，说：没带什么，就是金狮一辆！

自行车高贵的岁月仍然在延续，不过应了一句革命格言：排除万难，去争取胜利。我们街上的许多人家后来品尝了自行车的胜利，至少拥有了一辆金狮，而我父亲在多年的公务员生涯中利用了一切能利用的关系，给我们家的院子推进了第三辆自行车——他不要"金狮"，主要是缘于对新产品天生的怀疑，他迷信"永久"和"凤凰"，情愿为此付出多倍的努力。

第三辆车是我父亲替我买的，那是一九八〇年我中学毕业的前夕，他们说你假如考不上大学，这车就给你上班用。但我考上了。我父母又说，车放在家里，等你大学毕业了，回家工作后再用。后来我大学毕业了，却没有回家乡工作。于是我父母脸上流露出一种失望的表情，说：那就只好把车托运到南京去了，反正还是给你用。

一个闷热的初秋下午，我从南京西站的货仓里找到了从苏州托运来的那辆自行车。车子的三角杠都用布条细致地包缠着，是为了避免装卸工的野蛮装卸弄坏了车子。我摸了一下轮胎，轮胎鼓鼓的，托运之前一定刚刚打了气，这么周到而细致的事情一定是我父母合作的结晶。我骑上我的第一辆自行车离开了车站的货仓，初秋的阳光洒在南京的马路上，仍然热辣辣的，我的心也是热的，因为我知道从这一天起，生活将有所改变，我有了自行车，就像听到了奔向新生活的发令枪，我必须出发了。

那辆自行车我用了五年，是一辆黑色的二十六寸的凤凰牌自行车，与我父亲的那辆"永久"何其相似。自行车国度的父母，总是为他们的孩子挑选一辆结实耐用的自行车，他们以为它会陪伴孩子们的大半个人生。但现实既令人感伤又使人欣喜，五年以后我的自行车被一个偷车人骑走了。我几乎是怀着一种卸却负担的轻松心情，跑到自行车商店里，挑选了一辆当时流行的十速跑车，是蓝色的，是我孩提时代无法想象的一辆漂亮的威风凛凛的自行车。

这世界变化快——包括我们的自行车，我们的人生。许多年以后我仍然喜欢骑着自行车出门，我仍然喜欢打量年轻人的如同时装般新颖美丽的自行车，有时你能从车流中发现一辆老"永久"或者老"凤凰"，就像一张老人的写满沧桑的脸，让你想起一些行将失传的自行车的故事。我曾经跟在这么一辆老"凤凰"后面骑了很长时间，车的主人是一个五十来岁的男人，他的身边是一个同样骑车的背书包的女孩，女孩骑的是一辆目前非常流行的捷安特，是橘红色的山地车，很明显那是父女俩。我也赶路，没有留心那父女俩一路上说了些什么，但我要告诉大家的是，两辆自行车在并驾齐驱的时候一定也在交谈，两辆自行车会说些什么呢？其实大家都能猜到，是一种非常简单的交流——

黑色的老“凤凰”说：你走慢一点，想想过去！

橘红色的“捷安特”却说：你走快一点，想想未来！

雨和瓦

二十年前的雨听起来与现在有所不同。雨点落在更早以前出产的青瓦上,室内的人便听见一种清脆的铃铛般的敲击声。毫不矫饰地说,青瓦上的雨声确实像音乐,只是隐身的乐手天生性情乖张喜怒无常,突然地它失去了耐心,雨声像鞭炮一样当空炸响。你怀疑如此狂暴的雨是否怀着满腔恶意,然后忽然地它又倦怠了,撒手不干了,于是我们只能听见郁积在屋檐上的雨水听凭惯性滴落在窗前门外,小心翼翼的,怀着一种负疚的感觉。这时候沉寂的街道开始苏醒,穿雨衣或打伞的人踩着雨的尾巴,走在回家的路上。有个什么声音在那里欢呼起来:雨停啦!回家啦!

智利诗人聂鲁达是个爱雨的人,他说:雨是一种敏感、恐怖的力量。他对雨的观察和总结让我感到惘然。是什么东西使雨敏感?又是什么东西使雨变得恐怖?我对这个无意义的问题充满了兴趣。请想象一场大雨将所有行人赶到了屋檐下,请想象人们来到室内,再大的雨点也不能淋湿你的衣服和文件,那么是什么替代我们去体会雨的敏感和恐怖呢。

二十年前我住在一座简陋的南方民居中，我不满意于房屋格局与材料的乏味，我对我家的房屋充满了一种不屑。但是有一年夏天我爬上河对面水泥厂的仓库屋顶，准备练习跳水的时候，我头一次注意到了我家屋顶上的那一片蓝黑色的小瓦，它们像鱼鳞那样整齐地排列着，显出一种出人意料的壮美。对于我来说那是一次奇特的记忆，奇特的还有那天的天气，一场暴雨突然来临，几个练习跳水的男孩干脆冒雨留在高高的仓库顶上，看着雨点急促地从天空中泻落，冲刷着对岸热腾腾的街道和房屋，冲刷着我们自己的身体。

那是我唯一一次在雨中看见我家的屋顶，暴雨落在青瓦上，溅出的不是水花，是一种灰白色的雾气。然后雨势变得小一些了，雾气就散了，那些瓦片露出了它简洁而流畅的线条。我注意到雨水与瓦的较量在一种高亢的节奏中进行，无法分辨谁是受伤害的一方。肉眼看见的现实是雨洗涤了瓦上的灰土，因为那些陈年的旧瓦突然焕发出崭新的神采，在接受了这场突如其来的雨水冲洗后，它们开始闪闪发亮，而屋檐上的瓦楞草也重新恢复了植物应有的绿色。我第一次仔细观察了雨水在屋顶上制作音乐的过程，并且有了一个新的发现：不是雨制造了音乐，是那些瓦对于雨水的反弹创造了音乐。

说起来是多么奇怪，我从此认为雨的声音就是瓦的声音，无疑这是一种非常唯心的认识，这种认识与自然知识已经失去了关联，只是与某个记忆有关。记忆赋予人的只是记忆。我记得我二十年前的家，除了上面说到的雨中的屋顶，还有我们家洞开的窗户，远远的，隔着茫茫的雨帘，我从窗内看见了母亲，她在家里，正伏在缝纫机上赶制我和我哥哥的衬衣。

现在我不记得那件衬衣的去向了，我母亲也早已去世多年。但是二十年前的一场暴雨使我对雨水情有独钟。假如有铺满青瓦的屋顶，我不认为雨是恐怖的事物；假如你母亲曾经在雨声中为你缝制新衬衣，我不认为你会有一颗孤独的心。

这就是我对于雨的认识。

这也是我对于瓦的认识。

河流的秘密

对于居住在河边的人们来说，河流是一个秘密。

河床每天感受着河水的重量，可它是被水覆盖的，河床一直蒙受着水的恩惠，它怎么能泄露河流的秘密？河里的鱼知道河水的质量，鱼的体质依赖于河流的水质，可是你知道鱼儿是多么忍辱负重的生灵，更何况鱼类生性沉默寡言，而且孤僻，它情愿吐出无用的水泡，却一直拒绝与河边的人们交谈。

河流的秘密始终是一个秘密。“亲爱的，我永远也不会对你讲/河水为什么这么缓慢地流淌。”这是西班牙诗人加西亚·洛尔迦的诗句。这是一个热爱河流的诗人卖关子的说法，其实谁又能知道河水流得如此缓慢，是出于疲惫还是出于焦虑，是顺从的姿态还是反抗的预兆，是因为河水昏昏欲睡还是因为河水运筹帷幄？

岸是河流的桎梏。岸对河流的霸权使它不屑于了解或洞悉河流的内心，岸对农田、运输码头、餐厅、房地产业、散步者表示了亲近和友好，对河流却铁面无情。很明显这是河与岸的核心关系。岸以为它是河流的管辖者和统治者，但河流并不这么想。居住在河边的人们都发现河流的内心是很复杂的，即使是清澈如镜的水，也有一个深不可测的大脑器官。河流的力量难以估计，它在夏季与秋季会适时地爆发一场革命，湮没傲慢的不可一世的河岸。这时候河与岸的关系发生了倒置，由于这种倒置关系，一切都乱套了。居住在河边的人们人心惶惶，他们使用一切可能使用的建筑材料来抵挡河水的登门造访。不怪他们慌张失态，他们习惯了做水的客人，从来没有欢迎河水来登堂做客的准备。河边的居民们在夏季带着仓皇之色谈论着水患，说洪水在一夜大雨之后夺门而入，哪些人家的家具已经浮在水中了，哪些街道上的汽车像船一样，在水中抛锚了。他们埋怨洪水破坏了他们的生活，他们没有意识到与水共眠或许该是他们正常生活的一部分。河水与人的关系被人确立，河水并没有发表意见，许多人便产生了种种误会。其实本着公平交易的原则，河流的行为是可以解释的，试想想，你如果经常去一个地方寻找欢乐，那么这地方的主人必将回访。回访是一种礼仪。水的性格和清贫决定了它所携带的礼物：水，仍然是水。

河流在洪水季节中获得了尊严，它每隔几年用漫溢流淌的姿势告诉人们，河流是不可轻侮的。然后洪水季节过去了。河边的居民们发现深秋的河流水位很高，雨水的大量注入使河水显示出新鲜和清澈的外貌，秋天的河流与岸边的树木做反向运动，树木在秋风中枯黄了，落叶了，而河流显得容光焕发、朝气蓬勃。如果你站在某座横跨河流的大桥上俯瞰秋天的流水，你会注意到水流的速度、水流的热情足以让你感到震撼：那是野马的奔腾；是走出囚室的思想者在旷野中的一次长篇演讲；那是河流对这个世界的一年一度的倾诉，它告诉河岸，水是自由的不可束缚的，你不可拦截不可筑坝，你必须让我奔腾而下。河流告诉岸上的人群：你们之中，没有人的信仰比水更坚定，没有人比水更幸运。河流的信仰是海洋，多么纯朴的信仰啊！海洋是可靠的，它广阔而深邃的怀抱是安全的，海洋接纳河流，不索香火金钱，不打造十字架，不许诺天堂，它说，你来吧。于是河流就去了。河流奔向大海的时候一路高唱水的国歌，是三个字的国歌，听上去响亮而虔诚：去海洋，去海洋！

谁能有柔软至极雄壮至极的文笔为河流谱写四季歌？我不能。你恐怕也不能。我一直喜欢阅读所有关于河流的诗文篇章，所有热爱河流关注河流的心灵都是湿润的，有时候那样的心灵像一盏渔灯，它无法照亮岸边黑暗的天空，但是那团光与水为友，让人敬重。谁能有锋利如篙的文笔直指河流的内心深处？我没有，恐怕你也没有，我说过河流的秘密不与人言说，赞美河流如何能消解河流与我们日益加剧的敌意和隔阂？一个热爱河流的人常常说他羡慕一条鱼，鱼属于河流，因此它能够来到河水深处，探访河流的心灵。可是谁能想到如今的鱼与河流的亲情日益淡薄，新闻媒体纷纷报道说河流中鱼类在急剧减少，所有水与鱼的事件都归结为污染，可污染两个字怎么能说出河流深处发生的革命，谁知道是鱼类背叛了河流，还是河流把鱼类逐出了家门？

现在我突然想起了童年时代居所的后窗。后窗面向河流——请容许我用河流这么庄重的词汇来命名南方多见的一条瘦小的河，这样的河往往处于城市外围或者边缘。有一个被地方志规定的名字却不为人熟悉，人们对于它的描述因袭了粗犷的不拘小节的传统：河，河边，河对岸。这样的河流终日梦想着与长江、黄河的相见，却因为路途遥远交通不便而抱恨终生，因此它看上去不仅瘦小而且忧郁。这样的河流经年累月地被治理，负担着过多的衔接城乡水运、水利疏导这样的指令性任务，河岸上堆积了人们快速生产发展的房屋、工厂、码头、垃圾站，这一切使河流有一种牢骚满腹自暴自弃的表情，当然这绝不是一种美好的表情——让我难忘的就是这种奇特的河水的表情。

从记事起，我从后窗看见的就是一条压抑的河流，一条被玷污了的河流，一条患了思乡病的河流。一个孩子如何判断一条河是否快乐并不难，他听它的声音，看它的流水，但是我从未听见河水奔流的波涛声，河水大多时候是静默的。只有在装运货物的驳船停泊在岸边时，它才发出轻微的类似呓语的喃喃之声。即使是孩子，也能轻易地判断那不是快乐的声音，那不是一条河在欢迎一条船，恰好相反，在孩子的猜测中，河水在说，快点走开，快点走开！在孩子的目光中，河水的流动比他对学习的态度更加懒惰更加消极，它怀有敌意，它在拒绝作为一条河的责任和道义。看一眼春天肮脏的河面你就知道了，河水对乱七八糟的漂浮物持有一种多么顽劣的坏孩子的态度：油污、蔬菜、塑料、死猫、避孕套，你们愿意在哪儿就在哪儿，我不管！孩子发现每天清晨石埠前都有漂浮的垃圾，河水没有把旧的垃圾送到下游去，却把新的垃圾推向河边的居民，河水在说，是你们的东西，还给你们，我不管！在我的记忆中河流的秘密曾经是不合道德的秘密。我记得在夏季河水相对洁净的季节里，我曾经和所有河边居民一样在河里洗澡、游泳，至今我还记得第一次在水底下睁开眼睛的情境，我看见了河水的内部，看见的是一片模糊的天空一样的大水，就像天空一样，与你仰望天空不同的是，水会冲击你的眼睛，让你的眼睛有一种刺痛的感觉。这是河流的立场之一，它偏爱鱼类的眼睛，却憎恨人的眼睛——人们喜欢说眼睛是心灵的窗户，河流憎恨的也许恰好是这扇窗户。

我很抱歉描述了这么一条河流来探索河流的心灵。事实上河流的心灵永远比你所能描述的丰富得多，深沉得多，就像我母亲所描述的同一条河流，也就是我们家后窗能看见的河流。那是一个多么神奇的故事：有一年冬天河水结了冰，我母亲急于赶到河对岸的工厂去，她赶时间，就冒失地把冰河当了渡桥。我母亲说她在冰上走了没几步就后悔了，冰层很脆很薄，她听见脚下发出的危险的碎冰声，她畏缩了，可是退回去更危险，于是我母亲一边祈求着河水一边向河对岸走。你猜怎么着，她顺利地过了河！对于我来说这是天方夜谭的故事，我不相信这个故事。我问我母亲她当时是怎么祈求河水的，她笑着说，能怎么祈求？我求河水，让我过去，让我过去，河水就让我过去了！

如果你在冬天来到南方，见到过南方冬天的河流，你会相信我母亲的故事吗？你也会像我一样，对此心怀疑窦。但是关于河流的故事也许偏偏与人的自以为是在较量，这个故事完全有可能是真实的，请想一想，对于同一条河流，我母亲作了多么神奇多么瑰丽的描述！

河水的心灵漂浮在水中，无论你编织出什么样的网，也无法打捞河水的心灵，这是关于河水最大的秘密。多少年来我一直难以忘记我老家一带流传的关于水鬼的故事，我一直相信那些湿漉漉的浑身发亮的水鬼掌握了河水的秘密，原因简单极了，那些溺死的不幸者最终与河水交换了灵魂。他们看见了河水的心灵，这就是水鬼们可以自由出入于水中不会再次被溺的原因，他们拿到了一把钥匙，这把钥匙能够打开河流的秘密之门。

可是在传说之外我们从来没有与水鬼们邂逅相遇过，不管是在深夜的河岸边，还是在沿河航行的船上。水鬼如果是人类的使者，那他们一定背叛了人类，忠实于水了，他们不再上岸是为了保持河流的秘密。水鬼已经被水同化，如今他们一定潜伏在河流深处，高昂着绿色的不屈的头颅，为他们的祖国发出了最后的呐喊：岸上的人们啊，你们去征服月球，去征服太空吧，但是请记住，水是不可征服的！

三棵树

很多年以前我喜欢在京沪铁路的路基下游荡，一列列火车准时在我的视线里出现，然后绝情地抛下我，向北方疾驰而去。午后一点钟左右，从上海开往三棵树的列车来了，我看着车窗下方的那块白色的旅程标志牌：上海——三棵树，我看着车窗里那些陌生的处于高速运行中的乘客，心中充满嫉妒和忧伤。然后去三棵树的火车消失在铁道的尽头。我开始想象三棵树的景色：是北方的一个小火车站，火车站前面有许多南方罕见的牲口，黑驴、白马、枣红色的大骡子，有一些围着白羊肚毛巾、脸色黝黑的北方农民蹲在地上，或坐在马车上，还有就是树了，三棵树，是挺立在原野上的三棵树。

三棵树很高很挺拔，我想象过树的绿色冠盖和褐色树干，却没有确定树的名字，所以我不知道三棵树是什么树。

树令我怅惘。我一生都在重复这种令人怅惘的生活方式：与树擦肩而过。我没有树。西双版纳的孩子有热带雨林，大兴安岭的伐木者的后代有红松和白桦，乡村里的少年有乌桕和紫槐，我没有树。我从小到大在一条狭窄局促的街道上走来走去，从来没有爬树掏鸟蛋的经历。我没有树，这怪不了城市，城市是有树的，梧桐或者杨柳一排排整齐地站在人行道两侧，可我偏偏是在一条没有人行道的小街上长大——也怪不了这条没有行道树的小街，小街上许多人家有树，一棵黄桷、两棵桑树静静地长在他的窗前院内，可我家偏偏没有院子，只有一个巴掌大的天井，巴掌大的天井仅供观天，不容一树，所以我没有树。

我种过树。我曾经移栽了一棵苦楝的树苗，是从附近的工厂里挖来的，我把它种在一只花盆里——不是我的错误，我知道树与花草不同，花入土，树入地，可我无法把树苗栽到地上——是我家地面的错误，天井、居室、后门石埠，不是水泥就是石板，它们欢迎我的鞋子、我的箱子、我的椅子，却拒绝接受一棵如此幼小的苦楝树苗。我只能把小树种在花盆里。那时我是一个小学生。我把一棵树带回了家。它在花盆里，但是我的树，因此成为我的牵挂，我把它安置在临河的石埠上。一棵五寸之树在我的身边成长，从春天到夏天，它没有长高，但却长出了一片片新的叶子，我知道它有多少叶子，没有一片叶子的成长能逃过我的眼睛。后来冬天来了，我感觉到树苗的不安一天天在加深，河边风大，它在风中颤索，就像一个哭泣的孩子。我以为它在向我请求着阳光和温暖，我把花盆移到了窗台上，那是我家在冬天唯一的阳光灿烂的地方。就像一次误杀亲子的戏剧性安排，紧接着我和我的树苗遭遇了一夜狂风。狂风大作的时候我在温暖的室内，在温暖的梦境中，可是我的树苗在窗台上，在凛冽的大风中，人们了解风对树的欺凌，却不会想到风是如何污辱我和我的树苗的——它把我的树从窗台上抱起来，砸在河边石埠上，然后又把树苗从花盆里拖出来，推向河水里，将一只破碎的花盆和一抔泥土留在岸上，留给我。

这是我对树的记忆之一。一个冬天的早晨，我站在河边向河水深处张望，依稀看见我的树在水中挣扎，挣扎了一会儿，我的树开始下沉，我依稀看见它在河底寻找泥土，摇曳着，颤索着，最后它安静了。我悲伤地意识到我的树到家了，我的树没有了。我的树一直找不到土地，风就冷酷地把我的树带到了水中，或许是我的树与众不同，它只能在河水中生长。

我没有树。没有树是我的隐痛和缺憾。像许多人一样，成年以后我有过游历名山大川的经历。我见到过西双版纳绿得发黑的原始森林，我看见过兴安岭上被白雪覆盖的红松和榉树，我在湘西的国家森林公园里见到了无数以往只闻其名未见其形的珍奇树木。但那些树生长在每个人的旅途上，那不是我的树。

我的树在哪里？树不肯告诉我，我只能等待岁月来告诉我。

一九八八年对于我是一个值得纪念的年份，那年秋天我得到了自己的居所，是一栋年久失修的楼房的阁楼部分，我拿着钥匙去看房子的时候一眼就看见了楼前的两棵树，你猜是什么树？两棵果树，一棵是石榴，一棵是枇杷！秋天午后的阳光照耀着两棵树，照耀着我一生得到的最重要的礼物。伴随我多年的不安和惆怅烟消云散，这个秋天的午后，一切都有了答案，我也有了树，我一下子有了两棵树，奇妙的是，那是两棵果树！

果树对人怀着悲悯之心，石榴的表达很热烈，它的繁茂的枝叶和灿烂的花朵，以及它的重重叠叠的果实都在证明这份情怀；枇杷含蓄而深沉，它决不在意我的客人把它错当成一棵玉兰树，但它在初夏季节告诉你，它不开玉兰花，只奉献枇杷的果实。我接受了树的恩惠。现在我的窗前有了两棵树，一棵是石榴，一棵是枇杷。我感激那个种树的素未谋面的前房东。有人告诉我两棵树的年龄，说是十五岁。我想起十五年前我的那棵种在花盆里的苦楝树苗的遭遇，我相信一切并非巧合，这是命运补偿给我的两棵树，两棵更大更美好的树。我是个郁郁寡欢的人，我对世界的关注总是忧虑多于热情，怀疑多于信任。我的父母曾经告诉过我，我有多么幸运，我不相信；朋友也对我说过，我有多么幸运，我不相信；现在两棵树告诉我，我最终是个幸运的人，我相信了。

我是个幸运的人。两棵树弥合了我与整个世界的裂痕。尤其是那棵石榴，春夏之季的早晨，我打开窗子，石榴的树叶和火红的花朵扑面而来，柔韧修长的树枝毫不掩饰它登堂入室的欲望。如果我一直向它打开窗子，不消三天，我相信那棵石榴会在我的床边、在我的书桌上驻扎下来，与我彻夜长谈。热情似火的石榴呀，它会对我说，我是你的树，是你的树！

树把鸟也带来了，鸟在我的窗台上留下了灰白色的粪便。树上的果子把过路的孩子引来了，孩子们爬到树上摘果子，树叶便沙沙地响起来，我及时地出现在窗边，喝令孩子们离开我的树，孩子们吵吵嚷嚷地离开了，地上留下了幼小的没有成熟的石榴。我看见石榴树整理着它的枝条和叶子，若无其事，树的表情提醒我那不是一次伤害，而是一次意外，树的表情提醒我树的奉献是无边无际的，我不仅是你的树，也是过路的孩子的树！

整整七年，我在一座旧楼的阁楼上与树同眠，我与两棵树的相互注视渐渐变成单方面的凝视，是两棵树对我的凝视。我有了树，便悄悄地忽略了树。树的胸怀永远是宽容和悲悯，树不做任何背叛的决定，在长达七年的凝视下两棵树摸清了我的所有底细，包括我的隐私，但树不说，别人便不知道。树只是凝视着我，七年的时光作为一次补偿是足够的了。两棵树有点疲惫，我没有看出来，窗外的两棵树后来有点疲惫了，一场春雨轻易地把满树石榴花打落在地，我出门回家踩在石榴的花瓣上，对石榴的离情别意毫无察觉。我不知道，我的两棵树将结束它们的这次使命，七年过后，两棵树仍将离我而去。

城市建设的蓝图埋葬了许多人过去的居所，也埋葬了许多人的树。一九九五年的夏天，推土机将一个名叫上乘庵的地方夷为平地，我的阁楼，我的石榴树和我的枇杷树消失在残垣瓦砾之中。拆房的工人本来可以保留我的两棵树，至少保留一些日子，但我不能如此要求他们，我最终知道两棵树必将消失。七年一梦，那棵石榴，那棵枇杷，它们原来并不是我的树。

现在我的窗前没有树。我仍然没有树。树让我迷惑，我的树到底在哪里？我有过一棵石榴，一棵枇杷，我一直觉得我应该有三棵树，就像多年以前我心目中最遥远的火车站的名字，是三棵树，那还有一棵在哪里呢？我问我自己，然后我听见了回应，回应来自童年旧居旁的河水，我听见多年以前被狂风带走的苦楝树苗向我挥手示意，我在这里，我在水里！

飞　沙

安德烈·纪德的《人间食粮》用热烈、华丽、自我满足的词汇记录了他的北非之行。美丽的风景和美丽的少年都是这个法国人追逐的对象。棕榈树下的牧羊人、无人照料的阿拉伯花园、灰红色巨石上的蜂巢，以及绿洲中清凉的水井——对异国风情无所保留的赞美后面跳动着一颗赤子之心，苍白多病的纪德在北非的阳光下情欲满腔，爱意无限，遍体发散出金黄色的光芒。

然后他写到了沙漠。

“第二天，我的心里充满了对沙漠的爱。”第二天属于沙漠。穿白袍的阿拉伯美少年开始退场，沙漠出现了，纪德瞪大了眼睛，很明显是沙漠使他变得庄严而神圣起来，他惊呼道：“我的灵魂啊，你在沙漠上看见了什么？”

你在沙漠上看见了什么？

黄沙漫漫的沙漠。海浪般的流沙，不断移动的沙丘。爬上一座沙丘，想极目远眺地平线，看见的却是另一座沙丘。黄沙漫漫的沙漠。生命灭绝，只有风和热浪颤动。沙子在阴影下异常柔软，傍晚火烫，早晨则像冷灰。骑马穿过沙漠峡谷，马蹄立刻被沙子掩埋——这是纪德看见的沙漠，其实也是所有的沙漠旅行者对于沙漠的记忆，所有人的足迹都被沙子掩埋了。

可是对于沙漠的记忆在成长，那是旅行者们一生中唯一的金黄色记忆。

撒哈拉沙漠使我想起了塔克拉玛干沙漠。我想起了此生惟一的一次沙漠旅行。我们沿着新建的沙漠公路穿越塔克拉玛干沙漠，从北疆到南疆的和田去。漫漫黄沙。沙丘连着沙丘。热风热浪。无论我如何别出心裁，对沙漠的描述也难以区别纪德的描述，除了红柳和梭梭柴。我不知道那两种植物是否是塔克拉玛干沙漠特有的，但正是那两种生于沙长于沙的植物提醒我，沙漠里生命并未灭绝，正如海洋中有鱼，沙漠中有草，这是公平的。如果说沙漠荒凉，我觉得这种荒凉还留着余地；如果说沙漠奇异，奇异的不是沙漠，是人们在沙漠中的旅行。

奇异的是这些穿越沙漠的旅行者，他们不是丝绸之路上的商队，不是牵着骆驼寻找绿洲的游牧部落，这些人来自远离沙漠的沿海地带，他们穿越沙漠，只是为了看一看沙漠。

你在沙漠上看见了什么？

沙漠商队早已经消失在地平线的尽头。那些在沙漠中跋涉的骆驼和商人都不见了。就像海市蜃楼在沙漠中稍纵即逝，沙漠商队也消失了。“有些商队向东方行走，去寻找檀香、珍珠、巴格达蜜糕、象牙和刺绣品。有些商队向南行走，去寻找玛瑙、麝香、金粉和鸵鸟羽毛。有的商队向西行走，黄昏时分上路，消失在炫目的夕阳中。”那些商队最终找到了他们的东西，所以他们从沙漠中消失了，一点也不顾沙漠对人的相思之苦。

沙漠对人的思念和牵挂是确凿无疑的。我想起在沙漠中的那些日子，风吹流沙，沙子都乘风而来，跑到公路上，在路面上组成一圈圈波浪形沙环，就是这些沙之花环，引导着汽车行驶的方向。风吹流沙，沙子拍打着车窗，轻柔的动作毫无敌意，如果不是一种欢迎的仪式，那又是什么呢？隔着车窗望沙漠，沙漠令人疲倦，旅行者们在一种黄色的反光中昏昏欲睡，然后司机例行的停车时间到了，旅行者们跳下车，很快发现包围他们的不是荒凉，是那些热情好客的充满善意的沙子。沙子匍匐在男人的旅游鞋和女人的高跟鞋上，那么柔软温情，充满爱意。你若洞悉沙子对人的相思之情，试着捧起一把沙子，便会感觉到沙子的热量与你的体温相仿，沙子之轻盈和幼小则让你感到意外，浩瀚的黄尘滚滚的沙漠，幼小的多情的沙子，它们互为因果，多么奇妙的组合！

在沙漠中手捧一把沙子，我想起多情的纪德对沙子的提问，他问道："沙子，你还记得什么生命吗？还记得你是什么样的爱情分解出来的吗？"

可让沙子如何回答这艰深的问题？沙子的苦恼在于它无法申辩，为生命，为爱情。沙子是什么样的爱情分解出来的？也许是海水和地壳青春期相爱的分泌物，也许不是，沙子不会记得这些陈年往事，沙子只记得自己的爱情。它们爱过每一个旅行者，可旅行者们一去不返，让沙子举证它的爱情，沙子束手无策，人证在遥远的地方见异思迁，而物证对沙漠是多么的不利。那些不知是何年何月留下的白骨证明的是死亡，不管是骆驼还是商贾牧人，他们如今保持着沉默，他们不能说明沙漠是用干旱燥热杀害了他们，还是用多情的怀抱收留了他们。沙漠很苦恼，于是它在夜晚发出哀伤的叹息。那天夜里我和旅伴们在沙漠腹地的油田指挥部投宿，清晰地听见窗外的流沙响彻夜空，流沙声使沙漠的夜晚显得湿润而哀伤，也让人难以入眠。我来到窗边，看见月光洗涤着远处近处的沙丘，沙丘静止不动，在我看来这种肃穆端庄的姿态难掩其重重心事。沙漠的心事是被遗弃者的心事，也是相思者的心事，而夜晚的流沙声是它对旅行者发出的叹息。

我该如何证明沙漠对旅行者的爱恋呢？

以我裤子口袋里的那把黄沙？我在和田的玉器铺里准备购买纪念品，在裤子口袋里意外地摸到了那把黄沙，是一大把黄沙。那时候我们告别塔克拉玛干沙漠足有两天了，那把黄沙却还一直躲在我的裤子口袋里，不肯离去！以我背包里的那把黄沙证明沙漠的这份感情？我是在回到南京的一个星期后发现那些沙子的，我要出门，找出那只背包，又发现了一把黄沙！我不知道这把黄沙是什么时候钻进我的背包的，这也许是世界上最为痴情的一把黄沙，它竟然跟着我千里迢迢地回了家！但是我不想用两把黄沙证明一份博大的爱意，我必须向每一个人陈述我在今年五月的一次遭遇——一个令人永生难忘的五月的下午，我看见南京的天空突然变得浑黄一片，狂风骤起，没有任何电话和信件的通知，漫天黄沙奔涌到我的窗前，沙沙地拍打我的窗子，那是一种狂喜的老友重逢的手势，是一种亢奋的梦想成真的欢呼。我看见了一次壮观的奇迹，是一片野马般奔腾的沙漠，凭借着几千年的相思之情来到城市，探望那些离开沙漠一去不回的旅行者。我的狂喜回应了这份旷世奇情，而且在黄沙飞旋的时候我听见了沙漠热情洋溢的声音，旅行者啊，我们来看望你们了！

五月的这个下午，气象学家是这么记载的：沙尘暴袭击本市。但许多去过沙漠的人作出了另外一种记录：沙漠探亲，下午五点到达本人窗前。是飞沙。从沙漠飞来的使团。只有沙漠的朋友能辨别出空气中沙漠的气味。

居住在蓝色海岸边的安德烈·纪德触摸过沙漠的灵魂，他说，沙粒也希望人赞美它。然后他心有灵犀地想起了《圣经》中的扫罗，他说，扫罗，你在沙漠里寻找母驴，没有找到，却得到了你无意寻求的王位。

沙漠中没有母驴，却藏着秘密的王位。旅行者怎么能理解如此玄妙的故事？也许应该去问问扫罗，遗憾的是扫罗也已经被历史的飞沙掩埋在沙漠深处了。

洞

沿着河沟向前走，我看见了螃蟹和水蛇的居所。它们的居所坐落在沟堤逼仄的斜面上，是一些散乱的粗糙的洞，螃蟹洞略大一些，有一拳之径，水蛇洞则小得令人惊叹，水蛇们为自己建造了如此袖珍的家，你不得不承认人们所说的水蛇腰是世界上最细的腰。我弯着腰打量着那些洞，始终摆脱不了一个念头，我想知道洞的内部是不是大一些，我想用手伸进螃蟹洞里试一试，但我不知道螃蟹是否在家，我害怕它的两个大钳子，更害怕的是洞的内部那个幽暗的神秘的世界。我记得自己在童年时代是多么的胆小和保守，在最恰当的年龄，在最恰当的地点，我竟然放弃了探索洞穴世界的努力。

我见过更大更壮观的洞。在中国的南方，凡是具备石灰岩地貌的崇山峻岭，几乎都有或大或小的溶洞。有的洞被开发了，成为了当地的旅游资源，那些地下河和千姿百态的钟乳石出现在印刷精美的画册上，呼唤着热衷于旅行探幽的人们，别有洞天！别有洞天！人们对洞的好奇仿佛光明对于黑暗的兴趣，他们乘船穿越地下河，抬头仰望洞天世界，在导游的提醒和指点下，看见了无数神仙侠客妖魔鬼怪：他们或者在空旷的石灰岩坡上足生莲花，或者青面獠牙地倒挂在洞顶岩壁上——当然，都是由石笋、石柱扮演的角色，它们完成这些角色也得到了灯光和化装的帮助。值得深思的是和平年代人们对洞的处置方法，他们如今把这些隐秘幽暗的地下世界作为一部神话小说供人消遣，而在遥远的战争年代，在不太遥远的冷战时期，人们对洞充满了敬意，那是洞的纪年中最辉煌的岁月。人们对洞的敬意不只是对一个躲避战火的地点的敬意。如果说人们把大地的怀抱视若母亲的怀抱，他们对洞的感念之情则接近于孩子对外祖母的怀恋。这很自然，大地也有母亲，大地的母亲就是我这里论及的洞——就像我多年以前去过的燕山深处的一个村子，村子里的人把山坡上唯一的山洞称为姥姥洞。

阴暗潮湿的洞穴一直准备着，准备拯救阳光世界里的人，就像南斯拉夫导演埃米尔·库斯图里卡的电影《地下》中所描述的那个洞，那个神奇的宽广的地下世界，它成为战争中人们最好的家园。逃入地下的快乐和自由比退避三舍所包含的意义要丰富得多，有趣得多。那个智慧的导演在这部电影中向我们展示了洞或者地下世界的使命和责任，洞的仁慈使它接纳了所有需要逃避的人，官吏、平民、妓女和奸商们，包括猩猩、老虎和鹦鹉这些动物。洞中一日，地上百年，这种说法对地下世界的表述是消极的，而库斯图里卡的不同凡响之处在于他首次消除了人们对地下生活黑暗难耐的印象，他的地下世界人气旺盛，物品充足，美女如云，人欲横流，除了看不见太阳和月亮，简直可谓一个极乐世界。

这部电影让我一下联想起了三个伟大的作家：卡夫卡、陀思妥耶夫斯基和普鲁斯特。我相信库斯图里卡至少是受到了卡夫卡的影响，从某种意义上说，这部电影是卡夫卡《地洞》的延伸和扩展。这不重要，重要的是借助这一部电影和上述三人，我对洞的幻想从此显得具体而深邃，而且凭借着这份想象，我成了地洞爱好者。这是一件多么奇妙的事情，对于太阳的描述总是使我不知所云，对于大地的描述使我觉得失之空泛，而一个电影导演和三个作家对洞穴世界的探索让我心悦诚服，并且从内心得到了莫名的安慰！

我看见他们的亡灵栖息在洞中。卡夫卡、陀思妥耶夫斯基，还有普鲁斯特。卡夫卡的洞不加修饰，奥匈帝国时代的榉木桌子上残留着他在世时吃剩下的最后一片黑面包，短命的公务员如今已经不再需要任何食物，便宜了那只著名的长寿无疆的甲虫，它一直津津有味地啃食着跨世纪的黑面包。我看见了陀思妥耶夫斯基的洞，不在莫斯科，在他的流放地西伯利亚。这个洞更加阴冷，寒风从洞外面的白桦林里吹进来，积雪从洞口倒灌下来，没有火炉，主人瑟瑟发抖，正在绝望地等着下一次癫痫病的发作。稍微令人温暖一些的洞是普鲁斯特的，此洞非彼洞，它是用绛紫色天鹅绒精心装饰过的，有壁炉，有烛台，有胡桃木的大床，看上去金碧辉煌，但毕竟是一个洞，由于拒绝阳光和新鲜的空气，贵族的资产阶级的普鲁斯特就像一个患了肺痨的贫穷的矿工，嘴里咳着鲜血，对仆人一遍遍地讲述着斯旺的爱情，脑子里却幻想着夏吕尔斯先生的勾当。

我听见他们的文字向地下奔突的声音，他们重复一个令人不安的动作——他们挖洞，他们不适宜体力劳动，可他们坚持挖洞。可怜这些天才苍白的脸色，发紫的嘴唇，多病的羸弱的身体！而在另一个方面，他们对挖洞的必要性作出了最尖锐的、最深刻的孔武有力的表达。对于孤独的感悟使他们平静，对于生活的恐惧却又使他们乱了方寸，于是他们的文字成为一种奇迹，平静，但又狂躁，即使在他们的有生之年，他们的灵魂已经与身体若即若离，是他们的灵魂首先做了抉择，脱离地面，到地下去。到地下去！他们以倒栽葱的姿势完成了短暂的人生。世纪初的文坛如果悼念过这三个天才之死的话，只不过是把他们暴露在地面上的双脚塞进洞中而已，不应有过多的悲伤。

“我的地洞的最大优点是宁静。”这是卡夫卡对他的地下城郭的表述之一。可是宁静不是地洞守护者的唯一追求。令人震惊的是卡夫卡挖洞的方法。“从事这样一种劳动，我只能靠额头。所以，我不分白天黑夜，成千上万次地用额头去磕碰硬土，如果碰出了血，我就高兴，因为这是墙壁坚固的证明，而且谁都会承认，我的城郭就是用这个办法建成的。”习惯于健康生活的人们一定不能承受这种表白，而另外一些对洞的爱好者这时候却会热泪涟涟了，只有他们会善解人意地附和这个怪人：是呀，人有一个家不容易，人若有一个洞，一定更不容易了。

其实也容易，想想那些螃蟹，想想那些水蛇吧，它们能有洞，人为何不能有洞？洞只要足够大，能容一人之身，就可以做一个人最后的家园。这是上述三位伟大的作家和一位优秀的导演传授的经验。我想这个道理人们终将会举手同意，只是洞的选址比较关键，前面提及的库斯图里卡的电影中，地洞的入口是设在一个骗子家中，这很危险，也很麻烦，我如果要挖一个洞，一定要选一个最隐秘的地点，决不告诉骗子，甚至也不告诉朋友——不告诉任何人。

露天电影

直到现在我的记忆中还经常出现打谷场上的那块银幕。一块白色的四周镶着紫红色边的银幕，用两根竹竿草草地固定着，灯光已经提前打在上面，使乡村寂寞漆黑的夜生活中出现了一个明亮欢快的窗口。如果你当时还匆匆行进在通往打谷场的田间小路上，如果你从城里赶过来，如果新闻简报已经开始，赶夜路的人的脚步会变得焦灼而恐慌。打谷场上发亮的银幕对于他们好像是天堂的一扇窗，它打开了，一个原先是空虚的无所事事的夜晚便被彻底地充实了。

农用拖拉机、打谷机和一堆堆草垛被人湮没了。附近乡村的农民大多坐在前排，他们从家里搬来了长凳和小板凳，这样的夜晚他们很难得地成为了特权阶层。更多的是一些像我们这样来历不明的孩子和青年人，他们在人群里站着，或者在一片骂声中挤到前排，在一个本来就拥挤的空间里席地而坐，对来自身边的推搡和埋怨置之不理。银幕的反面也有人坐着，那些人显得孤傲一些，为了不与他人拥挤和争吵，情愿欣赏一部“左撇子”电影。电影开始了，打谷场上的嘈杂声渐渐地消失，人们熟悉的李向阳挎着盒子枪来了，梳直发的让年轻姑娘群起效仿的女游击队党代表柯湘来了，油头粉面的叛徒王连举来了，阴险狡诈的日本鬼子松井大队长也来了，孩子们在他们出场之前就报道了他们的消息，大人让他们的孩子闭嘴，实际上这是一次人群与电影人物老友重逢的欢聚。打谷场上的人们凭借经验等待着那些朋友的到访，不管是英雄还是坏人，他们一视同仁，热情地报出你的名字。如果正是冬季，西北风会搞些恶作剧，那些出现在电影里的人，男的，女的，他们的嘴脸都随风歪斜着，不仅是坏人，好人或者英雄也被讨厌的大风吹歪了嘴脸。我记得在一个大风之夜，美丽的女英雄柯湘始终歪着嘴巴高唱着《乱云飞》。

打谷场上的欢乐随着银幕上出现一个“完”字而收场，然后是一片混乱。有的妇女这时候突然发现自己的孩子不见了，于是尖声叫喊着孩子的名字，也有血气方刚的小伙子突然扭打在一起，引得众人纷纷躲避，一问原因，说是在刚才看电影时结了怨，谁的脑袋挡着谁的眼睛，谁也不肯让一让，这会儿是秋后算账了。我那会儿年龄还小，跟着邻居家的大孩子来到一个个陌生的打谷场，等到电影散场时却总是找不到他们的人影了，因此关于露天电影的记忆也少不了那些令人恐惧的夜路。

我记得那些独自回家的夜晚，随着人流向田间小路走，渐渐地同行的人都折向了其他的村庄，只有我一个人走在漆黑的环城公路上。乡间的空气与工厂区完全是两种气息，干草的清香和农家肥的气味混杂在一起，扑进你的鼻孔。露天电影已经离你远去，这时候你才意识到回家的路是那么漫长，不安分的孩子开始为一部看过多次的电影付出代价了。代价是五里甚至十里夜路。没有灯光，只有萤火虫在田野深处盲目地飞行着，留下一些无用的光线。有几次我独自经过了郊外最大的坟地，亲眼看到了人们所说的鬼火(现在才知道是骨殖中磷的元素在搞鬼)，而坟地特有的杂树乱草加深了我的恐惧。我摆脱恐惧的方法就是不向恐惧的事物张望，我向公路的另一边侧着脸，侧着脸狂奔，听见风呼呼地划过我的脸颊;所见坟地向身后渐渐地退去。当城郊接合部稠密的房屋像山岭一样出现在我的视线里时,我觉得那些有灯光的窗口就像打谷场上的银幕,成为我新的依靠。我急切地奔向我家的窗口,就像两个小时以前奔向打谷场的那块银幕一样。

金鱼热

一个东南亚的国王到我们那个城市去游览了三天，走的时候带走了一缸金鱼中的极品，这是七十年代的事。我在街头听人议论这个国王，还有那些金鱼。我没有记住那些金鱼的名称，但是我记得很清楚的是，赠送金鱼给国王的是一个普通的市民，有人认识他，说他人很笨，就是养鱼养出了名堂。大家议论的不仅是国王和金鱼，还有那个市民的光荣。

金鱼热随后悄悄地在我们城市兴起。

我突然发现城市里有那么多人养金鱼，我却一条也没有，这使我闷闷不乐。那是一个容易失去却难以拥有的年代，没有地方出售金鱼，就像没有地方出售鲜花一样。我总是在一个邻居家的鱼池边用攫取的目光亲近那些美丽的鱼类，无法拥有渴望的东西是孩子们最大的心事，连我的家人也渐渐知道了我的心事。我姐姐一定不止一次地告诉别人：我弟弟一直想要几条金鱼！我母亲则告诉她在工厂的同事：我儿子想要金鱼想疯了！

我头一次得到金鱼的狂喜只持续了短短的五天。是我姐姐带回了那四条品相优美的五彩珍珠。我记得那四条金鱼红色脊背上撒满白色的斑点，有邻居孩子告诉我，五彩珍珠是很好的品种。我记得那四条红色的脊背上撒满银色斑点的金鱼，记得这些金鱼带给我的五天的喜悦。那五天里我出没在养鱼人出没的水塘和护城河边，我拼命打捞鱼虫，为金鱼囤积食粮，我不知道我的金鱼饱食过度濒临死亡的边缘。

我一直记得我拥有“五彩珍珠”的准确时间，是短短的五天。第五天下午我放学回家，看见的是四条翻了肚子的金鱼。我至今羞于提及我当时的表现，在一场惊天动地的痛哭声中，我忘了追寻金鱼的死因。我从未见过死去的金鱼，死去的金鱼是如此丑陋，从美丽到丑陋，仿佛是一个狡诈的骗局。我觉得自己受到了嘲弄，不仅失去，同时也受到了伤害。我的痛苦一定使我父母感到震惊了，我记得我母亲一反平时不许诺的习惯，告诉我一定帮我找到新的金鱼。

后来我母亲就把那条歪尾巴的小金鱼带回了家，它当时混在几条稍大的被人们称为“丹玉”的金鱼中，显得那么卑琐而低贱。所有的金鱼都还没有变色，而“歪尾巴”只有半指大小，黑乎乎的，甚至看不出它是什么品种。它太特殊了，尤其是那条歪尾巴，它与金鱼之美背道而驰，我以一种嫌厌的心情给它取了这个名字：歪尾巴。

我的养鱼生涯到了后来是三心二意的，不是因为金鱼不再可爱，而是因为随着青春期的到来，我有了其他更大的心事。金鱼热在城市里渐渐退潮，我的那批“丹玉”在几个月中纷纷离我而去。可是我注意到“歪尾巴”的生命力，它在我的鱼缸里越来越显示出一种主人翁的姿态，在孤独和饥饿中成长着，身子悄然泛出了红色，而它额头上方越长越大的眼睛正用矜持的态度告诉我，我不是歪尾巴，我是一条“朝天龙”！

我要说的就是这条歪尾巴的“朝天龙”。在所有美丽的金鱼逃离我的鱼缸后，在我对金鱼渐渐地失去兴趣之后，它一直伴随了我四年时光。四年之后我已经远离家乡，在北京的学府里寒窗苦读，那些日子里我从来没有想起过我的歪尾巴金鱼。有一天我收到我姐姐的来信，信中提到了我的最后一条金鱼，说歪尾巴死了。她总结歪尾巴的死因是一把梳子，她梳头时不小心将梳子掉进了鱼缸，梳子与金鱼一起待了一会儿，梳子没事，金鱼却死了。

我承认是歪尾巴金鱼的死让我重新回顾了我短暂的养鱼生涯。我最终对这些小生命充满了歉意，一切都是命定的，就像我对金鱼的饲养注定不能修得正果，我不能将极品金鱼奉献给任何国王，我的歪尾巴金鱼甚至不能奉献给我自己。这是一条世界上最倔强的金鱼，它最终背叛了应该背叛的人，将自己奉献给了一把梳子。

女儿红

她们三个人之所以给我留下如此深刻的记忆，只因为她们是另类——当然二十多年前大家不用这种词汇。在我生活的保守而世故的街道上，人们怀着暧昧的心情将她们称之为骚女人(注意，此处的“骚”主要是指风骚，或者是风情万种的意思，男人们发这个音时有一种莫名其妙的喜悦，女人们则大多是咬牙切齿)。

是什么样的“骚”女人呢？她们容貌出众，这是不言而喻的。按照三个人的外表特征，暂且把她们分为古典派、西洋派和上海派。需要解释的是那个上海派，她是上海人，听说来自上海的某条弄堂，举手投足自有一种大都市美女特有的懒散。这种懒散在一个平庸的女人身上是令人讨厌的毛病，在她身上却构成了奇妙的风韵。上海派嫁了一个荷兰华侨，华侨丈夫在附近的水泥厂工作，她就只能出污泥而不染，每天面对小城小街一惊一乍的世俗生活。这个女人上街买菜用的是一只蓝白相间的藤编挎包，里面经常没有任何蔬菜，只有水果。常有好事的邻居上前研究她的包，说：什么菜都没买呀？今天吃什么？上海派说：无所谓，蔬菜不新鲜，今天就不吃饭，吃水果！

谈及女人当然一定要谈她们的衣着打扮。七十年代美女们生不逢时，但我在此回忆的三个女人不甘心让自己的美丽沦落，她们处心积虑地打扮自己，在灰暗的沉闷的街道上她们是三块流动的风景。别人穿工装和军装的时候她们穿着高领毛衣和白色的喇叭裤；当高领和喇叭裤在所有年轻人中间流行起来时，她们穿出了旗袍和呢料的裙子；当别的女人清一色的短发齐耳时，她们的头发被烫成种种波浪的形状；当其他人开始热衷于烫发，女子理发店宾客盈门时，她们的头发变成了自然清新的"清汤挂面"。就是这样，这三个女人几乎是残酷地剥夺了其他小家碧玉们在服饰发型上的想象力。她们很倨傲，她们很团结，她们偶尔地会在街头碰面，拍拍打打着，说些悄悄话，但她们不像美丽的孔雀，从来不在众人面前竞相开屏。这也因为三个人的生活际遇不同：上海派和西洋派已婚，而古典派比那两位年轻多了，当时正待字闺中。

西洋派的故事现在想起来就像一部法国电影，既浪漫、感伤而又不乏深度。西洋派顾名思义，能想象出她的容貌，她在我们街上土生土长，不知为什么看上去却像一个意大利美女。三个女人中她性格是最粗放的，嘴里经常冒出一些脏话，让崇拜她的少年们感到又兴奋又有点紧张。她的传奇在于她的爱情故事，在于她的身后一个瘦削的脸色苍白的男人。当夏日的午后西洋派穿着睡裙在她家门口百无聊赖地观望街景时，那双情感泛滥的眼睛使过路的异性产生一种幸福的错觉。但有个男人会在她身后幽暗的夹弄里出现，搔首弄姿的女人守望着街道，沉默寡言的男人守望着他的妻子，这是我一直无法忘怀的一种爱情画面。我们街上的人都知道，西洋派还是个少女时生活作风就有大问题——就是现在所说的问题少女。她经常被喊到派出所去，当时审问她的是一个年轻的户籍警，没想到年轻的户籍警堕入情网，从此一直追随着他的审问对象。你大概已经猜到了，这个年轻的户籍警就是西洋派的丈夫，就是那个男人。当然你要是从那个年代过来，就知道一个贪图美色的人必将受到他人的制约。据我们所知，西洋派的丈夫为了这场爱情遭人白眼，最终离开了令人羡慕的公安队伍，这男人脸色如此苍白，苍白得是有道理的。

最终还是要说到古典派，而她的故事是我最不愿提及的。我当年上学时天天走过古典派家的门口，常常看到她。若说这女孩是闭月羞花之貌一点也不过分，她怕羞，似乎一直在为自己的美丽而感到不知所措，因此走路的时候都低垂着头，说她古典其实就是指那种内敛的风情。何况她在家里还很孝顺，她的从前开肉店的父亲说女儿出去会朋友之前总是先把晚饭做好了放在桌上。朋友是谁？是个退役将军的儿子。人们私下传说古典派和将军的儿子在搞"腐化"（这么评价男女关系是当时人们的习惯，并不带有很深的恶意）。"腐化"是有后果的，后果就是一些妇女互相咬耳朵说的事："肉店家的女儿有喜了！"这样的传说使年轻男性追逐古典派的目光越发地狂热，也越发地失落。但谁能想到这个怕羞的女孩在郊区的一片竹林里会向男友逼婚，并且打了他三个巴掌！后来有人说三个巴掌害了女儿家的卿卿性命，这是自作聪明的说法。将军之子，五大三粗的小伙子，应该可以承受一个女孩的巴掌，但他坚持认为女孩怀了孕他们也可以分手，是这观点让古典派气得疯狂，她要打他耳光，他就扼住她的脖子——这是古典派不幸的爱情，她在一个冬夜被男友扼死在郊区的竹林里，竹林不远处是她男友的工厂。消息灵通人士私下传说，那天夜里他们还做爱了（虽说是法医的鉴定，这鉴定仍然显得无耻）。

人的命运包括美丽的命运就这样南辕北辙，我在多年以后的一个下午写下这篇文章，纪念的是一些我自己都不能分辨的零落的记忆。我没有再见过那三个女人，但是我现在仍然记得二十多年前的一个下午，我去街上的杂货店买东西，看见古典派倚在柜台上和女营业员聊天。那大概是她活着的最后一个秋天，她把几张彩色照片拿给女营业员看，那是刚刚移居香港的上海派给她寄来的照片。我偷偷地瞟了一眼，看见照片上的上海派靠在一棵树上，仍然是那么懒散地微笑着，周围好像是一片花园，因为照片是当时罕见的彩色胶卷，格外地鲜艳夺目。我还记得古典派在柜台上的感叹，她说：香港，多好啊！你看她，看上去多漂亮啊！

女裁缝

这个女裁缝有点奇怪,她是专业上门为别人做衣服的,主业是做传统的中式棉袄、棉袄罩衫,副业兼做老人的寿衣。我母亲曾经把她请到我家做衣服,做我父亲的中式驼绒棉袄,也做我外婆的寿衣。女裁缝当时大约六十多岁,头发已经斑白,梳一个油亮亮的一丝不苟的发髻,穿一种我们称之为大襟衣裳的黑袄,胸襟上别着一朵白兰花。她每天早晨挎着一只篮子来工作,我父亲卸了一扇房门做她的工作台。她坐在那里一针一线地缝纫,戴一副老花眼镜,微微张开嘴,似乎配合穿针引线的节奏。我注意到她的门牙是空的,怪不得她说话时漏风,听上去特别响亮却又特别容易引起歧义。她不是那种饶舌的老妇人,尤其工作时候很少说话,但她喜欢哼一哼小曲什么的。这个女裁缝自恃手艺高超,对伙食的要求也很高,天天要求有肉吃,这样的要求倒是成全了我的口福,她在我们家干活的那几天,我也跟着吃了好几天的红烧肉。有一次我注意到她垫在篮子底部的一本发黄的画报,抽出来一看,竟然是一本三十年代的电影画报,上面有许多陌生的矫揉造作的女明星。这本画报一看就是稀罕物,我向她索要,她把画报拿过来抖了几下,没有抖出什么有用的东西，便很大度地说：拿去好了。

虽然那个女裁缝给我留下了意外的礼物，我母亲对她却没有好感，因为最后结算工钱的时候，算出一个五角钱来，女裁缝坚决不肯放弃那五角钱，让人觉得她冷酷而不近人情。

女裁缝家在昆山，不知为什么会跑到我们那里去，在什么地方租了一间房子。她经常出现在我们那条街道上，有几次我上学时看见她像个孩子似的端坐在化工厂门口，让另一个老妇人为她梳头，梳那个毫无必要的一丝不苟的髻子。她的篮子就放在长凳下面，里面是一个针线盒，一把剪刀，一把尺子，估计那是她没有针线可做的空闲的日子。

第二年女裁缝租了我们一个邻居的房子，这样也就成为了我们的邻居。每年寒暑假的时候，会有两个操昆山话的小孩来到那间出租屋里，也不跟街上的孩子玩，姐姐和弟弟关在屋里又打又闹。一个面目清癯文质彬彬的老人手拿一张报纸，看管着两个孩子，据说两个孩子是女裁缝的孙子孙女，老头是她的丈夫。女裁缝的生活因此引起我们广泛的兴趣，这把年纪的老人，老夫老妻天各一方的，是什么意思呢？有人这么去问女裁缝，女裁缝挥挥手说，烦死人了，我不要跟他们一起过，过两天我就把他们全赶走！

事实上我们不知道女裁缝对亲人们的厌倦是否真切，但假期一过，女裁缝的丈夫和孙子孙女便回了昆山，剩下这个女裁缝挎着篮子又开始在我们街上游荡。也许是因为年龄偏大老眼昏花的关系，不知从哪一年开始，也不知是哪个精明的主妇发现了，女裁缝的缝纫手艺严重退化，她做的棉袄袖子会一长一短，便有妇女在她身后议论说，做的什么活，以后再也不请她了！

后来好像是没有什么人请女裁缝去家里做活了，女裁缝的身体也大不如从前，有一次我看见她出门去老虎灶打开水，步履蹒跚，一副风烛残年的样子。而且她的脑门上还一左一右地贴着两张红纸膏药，她打量我们街道行人的表情充满厌恶感，殊不知她自己那副模样看上去也令我们厌恶。

那年春节前夕，昆山来了人，是一个戴眼镜的中年男人和一个女干部模样的中年女人，原来是女裁缝的儿子媳妇。他们绷着个脸，把病歪歪的女裁缝和一个大蓝印花包裹塞到了一辆黄鱼车上，然后女裁缝就离开了我们那条街道，向火车站方向去了。我们看见女裁缝整个脸包在一块围巾里，只露出一双眼睛，那双眼睛不知为什么充满了愤恨，那样的眼神不知是针对她的儿子媳妇还是针对我们这些围观者的，她甚至不向人们道声再见。

人去屋空，小孩子们好奇地闯进女裁缝租住的屋子一看，看见阴暗潮湿的屋里垃圾成堆，画像被烟气熏成了黄黑色，床底下则是满地的新近烧过的纸钱，眼尖的孩子在墙角处发现了一只紫铜香炉，发现了蜡烛台，还有两截市面上少见的红色蜡烛，你能猜到这个古怪的老妇人昨天干了什么，她在烧香，她在拜佛，她在大搞封建迷信呢！面对这样的“现场”孩子们群情激愤，都觉得这是一件非常严重的事情，批斗她是可以的，拿她游街也未尝不可，只可惜女裁缝走运，她逃之夭夭了。

关于这个女裁缝的身世，我一直觉得有什么故事可挖，这个老妇人最后的眼神令我浮想联翩。仇恨是神秘的。有一次我曾经向母亲问起过女裁缝的事情，我母亲说，她的嘴紧，从来不说自己家的事情。但是我母亲又肯定地说，他们工厂有个昆山人认识那个女裁缝，她以前是庵堂里的尼姑！

我至今不能相信，在循规蹈矩的七十年代，在我所见过的特立独行的人中间，竟然有这么个苍老的女裁缝。说起来也怪，每当那个女裁缝的面容出现在记忆中，我总是想起二十年前暮色中的街道，有个挎篮子的老妇人在遍地夕照中独自回家，而且我总是毫无来由地想起毛主席诗词中的两句：苍山如海，残阳如血。

女人和声音

屈指数来，我在苏州完整的生活也只有十八年。我生长在一条市井气息浓郁的街道上，我们那条街上没有什么深宅大院，因此也不了解苏州的大家闺秀。小家碧玉是有一些的，但那种女孩子羞答答的，平时把闺房门一关，她整天在干些什么，只有天知道。所以如果让我来谈苏州的女人，我有信心描述的其实是一些市井女人，而且我一直固执地认为此地女人与彼地女人，造成她们之间主要差异的，其实只是语言和声音。也许对不起一些严格的读者了，我就从声音说起，说三个苏州女人的声音的故事。

第一个女人，她的声音与苏州著名的评弹艺术有关——

如果你走在街上遇见敏儿他妈，你不会猜到她是个说评弹的女艺人，但是如果有人告诉你，严某某，就是那个围白丝巾的女人，她以前是评弹团的演员，你会说，这就对了，她一定是说评弹的——怎么去分辨一个人是否说评弹的呢？我也说不清楚，大致是：声音清脆，而且拖着一丝歌唱性的韵脚，眼睛也会说话，更重要的是这些艺人会用眼睛微笑。

我印象中这个姓严的女人非常喜欢阳光，主要表现在她对晒被子、晒毛衣、晒萝卜干甚至晒拖鞋的极度热衷上。她如此珍惜阳光，而她丈夫却天天浪费阳光，他常常端着一只茶杯坐在家门口与别人下棋。敏儿他妈就拿着藤拍子从丈夫的身边穿过来绕过去的，她的婆婆也坐在门口，不是下棋，也不看棋，她漠然地看着媳妇忙碌，有时候整理一下盖在膝盖上的一块毯子。看上去老妇人觉得媳妇如此忙碌是天经地义的，她的眼神在说：我忙了一辈子啦，现在轮到你啦。媳妇也任劳任怨，我记得她在阳光下上下左右地用力拍打晾竿上的棉被，用她特有的歌唱般的声音对邻居们说：天气好得来，被子要晒晒！

说评弹的女人有两个儿子，一个在苏北农场插队，逢年过节才回来，长得像母亲，很英俊的，可是不知为什么看上去脸色苍白，神情总是郁郁寡欢的。小儿子就是敏儿，也是相貌堂堂，不过却是街上有名的问题青年，隔三岔五地惹是生非。别人家的父母找上门来，找家长大人说理，这时候敏儿他爸照例是退到一边，向屋里喊，你快出来，快出来呀！做妈的就应声掀开了门帘，端端正正地走出来面对来人——不是一般的出来，是像上台说书一样，微笑着仪态万方地走出来，就像艺人面对听众那样，面对动了肝火的邻居。开场白是相似的，女人先把自己的儿子数落一顿，然后评说这件事情的来龙去脉——有时仅仅是猜测或者分析，但让对方感到小辈的顽劣历历在目。当你开始点头称是，从前的女艺人话锋柔软地向左歪或者向右对齐了，她能说出一种令人信服的道理，意思是一只碗不响，两只碗才乒乒乓乓，更深的意思是孩子就是孩子，在外面打架斗气是正常的，做大人的不必大惊小怪的，吵来吵去倒伤了街坊邻居的和气。职业性的叙事手法使她的一字一句都心平气和，即使对方听着并不是真正的受用，却无法再作计较，因此总是讪讪而去。由于她在处理此类事情上成绩卓著，街上的其他妇女也经常围过去听她是怎么打发上门算账的人，但是效果你也能预料，没有用，许多事情是没法取经送宝的；再说，也不是每一个女人都像敏儿他妈那样，说过评弹。

当时我们那里的评弹团好像是解散了的。姓严的女人不知道在哪里上班，我有时候看到她提一只布兜匆匆忙忙地从街上走过，沿途用她清亮的声音和一些人打招呼，心里便暗想，她在书场里说评弹时什么样子，搭档是谁？她会不会唱那个余红仙的“我失骄杨君失柳”？当然我无从知道关于她作为评弹艺人的任何细节。我知道许多吃艺术饭的人都要吊嗓子，她却不吊，那么好的嗓子全浪费在与女邻居谈论阳光和被子上了。这样的生活是不是有点可惜？我也不能去问她，她就那么在家门口晒这晒那，在街上走来走去。过了好几年，我们城市的评弹团恢复演出了，市中心的书场门口经常贴出演出海报，还有演员的名字，我路过那里时不免要留意严某某这个名字，但是节目换了一档又一档，我从来就没有找到敏儿他妈妈的名字。我问我母亲，不是说敏儿他妈妈说评弹有点名气吗，怎么不见她演出？我母亲也不知究竟，光是推测说敏儿他妈妈大概离开评弹团了。

评弹后来在我们那里是老调重弹，不光是书场里，广播喇叭里，甚至在一些茶馆里，都有有名或者无名的艺人在那里不紧不慢地说，嗯嗯呀呀地唱，姓严的女人却缺席，她一直留在自己家里。奇怪的是后来她不再忙于晒这晒那的了，我有一次看见她披一件黑色的呢子大衣，站在门口，指挥她丈夫收一匾萝卜干。她丈夫无法把竹匾顺利地搬进狭小的门洞，她婆婆在一边颤颤巍巍地帮忙，帮的是倒忙，萝卜干纷纷地掉在了地上。让我奇怪的是姓严的女人对此的反应，她一反常态，柳眉斜竖，用她依然清脆的嗓音说，笨煞哉，笨煞哉！我不来，你们搬点萝卜干都搬不来！

让姓严的女人生气的其实不是萝卜干，是她的病。我后来知道她不出来晒被子是因为得了病，乳腺癌。听说她的一只乳房被医生拿掉了。

她的歌唱般的声音因此也被什么取走了。邻居们在街上拉住她儿子，就是那个叫敏儿的青年问，你妈妈的病怎么样了？敏儿头一拧，说，她生病，关你什么屁事？邻居们都吐舌头，说，严某某那么好的女人，怎么生了这么个儿子出来。

再后来姓严的女人就去世了。她的摄于六十年代的照片作为遗像挂在白布上，着了色，很美很妩媚，嘴角眼里都是满满的笑意。我们那儿的殡葬是公开的，大家都去吊唁，看见死者的丈夫、婆婆还有她的不听话的儿子都在哭，怎么会不哭呢，这户人家的顶梁柱没有了；邻居们也哭，怎么不哭？以后不会有人用那么美妙的声音与你谈论家务事儿女事了。

坦率地说在她的灵床边我好奇多于悲伤，我心有旁骛，寻找着这个女人艺术生涯的实证。我在高高的雪白的山墙上发现一只琵琶，那只琵琶静静地挂在那儿，似乎已经挂了好多年了。在充斥着悲声哀诉的葬礼上，琵琶被所有人遗忘了，我想应该有人想到把它放在死者的身边，但是这样说明什么问题呢？我也说不清楚，我只是觉得这个女人的一半生活在我们街上，生活在琐碎的生活中，另一半却是逃逸的，逃到哪里去了呢？也许是在哪家书场的台子上，罩着一层灰尘，需要我想象的就是那另一半，包括她怀抱琵琶的样子，包括她的唱腔是哪个流派——我从来就没有听过她的评弹。我想让我去想象这件事有点荒诞，她既然是说评弹的，她既然就住在我们家的附近，我为什么从未听过她说评弹的声音呢？

这个疑团大概是不会有人来解答的，暂且让那个女人安息，我来描述第二个女人的声音——第二个女人的声音与评弹无关，但与广播喇叭有关。

这里所描述的女人，同样有着人们认为最甜美的声音。一点也不奇怪，她是我们家对面工厂的广播员，她的声音应该是甜美的，否则就不公平了，那家工厂有好多青年女工，大家都能说不卷舌的普通话，凭什么让她当广播员？她也一样不懂得如何卷舌，一样把“是”念成“四”，把“阶级敌人”念成“阶级涤纶”。

早晨我经常被这个女广播员的声音从睡眠中说醒，我不用惊醒这个词，比较符合实际，一个动听绵软的声音是绝不会让人受到惊吓的。她在河对面的高音喇叭里说话，就像一只辛勤的蜜蜂在你的耳边嗡嗡地回旋，你慢慢地就醒了。我听见她在广播里说：文章说——这是在摘引报纸上的文章，如此的播音结构最正常不过，但当时年少无知，偏偏又爱较真，听到她说“文章说”就纳闷，心想这个女人是怎么回事，文章又不是人，文章没有嘴，怎么会说话呢？

我一直认为那个女广播员播音有误，完全是出于自身的错误和偏见。我母亲就在那家工厂工作，有时候我去那儿洗澡或者吃午餐，在厂区的路上偶尔会看见一个体态苗条梳两条辫子的年轻女子，穿的也是蓝色工装，但是不管是上衣还是裤子都明显修改过了，修改得非常合乎女人人体的曲线，而且她的身上没有粉尘和油污，手里拿着的不是劳动工具或者机器零件，而是一卷报纸或者一本杂志，这使她看上去有一种清水出芙蓉的自得表情。我知道她就是那个女播音员，就是那个“文章说”。“文章说”走在厂里，好多人，男的女的都踊跃与她打招呼，可见她是个受欢迎的人物，这也很正常。就我所知，不管是在工厂、农村还是学校，当时的广播员各方面都要“过得硬”，群众关系不好，别人会说凭什么让她坐在广播室里念稿子抓革命，让我们守着水泥窑汗流浃背地促生产？知识水平不高不行，否则你老是念错别字会歪曲了《人民日报》或者《红旗》杂志的精神！你的思想觉悟不高就更危险，万一你利用宣传阵地喊出一句反动口号，如何是好？所以我相信女广播员是个优秀分子，但对她的“文章说”我是持保留意见的，她就不能换一种说法吗？

有一年秋天，河对岸工厂的高音喇叭突然沉寂了几天，然后出现了一个陌生的姑娘的声音，那个姑娘说话结结巴巴，显示她是个播音战线的新兵。她用一种紧张的声音说：下面请听革命歌曲——等了半天，革命歌曲却始终响不起来，等得你心焦，她还没有把歌曲放出声音。于是那个紧张的声音更紧张了，亡羊补牢地说：今天的广播到此结束，同志们，再见。

新来的广播员让人丧气。凡事就怕比较，我猜在“文章说”从广播站突然消失的那些日子，在工厂的高音喇叭所辐射的区域内，一定有许多人像我一样，心中充满了疑问：“文章说”到哪里去了？“文章说”出什么事了吗？

我与河对岸的广播生物钟般的联系似乎是被强行中断了，不知不觉中我习惯并依赖了一个女人的声音，这结果我原先并不自知。说我怀念那个女广播员的声音是词不达意的，但我讨厌新来的女广播员尖锐生硬的声音却是千真万确的。由此我也开始讨厌那个工厂的广播站，每天清晨《大海航行靠舵手》的前奏曲把我惊醒时，我总是在床上痛苦地捂紧耳朵，说，吵死人啦！

还是交代清楚那个女广播员的下落吧，这没什么关子可卖。那年元旦——或者春节？记不清了，反正是七十年代初期的某个节日，母亲带我去一家剧场，去看文艺演出。文艺演出中样板戏总是重头戏，建材系统的文艺演出也是相同的模式，先是一个轰轰烈烈的大合唱，然后就是样板戏了，全本样板戏排练起来有困难，就来几个片段。《沙家浜》的智斗开始了，站在“春来茶馆”牌匾下的阿庆嫂是谁？我觉得那么面熟，猛地就听见我旁边的观众狂热而骄傲地报出了一个名字，说，我们厂的广播员啊！她演阿庆嫂！

果然就是那个消失了很久的女广播员。原来她到宣传队去了，这是更上一层楼的事。出于习惯我还是乐意当她的听众。我听她唱“这草包倒是一堵挡风的墙”就跟着哼了起来，我看她跷着食指指向胡传魁、刁德一，觉得这手势比洪雪飞的手势更加英姿勃发。这会儿她是阿庆嫂，我忘了她在广播里的不足之处，她不再说什么“文章说”，整个人就显得完美无缺。这还不算什么，《沙家浜》下面是《红灯记》，留长辫穿红袄的李铁梅粉墨登场了，我记得的是观众们的一片哗然，下面有人用惊叹句说：啊呀，又演小铁梅又演阿庆嫂啊！不得了！

依然是她，就是那个女广播员！那天坐在剧场的椅子上，我突然理解了她从广播站消失的必然性，她真不得了！七十年代，人们还不懂得使用人才这个字眼，我也并不懂得如何去崇拜一个女人，但我从此对一个女人的才华铭记在心。这个“文章说”，她是一个广播员？她是阿庆嫂？她是李铁梅？她到底是谁？我想她就像一只万花筒，摇一摇，一定还能变出更多的花样。

现在请大家回忆一下《沙家浜》里刁德一对阿庆嫂的评价。刁德一很警惕又很佩服地说：这个女人不寻常——我听到这阴阳怪气的唱腔，就会想起那个女广播员，当然这说的是她的青年时代。后来呢？有人大概会追问。我其实不愿意描述女播音员的现状，现状的棱角显得那么尖锐，而且无趣，就像我们大多数人相仿的命运。阳光和辉煌有时候只在你的额角上亲吻一次，然后就无影无踪，就像我这里说的那女广播员。

她的现状不像我的文章一味追求完整——后来她结婚了，丈夫是宣传队里的另一个文艺骨干。他们结了婚却失去了同台演出的机会，不是他们不求上进，是宣传队解散了，大家都回到了工作岗位。女广播员不知怎么没有再进广播站，好像是在工会里做些难以总结的杂事。后来她有了个女儿，过了几年，又有个女儿。一晃多年，再后来她当了外婆。九十年代的女广播员体形仍然苗条，但脸上的皱纹很多，给人饱经风霜的印象，这对一个女人的风韵来说并无多大益处。她上街买菜，抱着外孙去浴室洗澡，声音依然清脆甜美，但说的都是些家长里短，听着无聊。种种迹象表明我文章中的女广播员属于过去，而现在的她，生活越变越寻常了。从前的女广播员如今走在荒芜的濒临倒闭的工厂中，停产的厂区安静得出奇。但即使是那么安静，她也听不见年轻时候回荡在厂区的声音了，文章说——外面的报纸越来越多，文章越来越多，但文章说什么，与她有何相干？她管不了那么多，最近她要下岗了。

报纸上的文章说，竞争再上岗。不知这个女广播员现在跟谁竞争，也不知道她是否在考虑，去哪儿上岗对她最合适？

不说下岗上岗的事了，我这就说到了第三个女人——这个女人的生活也与声音相依为命，只不过她的声音用途更加粗鄙更加世俗一些。这个女人的声音并不动听，动听也没用，因为她的声音主要是用来叫卖蔬菜鱼鲜的。

她在街坊邻居的妇女堆中显得有点特别。特别处不在她的容貌，她的容貌很普通，甚至可以说有点粗俗；也不在她的衣着打扮，她的打扮也实在本分，大部分同龄妇女穿什么，她就穿什么。她的特别之处在于她的职业，在严禁城市人口从事私有经济的年代，她竟然以贩卖蔬菜为生，她是一个女贩子！

她是一个女贩子，这决定了她在孩子们眼中是一个形迹可疑鬼鬼祟祟的女人，投机倒把使她的眼神中有一种负罪感。但奇怪的是没有谁看见她在我们的视线里贩卖任何蔬菜。人们说她到很远的地方去收蔬菜，然后到很远的农贸市场将那些蔬菜卖掉。这些贩卖的细节都在人们的猜度中，却得不到亲眼所见的证实，这是女贩子最特别之处，也是一些邻居议论纷纷的焦点。有与她熟络的人说，人家怕羞，人家爱面子，她不愿意在街坊邻居面前丢那个人。

她丈夫是个工人，那个说话口吃性格木讷的男人把她从郊县农村娶进门，一口气与她生下三个孩子，却始终没能为妻子寻找到一个正当的工作。一个人的工资养家糊口很难，那个女人虽出身于农家，却并不愿意过什么艰苦朴素的生活，别人家有手表她也想有，别人家有缝纫机她也想有。街上别的妇女认为这是要强，要强就要行动，这女人有一天就行动了，干的是贩卖蔬菜的勾当。

女贩子行踪不定，有时候一连好多天看不见她的人影，这往往是她购销两旺的黄金季节。她早出晚归，除了她的家人，别人是看不见她的，即使看见她也没什么用。一般情况下她空着手在街上走（不知她是把蔬菜筐存在什么地方的），看她风尘仆仆的样子，与刚刚从纺织厂下班回家的女工没什么两样。但有时候她一连几天闲在家里，手里拿着针线，坐在门口与女邻居们东家长西家短地拉家常。作为一个市井妇女，她当然也有市井妇女特有的爱好，喜欢看热闹，谁家夫妻吵架父子斗殴她都要站在前面观看，只是不怎么发言，显然怕让别人倒拔葱，带出她的一把泥来。但看她的表情是很丰富的，同情或者谴责谁，站在谁的一边，脸上是一目了然。后来我们知道这种时候往往是打击投机倒把活动最热烈的当口，她按兵不动，在自家门口看看别人家的闲事，是非常明智的。

她是文盲，不识字，但是算账很快，左右邻居卖废品的时候，都要拉着她算一遍，这样才能确保不吃亏。这样的算术才能无疑得益于她的小贩生涯。她人缘很好，除了自己的丈夫和孩子（她经常痛骂他们的蠢笨和顽劣），从不得罪人，所以这个从事不法行当的妇女，得到了来自邻居的应有的尊重和理解。有一次街上的孩子们听见女贩子家传来了嘈杂的声音，这使他们很兴奋，都拥到她家门口，看看这户人家有什么事情，但女贩子的两个儿子一个女儿像铁将军一样挡在家门口，只让大人们进去，不让孩子进去，嘴里还不干不净的。他们好像明白母亲刚刚遭受的屈辱，她在市场上遭到了执法人员的粗暴对待，秤被折断了，蔬菜筐子被踩烂了，而且他们的母亲还被人打了。女贩子在屋里哭泣，她的子女就善解人意地放大人进去，让那些能言善劝的妇女去安慰他们的母亲，然而他们发现母亲的悲伤内容复杂，不是那么容易化解的。她在里面突然大叫一声，我命苦哇！这种凄厉的呐喊使孩子们摸不着头脑，也只有大人才得其中之味。但是女贩子的女儿虽然只有十四五岁，她一定懂得母亲做贩子的艰辛，所以她站在两个弟弟的后面，一边替他们挡着门，一边呜呜地回应着母亲哭泣起来。

这就说到了女贩子的几个孩子。女儿没什么可说的，人有点笨，却善良，以后嫁了一个老实巴交的小伙子。小伙子家境贫困，结果连新房里的家具都是女贩子打好了陪嫁过去，那姑娘嫁妆之丰厚让邻居们很是吃惊，他们都说没想到，没想到女贩子这几年贩蔬菜，贩出了个如此殷实的家底。没想到的事情尽出在女贩子家中，女贩子的大儿子长到血气方刚的年龄，正准备去下乡插队，有一天突然犯了心脏病，不明不白地就死在了床上。女贩子大病一场，过了一阵恢复过来了，对要好的邻居说，我这样躺下去不是件事情，大的没了，还有小的呢。我还要出去做。邻居知道她是什么意思，“出去做”就是指贩卖蔬菜。可怜天下父母心，女贩子为了小儿子，戴着大儿子的丧带，又出去“做”了。

小儿子长得英俊，讨人喜欢，就是不听话，典型的不爱学习爱打架的中学生，总是有别的孩子家长吵到门上来，说自家孩子被他欺负了。女贩子不在家，这事由她丈夫处理，那男人就朝自己儿子扇耳光。扇了好多年，突然有一天，做父亲的手被儿子牢牢抓住，做父亲的胸口挨了儿子重重的一拳，儿子说，×你妈，你还打我呀，小心我灭了你。

那就是女贩子唯一的儿子了。人们都预见了这个男孩的不妙的未来，只有女贩子盲目地为儿子构造着幸福的蓝图，后来这蓝图就被儿子亲手撕成两半，儿子终于在外面闯了大祸，他用西瓜刀把一个卖瓜人的肠子捅出来，警察当场就把他铐走。女贩子闻讯赶去要人，别人就指给她看西瓜摊前的血迹，女贩子不看血迹，一味地要儿子，警察当然不理她。那没脑子的儿子，最后送进了外地的一个劳动教养所。

邻居们记得女贩子又是一场大病。那一阵子她卧床不起，连她丈夫都怀疑她是否能挨过又一次打击，但是我已经介绍过了，这是个特别的女人，她的特别之处不仅在于职业，也在于她的坚强和信念。女贩子在探望过儿子以后，很快恢复了生活的信心。她向邻居们抱怨有些人执法不公，谁家的孩子打架打出人命都没进去，靠的都是关系。她没有关系，只能让孩子去吃苦。邻居们似乎都不忍心质疑她无私的母爱，就问她以后准备怎么办？女贩子抹去眼泪，嘴角浮现出坚韧的积极向上的微笑，说：我能怎么办？我就有两只手，出去做呀，赚点钱，等他出来了，要结婚要成家，还得靠我的两只手呀！

女贩子奇迹般地继续她的小贩生涯，随着改革开放的时代潮流，她也扩大了贩卖业务。后来听邻居们说，她不仅贩卖蔬菜，也贩卖鱼虾，在秋季她还来往于阳澄湖甚至洪泽湖，倒卖当红的大螃蟹。还有的邻居，亲眼看见她在百货公司购买金戒指和金项链，她一转身就否认，还骗人说，买不起，是看看解眼馋的。

她儿子后来从劳教所出来了，几年不见的不良少年，长成一个高大而英俊的青年。女贩子积存多年的母爱终于迎来了它的主人，这幸运的儿子用母亲的钱开了一家烟杂店，经过一番专政和教育的洗礼，他对打架斗殴失去了兴趣，对挣钱和享受则有了强烈的追求，无论如何算是走上了一条较为安全的道路。因为外形出众，这儿子很快找到了女朋友，他不反对女朋友结婚的要求，而且非常诚实地告诉她，他母亲手里有五十万，都是他的。女贩子的儿子，一个幸运的儿子，让我们听听他是怎么安排女贩子的五十万家产的：

结婚用二十万够了吧，剩下三十万先存到我的长城卡上，慢慢花呗。什么？她不给？她敢！不给我就捅死这老×养的！

关于冬天

厄尔尼诺现象确实存在，一个最明显的例证是现在的冬天不如从前的冷了，前几年的冬天那么马虎地蜻蜓点水似的就过去了，让人不知是喜是忧。冬季里我仍然负责在中午时分送女儿去学校，偶尔会看见地上水洼里的冰将融未融，薄薄的一层，看上去很脆弱，不像冰，倒像是一张塑料纸。我问我女儿早晨妈妈送她的时候冰是否厚一些，我女儿却没什么印象，事实上她长这么大，从来没见过地上长出来的冰，那种厚厚的结结实实的冰。

北方人在冬天初次来到江南，几乎每个人都用上当受骗的眼神瞪着你，说：怎么这么冷？你们这儿，怎么会这么冷？人们对江南冬季的错觉不知从何而来，正如我当年北上求学时家里人都担心我能否经受北方的严寒，结果我在十一月的一天，发现北师大校园内连宿舍厕所的暖气片也在嗞嗞作响，这使我对严冬的恐惧烟消云散。

记忆中冬天总是很冷。西北风接连三天在窗外呼啸不止，冬天中最寒冷的部分就来临了。母亲把一家六口人的棉衣从樟木箱里取出来，六个人的棉衣、棉鞋、帽子、围巾，不管你愿意不愿意，我们必须穿上散发着樟木味道的冬衣；不管你愿意不愿意，你必须走到大街上去迎接冬天的到来。

冬天来了，街道两边的人家关上了在另外三个季节敞开的木门，一条本来没有秘密的街道不得已中露出了神秘的面目。室内和室外其实是一样冷的，闲来无事的人都在空地上晒太阳。这说的是出太阳的天气，但冬天的许多日子其实是阴天，空气潮湿，天空是铅灰色的，一切似乎都在酝酿着关于寒冷的更大的阴谋，而有线广播的天气预报一次次印证这种阴谋。广播员不知躲在什么地方用一种心安理得的语气告诉大家，西伯利亚的强冷空气正在南下，明天到达江南地区。

冬天的街道很干净，地上几乎不见瓜皮果壳之类的垃圾，而且空气中工业废气的气味也被大风刮到了很远的地方，因此我觉得张开鼻孔能闻见冬天自己的气味。冬天的气味或许算不上一种气味，它清冽纯净，有时给鼻腔带来酸涩的刺激。街上麻石路面的坑坑洼洼处结了厚厚的冰，尤其是在雪后的日子，人们为了对付路上的冰雪花样百出，有人喜欢在胶鞋的鞋底上绑一道草绳来防滑，而孩子们利用路上的冰雪为自己寻找着乐子，他们穿着棉鞋滑过结冰的路面，以为那就叫滑冰。江南有谚语道，下雨下雪狗欢喜。也不知道那有什么根据，我们街上很少有人家养狗，看不出狗在雨雪天里有什么特殊表现。我始终觉得这谚语用在孩子们身上更适合，孩子们在冬天的心情是苦闷的寂寞的，但一场大雪往往突然改变了冬天乏味难熬的本质。大雪过后孩子们冲出家门冲出学校，就像摇滚歌星崔健在歌中唱的，他们要在雪地里撒点野，为自己制造一个捡来的节日。江南的雪让人想到计划生育，它很有节制、每年来那么一场两场，让大人们皱一皱眉头，也让孩子们不至于对冬天恨之入骨。我最初对雪的记忆不是堆雪人，也不是打雪仗，说起来有点无聊，我把一大捧雪用手捏紧了，捏成一个冰坨坨，把它放在一个破茶缸里保存，我脑子里有一个模糊的念头，要把那块冰保存到春天，让它成为一个绝无仅有的宝贝。结果可以想见，几天后我把茶缸从煤球堆里找出来，看见茶缸里空无一物，甚至融化的冰水也没有留下，因为它们已经从茶缸的破洞处渗到煤堆里去了。

融雪的天气是令人厌恶的，太阳高照着，但整个世界都是湿漉漉的，屋檐上的冰凌总是不慌不忙地向街面上滴着水。路上黑白分明，满地污水悄悄地向窨井里流去，而残存的白雪还在负隅顽抗，街道上就像战争刚刚过去，一片狼藉。讨厌的还有那些过分勤快的家庭主妇，天气刚刚放晴她们就急忙把衣服、被单、尿布之类的东西晾出来，一条白色的街道就这样被弄得乱七八糟。

冬季混迹于大雪的前后，或者就在大雪中来临，江南民谚说邋遢冬至干净年，说的是情愿牺牲一个冬至，也要一个干净的无雨无雪的春节。人们的要求常常被天公满足，我记得冬至的街道总是一片泥泞的，江南人把冬至当成一个节日，家家户户要喝点东洋酒，吃点羊羹，也不知道出处何在。有一次我提着酒瓶去杂货店打东洋酒，闻着酒实在是香，就在路上偷偷喝了几口，回到家里面红耳赤的，棉衣后背上则溅满了星星点点的污泥，被母亲狠狠地训斥了一通。现在我不记得母亲是骂我嘴里的酒气还是骂我不该将新换上的棉衣弄那么脏，反正我觉得冤枉，自己钻到房间里坐在床上，不知不觉中酒劲上来，竟然趴在床上睡着了。

人人都说江南好，但没有人说江南的冬天好。我这人对季节气温的感受总是很平庸，异想天开地期望有一天我这里的气候也像云南的昆明，四季如春。我不喜欢冬天，但当我想起从前的某个冬天，缩着脖子走在上学的路上，突然听见我们街上的那家茶馆里传来丝弦之声，我走过去看见窗玻璃后面热气腾腾，一群老年男人坐在油腻的茶桌后面，各捧一杯热茶，轻轻松松地听着一男一女的评弹档说书，看上去一点也不冷。我当时就想，这帮老家伙，他们倒是自得其乐。现在我仍然记得这个冬天里的温暖场景，我想要是这么着过冬，冬天就有点意思了。

夏天的一条街道

街上水果店的柜台是比较特别的，它们做成一个斜面，用木条隔成几个大小相同的框子，一些瘦小的桃子，一些青绿色的酸苹果躺在里面，就像躺在荒凉的山坡上。水果店的女店员是一个和善的长相清秀的年轻姑娘，她总是安静地守着她的岗位，但是谁会因为她人好就跑到水果店去买那些难以入口的水果呢？人们因此习惯性地忽略了水果在夏季里的意义，他们经过寂寞的水果店和寂寞的女店员，去的是桥边的糖果店。糖果店的三个中年妇女一年四季在柜台后面吵吵嚷嚷的，对人的态度也很蛮横，其中一个妇女的眉角上有一个难看的刀疤，孩子走进去时她用沙哑的声音问你：买什么？那个刀疤就也张大了嘴问你：买什么？但即使这样糖果店在夏天仍然是孩子们热爱的地方。

糖果店的冷饮柜已经使用多年，每到夏季它就发出隆隆的欢叫声。一块黑板放在冷饮柜上，上面写着冷饮品种：赤豆棒冰四分，奶油棒冰五分，冰砖一角，汽水（不连瓶）八分。女店员在夏季一次次怒气冲冲地打开冷饮机的盖子，掀掉一块棉垫子，孩子就伸出脑袋去看棉垫子下面排放得整整齐齐的冷饮。他会看见赤豆棒冰已经寥寥无几，奶油棒冰和冰砖却剩下很多,它们令人艳羡地躲避着炎热,待在冰冷的雾气里。孩子也能理解这种现象,并不是奶油棒冰和冰砖不受欢迎,主要是它们的价格贵了几分钱。孩子小心地揭开棒冰纸的一角,看棒冰的赤豆是否很多,挨了女店员一通训斥,她说:看什么看?都是机器做出来的,谁还存心欺负你?一天到晚就知道吃棒冰,吃棒冰,吃得肚子都结冰!

孩子嘴里吮着一根棒冰,手里拿着一个饭盒,在炎热的午后的街道上拼命奔跑。饭盒里的棒冰哐哐地撞击着,毒辣的阳光威胁着棒冰脆弱的生命,所以孩子知道要尽快地跑回家,好让家里人享受到一种完整的冰冷的快乐。

最炎热的日子里,整个街道的麻石路面蒸腾着热气。人在街上走,感觉到塑料凉鞋下面的路快要燃烧了,手碰到路边的房屋墙壁,墙也是热的。人在街上走,怀疑世上的人们都被热晕了,灼热的空气中有一种类似喘息的声音,若有若无的,飘荡在耳边。饶舌的、嗓音洪亮的、无事生非的居民们都闭上了嘴巴,他们躺在竹躺椅上与炎热斗争,因为炎热而忘了文明礼貌,一味地追求通风。他们四仰八叉地躺在面向大街的门边,张着大嘴巴打着时断时续的呼噜,手里的扇子掉在地上也不知道,田径裤的裤腿那么肥大,暴露了男人的机密也不知道。有线广播一如既往地开着,说评弹的艺人字正腔圆,又说到了武松醉打蒋门神的精彩部分,可他们仍然呼呼地睡,把人家的好心当了驴肝肺。

下午三点钟,阳光发生了可喜的变化,阳光从全线出击变为区域防守,街上的房屋乘机利用自己的高度制造了一条“三八线”。“三八线”渐渐地游移,线的一侧是热和光明,另一侧是凉快和幽暗,行人都非常势利地走在幽暗的阴凉处。这使人想起正在电影院里上映的朝鲜电影《金姬和银姬的命运》,那些人为银姬在“三八线”那侧的悲惨命运哭得涕泗横流,可在夏天他们却选择没有阳光的路线,情愿躲在银姬的黑暗中。

太阳落山在夏季是那么艰难，但它毕竟是要落山的。放暑假的孩子关注太阳的动静，只是为了不失时机地早早跳到护城河里，享受夏季赐予的最大的快乐。黄昏时分驶过河面的各类船只小心谨慎，因为在这种时候整个城市的码头、房顶、窗户和门洞里，都有可能有个男孩大叫一声，纵身跳进河水中。他们甚至要小心河面上漂浮的那些西瓜皮，因为有的西瓜皮是在河中游泳的孩子的泳帽，那些讨厌的孩子，他们头顶着半个西瓜皮，去抓来往船只的锚链。他们玩水还很爱惜力气，他们要求船家把他们带到河的上游或者下游去。于是站在石埠上洗涮的母亲看到了她们最担心的情景：她们的孩子手抓船锚，跟着驳船在河面上乘风破浪，一会儿就看不见了，母亲们喊破了嗓子，又有什么用？

夜晚来临，人们把街道当成了露天的食堂，许多人家把晚餐的桌子搬到了街边，大人孩子坐在街上，嘴里塞满了食物，看着晚归的人们骑着自行车从自己身边经过。你当街吃饭，必然便宜了一些好管闲事的老妇人，有一些老妇人最喜欢观察别人家今天吃了什么。老妇人手摇一把葵扇，在街上的饭桌间走走停停，她觉得每一张饭桌都生意盎然。吃点什么啊？她问。主妇就说，没有什么好吃的，咸鱼，炒萝卜干。老妇人就说，还没什么好吃的呢，咸鱼不好吃？

天色渐渐地黑了，街上的居民们几乎都在街上。有的人家切开了西瓜，一家人的脑袋围拢在一只破脸盆上方，大家有秩序地向脸盆里吐出瓜子。有的人家的饭桌迟迟不撤，因为孩子还没回来；后来孩子就回来了，身上湿漉漉的。恼怒的父亲问儿子：去哪儿了？孩子不耐烦地说：游泳啊，你不是知道的吗？父亲就瞪着儿子处在发育中的身体，说：吊船吊到哪儿去了？儿子说：里口。父亲的眼珠子愤怒得快暴出来了：让你不要吊船你又吊船，你找死啊？就这样当父亲的在街上赏了儿子一记响亮的耳光，左右邻居自然地围过来了。一些声音很愤怒，一些声音不知所云，一些声音语重心长，一些声音带着哀怨的哭腔，它们不可避免地交织起来，喧嚣起来，即使很远的地方也能听见这样丰富浑厚的声音。于是有人向这边匆匆跑来，有人手里还端着饭碗，他们这样跑着，炎热的夏季便在夜晚找到了它的生机。

船

到常熟去的客船每天早晨经过我家窗外的河道，是轮船公司的船，所以船只用蓝色和白色的油漆分成两个部分，客舱的白色和船体的蓝色泾渭分明，使那条船显得器宇轩昂。每天从河道里经过无数的船，我最喜欢的就是去常熟的客船。我曾经在美术本上画过那艘轮船，美术老师看见那份美术作业，很吃惊，说，没想到你画船能画得这么好。

孩提时代的一切都是易于解释的，孩子们的涂鸦往往在无意中表露了他的挚爱，而我对船舶的喜爱甚至一直延续到了今天。

我记忆中的苏州内河水道是洁净而明亮的，六七十年代经济迟滞不动，我家乡的河水却每天都在流动，流动的河水中经过了无数驶向常熟太仓或昆山的船。最常见的是运货的驳船队，七八条驳船拴接在一起，被一条火轮牵引着，突突地向前行驶。我能清晰地看见火轮上正在下棋的两个工人，看见后面的驳船上的一对对夫妇和他们的孩子。让我关注的就是驳船上的那一个个家，一个个年龄与我相仿的孩子，这种处于漂浮和行进中的生活在我眼里是一种神秘的诱惑。

我热衷于对船的观察或许隐藏了一个难以表露的动机，这与母亲的一句随意的玩笑有关。我不记得那时候我有多大，也不知道母亲是在何种情况下说了这句话，她说：你不是我生的，你是从船上抱来的。这是母亲们与子女间常开的漫无目的的玩笑。当你长大成人后你知道那是玩笑，母亲只是想在玩笑之后看看你的惊恐的表情，但我当时还小，我还不能分辨这种复杂的玩笑。我因此记住了我的另一种来历，尽管那只是一种可能。我也许是船上人家的孩子，我真正的家也许是在船上！

我不能告诉别人我对船的兴趣有自我探险的成分，有时候我伏在临河的窗前，目送一条条船从我眼前经过，我很注意看船户们的脸，心里想，会不会是这家呢？会不会是那家呢？怀着隐秘打量世界总是很痛苦的。在河道相对清净的时候，我常常看见一条在河里捞砖头的小船，船上是母女俩，那个母亲出奇地瘦小，一条腿是残疾的，她的女儿虽然健壮高挑，但脸上布满了雀斑，模样很难看。这种时候我几乎感到一种恐怖，心想，我万一是这家人的孩子怎么办？也是在这种时候我才安慰自己：这是不可能的事，这是胡思乱想，有关我与船的事情都是骗人的谎话。

我上小学时一个真正的船户的孩子来到了隔壁我舅舅家。我舅舅家只有女孩没有男孩，那男孩的父母就通过几道人情关系把儿子送到了我舅舅家。是一个老实而显得木讷的男孩，脖子上戴着船户子弟常戴的银项圈。我对那男孩的船户背景有一种狂热的兴趣，我一边嘲笑他脖子上的项圈，一边还向他提出各种问题，问他为什么不待在船上，跟他父母在一起，我问他难道在船上不如在我舅舅家好玩吗？那个男孩只是回答我，他要在街上上学。他不愿意跟我谈话，似乎也不愿意跟我做朋友，这使我觉得有点颓丧。有一天我听见窗外的河道响起一片嘈杂声，跑出去一看，一条大木船向我舅舅家的石埠前慢慢靠拢，船上的那对夫妇忙着要靠岸，而一个小男孩站在船头拼命地向岸上挥手，嘴里大叫着：哥哥，哥哥，哥哥！我随后就看见我舅妈拉着那男孩站在石埠上，我知道这就是那男孩家的船，船上的男女是他的父母，那个大叫大嚷的小男孩是他的弟弟。我几乎是怀着一种嫉妒的心情看着眼前这一幕，但我发现那男孩一点也不高兴，他仍然哭丧着个脸，面对着满脸喜色的家人。我觉得他不知好歹，他母亲眉眼周正，他父亲英俊魁梧，他的家在一条船上，可他还哭丧着个脸！

那船户的儿子在我舅舅家住了一个学期后就被他祖父接走了。奇怪的是他一走我对自己身世的想象也停止了，或许是我长大了，或者是一个真实的船户的儿子清洗了我内心对船的幻想。至此船在河道上行驶时我成了一个旁观者，我仍然对船展开着与年龄有关的想象，但那几乎是一种对航行和漂泊的想象了。在寂静的深夜或者清晨，我有时候被窗外的橹声惊醒，有的船户是喜欢大声说话的，一个大声地问：船到哪里去？另一个会大声地答：到常熟去。我就在被窝里想，常熟太近了，你们的船要是能进入长江，一直驶到南京、武汉，一直驶到山城重庆就好了。

我初中毕业报考过南京的海员学校，没有考上，这就注定了我与船舶和航行无缘的命运。我现在彻底相信我与船并没有什么特殊的关系，在我唯一的一次海上旅途中我像那些恐惧航行的人一样大吐不止，但我仍然坚信船舶是世界上最抒情最美好的交通工具。假如我仍然住在临河的房屋里，假如我有个儿子，我会像我母亲一样向他重复同样的谎言：你是从船上抱来的，你的家在一条船上。

关于船的谎言也是美好的。

吃　客

此人照理说是到了德高望重的年纪了，头发已经白得像腊月里的雪，一根黑的也看不见，奇怪的是他的气色很好，他的皮肤不老，其红润与细腻堪比初生的婴儿。他的眼神也不见一丝浑浊，老年人中常见的迎风泪、睑毛脱落、眼屎过多的毛病他都没有，他的眼睛在饱览了七十年风霜之后竟然清澈如水，像一个不谙世事的少年，何以如此？有什么灵丹妙药吗？老人说，有，吃，吃呀，吃出来的。

大家并不怎么尊敬他，街上老老少少的人都叫他小三宝，很明显这是一个乳名，小三宝，哪里听说一个老人被满街的小孩唤做小三宝的？可这样离谱的事情就发生在小三宝身上。他的孙子那会儿刚刚学会说话，也咿咿呀呀地对他祖父说，小——三——宝——抱——抱。

小三宝对抱孙子之类的事情不感兴趣，他对吃感兴趣。他站在家门口与人聊天的内容大多与吃有关，他批评肉铺里卖的冰冻猪肉要不就是皮太厚，要不就是没有皮，总是不好吃，炒肉丝怎么炒都嫌老，烧红烧肉吧，怎么烧吃起来都不香。人家说，那也没办法呀，猪肉这么紧张，有冷冻肉吃就算不错了。小三宝站在那里神秘地摇头，微笑着说，有地方买新鲜的农家猪的，你们不知道罢了。人家自然就追问那个地方，这时候小三宝便打岔了，你想打听的他不透露，他把话岔到竹笋上去了，他说，码头那里有宜兴过来的船，卖竹笋，那笋很嫩，炖腌笃鲜不错的。

大家现在应该看出来了，一个本该是德高望重的人被人唤成小三宝，总是有它的道理的。

小三宝的妻子是个节俭的善于持家的老妇人，虽说是近墨者黑，她也特别喜欢翻看女邻居的菜篮子，告诉别人该吃什么不该吃什么，但她对吃的兴趣基本上是过日子人的态度，她一直不赞成丈夫这个吃法，不是反对美食，是反对他为了吃花了好多本该储蓄的钱。谁都知道，小三宝虽然家底殷实，但他有五个儿子，其中三个儿子都没成家，算算看，要花多少钱？你嘴上省一点是一点，小四小五明年都要结婚了呀！这一大把年纪的人，怎么就不懂事呢？老妇人经常像教训孩子一样教训小三宝，这时候小三宝清澈的眼睛里掠过一丝迷惘，很快他就想明白了，说，毛主席说的，自力更生，让他们自力更生嘛。

小三宝在吃的问题上执迷不悟，早晨他往市中心去，对老妇人说他去大公园打太极拳，其实太极拳是个幌子，小三宝天天去老字号的黄天源吃早点，有一次让一个邻居撞见了，看见小三宝面前放着一碗鸡丝馄饨，一只炒肉团子，还有一块白糖玫瑰方糕，小三宝当时不免有点慌张，一手擦着嘴角上的油，对邻居说，回去千万别告诉我们家老太婆。

邻居确实是替他保密的，不幸的是经济账最终是由储蓄金额和抽屉里的现金反映的。这年国庆前夕小三宝的四儿子五儿子一人打了小三宝一个耳光，大家一定猜到为什么了。小三宝捂着脸跑到邻居家，泪流满面，邻居也听见了这个家里的战争之声，不知道怎么安慰小三宝好，后来就听见小三宝自己在安慰自己，他说，这个年头，如果吃点好的都吃不成，活着还有什么意思呢？

螺　蛳

洪家嫂嫂嫁到我们街上来的时候人很瘦，扎着两根辫子，辫子也不粗，看上去有一点营养不良的样子。她男人洪三则是敦敦实实的，长期的翻砂工生涯使他的肌肉非常发达，虎背熊腰的，偏偏又怕热，夏天的时候穿汗衫也要把袖子卷到肩上去，穿裤子一定要把裤腿卷到膝盖处，那种体魄往好听处说是健美，可我们香椿树街的人说话哪里会往好听处说，他们把体魄特别强壮的人称做杀坯。洪三和洪家嫂嫂刚刚结婚那一阵，厂里的人街上的人总要和他开一些类似的不正经的玩笑，你这杀坯样子，不要把人家压坏了！

洪家嫂嫂总是在炉子前忙，忙得锅里沙啦啦地响着，锅里有什么好东西？不是什么好东西，是螺蛳，不曾料到有这么爱吃螺蛳的人，三天两头地炒螺蛳吃，嘴巴吃得累了，所以不爱说话吧。

吃螺蛳麻烦，要把螺蛳头剪了，螺蛳肉才能顺利地吸出来，这经验大家都有，怎么看不见洪家嫂嫂剪螺蛳呢？一问才知道，人家是在上班路上买的螺蛳，上班的时候剪的螺蛳，带回家就下锅了，安排得多有条理。女邻居们看着洪家嫂嫂端坐在桌子前，虽然手持一根牙签，但牙签大多时候是闲着的，洪家嫂嫂主要还是依靠吸吮的技巧把螺蛳吃下去，“嘶”的一下，“哒”的一下，堆满螺蛳的碗一点点地空了，另一只装螺蛳壳的碗却一点点地满了。

洪家嫂嫂和洪三的婚姻生活不和睦，他们半夜里吵架，估计吵的内容有点妨碍风化，就压低声音吵，吵了一会儿没有解决问题，那粗鲁的洪三就打人了，洪三那个杀坯，搬惯钢锭的，下手是什么分量？洪家嫂嫂让他打得叫起来，邻居们竖着耳朵想听她哭闹，等待的结果是失望，洪家嫂嫂要脸面，她只是哭叫，什么难听话都不说。

第二天，洪家嫂嫂虽然保持了沉默，但眼里心里都是恨，大家都看得出来。她不给洪三做晚饭，给自己炒了更多的螺蛳，怀着深仇大恨，“嘶”的一声，恨恨地吸进去，“哒”的一声，又把螺蛳壳恨恨地吐出来，突然把牙签一扔，不吃了，旁边的女邻居正纳闷呢，听见她说，吃什么螺蛳？吃好的，吃虾，吃螃蟹，吃鸭子，吃穷他才解我的气！

洪家嫂嫂其实是个敢想敢做的人，这一点大家都没有想到。后来小夫妻每次吵架，第二天洪家嫂嫂必然在家里暴饮暴食，虽然说的与做的有点距离，她并不总是吃昂贵的东西，毕竟洪三经济条件有限，可是洪家嫂嫂的胃口也是很怪的，那么瘦小的一个女人，怎么能吃下去那么多的酱鸭、油爆虾、白斩鸡？就像她对洪三的报复手段一样，她的胃口和性格一样让人百思不得其解。

洪三没得吃，谁让他总是打老婆呢。洪家嫂嫂吃完了把剩菜放进碗橱，上了锁，洪三要吃就必须把锁砸了，可洪三也是要面子的人，怎么能做这种事让邻居笑话，就经常去小吃店吃阳春面，权充晚餐。

洪三后来倒不见瘦，说明阳春面也有其营养价值，可是那洪家嫂嫂却一天天地胖起来，街上所有人都看见了，她原来是瓜子脸，现在变成个南瓜脸，下巴有两层。仍然有人和洪三开玩笑，说，他们夫妻现在倒是般配了，谁还怕谁？不是东风压倒西风，就是西风压倒东风！

卤 菜

七十年代我们街上有一家卤菜店，是国营的，两个营业员，一个是即将光荣退休的小堂的奶奶，一个却是刚刚分配了工作的高峰。小伙子和老太太本来就志不同道不合，偏偏高峰对待工作吊儿郎当的，尤其不注意卫生，出去上了厕所，回来也不肯洗手，小堂奶奶怎么催也不洗，他还狡辩说你别叫好不好，本来人家不知道我上过厕所，你这么一叫——看看，看看，现在没有顾客来买卤菜了，你还怪我呢，怪你喜欢叫。

自从高峰当了卤菜店营业员之后卤菜的销量急剧下降，这与高峰的个人卫生有关，他老是站在柜台后面挖鼻孔，谁愿意在他手上买卤菜呢。那么多卤猪头肉、卤猪舌头、卤白肉原封不动地待在盆子里，一副怀才不遇的样子。做营业员的也没有办法，天气又热，又不像大卤菜店有冰箱，小堂奶奶临下班前嗅一嗅各种卤菜，说，都坏了，只好我买回家去吃了。当然是按照极其划算的处理肉的价格付的钱。高峰看在眼里，气在心里，心想为什么总是你来占这个便宜，嘴上又不好意思和老太太争，眼睁睁地看着小堂奶奶把一包包的卤菜带回家。

也是无心插柳，一老一少后来对于店里的营业额就不关心了，反正是国营的店，卖多卖少总店发的工资是一个数。小堂奶奶年轻时候是个先进工作者，现在临近退休，有点晚节不保，占国家的便宜占一点是一点。高峰知道她的心思，起初忍着，后来忍不下去了，就说，我也要，你把猪头肉留下，我好多朋友爱吃猪头肉。小堂奶奶说，我们家小堂也最爱吃猪头肉呀。高峰就带有恶意地说，你们家小堂不能再那么吃了，自己都快吃成个猪头了。

后来每到下午三四点钟高峰的狐朋狗友就来了。他们如果是从高峰这里走个后门，占个便宜把猪头肉买回家也算了，小堂奶奶也不会生气，高峰的朋友是赌着吃的，他们玩牌，谁输了就在几秒钟内把所有猪头肉吃完，赢的人在一边数数。看着他们这样糟蹋总店送来的猪头肉，小堂奶奶那个心疼呀，她说，明天不让总店送猪头肉了！不送了！高峰针锋相对，说，那什么都别送了，反正送了也卖不掉。小堂奶奶知道高峰什么意思，只怪自己腰板挺不直，只好气呼呼地提前下班，让这帮年轻人在卤菜店里胡闹。

高峰和他朋友的猪头肉游戏大概维持了一个月，后来就出了事，有一天是高峰自己赌输了，愿赌服输，只好把三盆猪头肉按时吃下了肚子。吃撑了，肚子很难受，这是正常的，是人的肚子吞进去这么多猪头肉都会撑着，所以高峰坚持着和他朋友打扑克，没想到后来就开始腹泻，一趟趟地跑厕所。高峰知道是猪头肉出了问题，后来只好把卤菜店的门关了，留在厕所边。猪头肉游戏也就被迫结束了。

总店的猪头肉从来没出过问题，怎么偏偏在他自己身上出了问题，高峰一直纳闷。过了很久以后，小堂奶奶已经退休了，高峰有一天心血来潮要清洗柜台，找到了以前小堂奶奶留下的半瓶肥皂水。看着那瓶子他突然就明白了，怪不得老太太那天临走那么恶狠狠地说，他们这么糟蹋猪肉，要遭天报应的！闹了半天，是小堂奶奶报应了他，高峰不由得心头一惊，说，这个老×，看不出来，还很阴险嘛。

阴险也是应该的，大家知道，要不是小堂奶奶的阴险，高峰他们不知道要糟蹋多少国家的猪头肉！

鱼　头

一到过年居得胜夫妻俩便忙起来了，尤其是在傍晚时分，我们经常看见他们站在门口送客人，有时候是女的送，有时候居得胜送，有时候客人比较重要，夫妻两个一起送。居得胜尽管只是一个科级干部，但他的派头很大，一手叉腰，挺着将军肚子，像毛主席一样随意地挥手，女的毕竟会来事一点，热情地吩咐客人说，过年来吃饭，一定要来啊！

怎么能不热情呢？人家刚刚送来了年货。年货中又以鱼为多，青鱼、草鱼、黑鱼，都是从鱼塘里刚刚起上来的，有的还活蹦乱跳的。所以客人一走居得胜夫妇就忙开了。送来的鱼太多了，居家像个鱼铺子，黑鱼最受欢迎，养在水里多少天也不会死，其他鱼多了是累赘，他们夫妇只好合作着，一个刮鳞，一个剖鱼，及时地把鱼一条条地挂在绳子上，风干了以后就能腌了，腌了就不怕了，什么时候都能吃。

坛坛罐罐都派上了用处，还是不够用。居得胜的妻子就到邻居家借缸，说是要腌雪里蕻，邻居撇着嘴笑，说，什么雪里蕻，你们家的鱼腥了一条街了，没看见满街的猫都往你家跑？居得胜的妻子有点尴尬，说，我们老居的朋友也滑稽，就不能送点别的？尽是鱼，弄得我这几天看见鱼就犯恶心。邻居说，你犯恶心我不恶心，你家吃不了我来帮你吃好了。居得胜的妻子犹豫了一下问，鱼头你们家吃不吃？邻居说，吃，怎么不吃？你们不吃鱼头，都送我，我爱吃鱼头！

邻里关系当然是要搞好的，后来居家就把鱼头都送给了邻居。邻居家姓王，家里孩子多，乡下老人都活着，经济条件不好，过年时候别人大鱼大肉往家里搬，他们家就准备了一只猪头，几条冰冻带鱼，居得胜免费奉送的鱼头便让老王用来改善了伙食。老王人是聪明的，对于烹调是无师自通，青鱼头、草鱼头放在一只锅里，红烧了吃，又放了点辣椒，味道很鲜美，结果孩子们抢着吃，把鱼的眼睛都吃到肚子里去了。

老王家境不好，什么都不够吃，不能像别的邻居一样，做了有特色的菜就端一点给邻居尝尝，所以在很长一段时间里没有任何人知道老王会做那道红烧鱼头，即使是提供了鱼头的居得胜家，也没吃过。

世事一贯难以预料。物质匮乏的七十年代像别的年代一样，终究也过去了。八十年代我们香椿树街刮起了一股破墙开店风，老王家也破了墙，开了一家饭馆。不知道是在哪儿受到的启发，他们的看家菜就是红烧鱼头。去老王家吃过的人都夸那鱼头味道好，说，从来不知道青鱼头草鱼头红烧了好吃，更不知道两种鱼头一起炖，味道会这么好！

居得胜夫妇后来也知道了老王鱼头的秘密，知道了就有一种莫名的辛酸。居得胜这几年混得不如意，喜欢骂人，说，他妈的，这老王没良心，靠了老子的鱼头发的财，也不来意思意思。老王听说居得胜在家里骂人，就差伙计送了一盆红烧鱼头来，让他消气。可是居得胜夫妇看着鱼头都吃不下去，居得胜的妻子沉思良久，叹了口气说，当年是可怜他们呀，到底送给他多少鱼头，我怎么也记不起来了！

绸 布

下了桥右手第一家店铺就是成记绸布店，七十年代成记与商业战线的其他兄弟单位一样，更名为爱民绸布店，但是总有些上了年纪的妇人，嘴懒，在街上碰了面，互相招呼着说，成记来了新的零头布了，不要布票，去看看呀？

店铺的面积在我们街上算是大的，布柜是过去留下来的，嵌在三面的墙壁中，一匹匹色彩暗淡或者土气的棉布、府绸、尼龙、灯芯绒、粘胶布、的确傻傻地站在那里，看着店堂里的女人们。女人们其实也没什么看头，穿得一片蓝一片灰一片黑的，与霓裳羽衣的要求相去甚远，说起来巧媳妇难为无米之炊，没有美丽的绸布哪来美丽的衣裳？它们这些布匹也是有责任的。

账台是个小玻璃房子，女收银员坐在里面就像坐在检阅台上，三股铁丝从各个柜台的上空通向这里，酷似如今城市中的高架桥，交通便捷。柜台上的营业员做好了买卖，把钱和布票夹在夹子里，夹子好比一架小飞机，上了航线，嗖的一声，就飞到了小玻璃房子里面。

或许是与布匹打惯了交道，爱民绸布店的营业员不管是男的还是女的，脾气也像布料一样温和柔软，缺乏其他商业战线的同志常有的莫名的火气和斗争方向。尤其是被女人们唤做申师母的那个，她见人就笑，不管你是好人坏人，只要你有布票，只要你听从了她的建议，选定了布料和长度，她就满足地微笑着，把布匹抱出来，啦、啦、啦，布匹在玻璃柜台上一串滚翻，将它的花纹和质地一点点地铺开，展示给你看。花纹是保守的掩掩藏藏的，质地是稀疏的差强人意的，也许正因为如此，布匹在出售的过程中不见一丝痛苦，相反是带有某种歉意，而申师母为人熟悉的微笑，你也可以看做是安抚性的笑容，这笑容的潜台词是：不是什么好料子，不过棉花那么紧张，上哪儿去剪从前那么好的布料呢，凑合着剪回去裁件衣服吧。

这申师母是五十年代公私合营前成记的老板娘，不知道是幸运还是不幸，她的老板娘生涯刚刚开始就结束了。我们后来看着她在爱民绸布店里为人民剪布，把头发都剪白了。白了头发的申师母仍然保持着她的为人民服务的微笑，人缘一直很好，但有的女顾客私下里议论说，申师母现在不如以前那么热情了，你问她话她神情恍惚，更让人惊讶的是她剪了一辈子布，现在一下剪子手就抖，不知是怎么回事，好几个女顾客把纸包里的布打开后发现，布头竟然是歪的。

后来大家知道申师母得了病，得的是精神方面的病。她女儿能说出那个怪里怪气的病的名称，可惜大家都没记住，只是哀叹一个这么好的人怎么脑子出了问题，怎么不让街上的那几个泼妇恶汉得这个怪病。申师母离开了桥边的布店，天天坐在家门口晒太阳，膝盖上放着一只棉垫子，坐在那里仍然向人们微笑着，但你一眼能看出来那是个病人，她的目光定定地盯着路人的衣服，她的花白的脑袋始终在向左右两边摇晃，好像在否定大家的穿着打扮：

不好看不好看。

你穿得不好看。

点　心

一个早市，一个午市，点心店里总是宾客盈门的。点心店里的两个营业员，一个胖女人卖筹子，当时大概四十岁左右的年纪，脸上长着雀斑，面色红润，坐在柜台后面时看上去十分健康，待早市散了她走出柜台来收碗，你才发现女人是个残疾人，一条腿拖着另一条腿走路的。另外一个小伙子是点心店唯一的大师傅，二十出头，模样可以说是很英俊了，只是说话结巴，结巴得还很厉害，好在他忙是忙在手上，在大灶上忙，你走到他面前也不是去和他攀谈，是去端面条、端汤团、端馄饨的，所以他结巴对别人一点也没有妨碍。

结巴小伙子的手艺不错，尤其是小馄饨做得好，虽不能像绿杨馄饨店那样的名店，奢侈到用鸡汤，但他舍得用荤油骨头，所以下午两点钟一过午市开张以后，街上嘴馋的男女老少包括附近纺织厂的青年女工都会结伴来吃馄饨，吃完馄饨喝完汤，勺子还舍不得告别碗，在碗边上敲一敲，说，明天再来吃一碗。

有个怪现象大家是后来才注意到的，每当年轻的纺织女工们叽叽喳喳地冲进点心店，胖女人的脸就会莫名其妙地沉下来，对她们极不耐烦，所以纺织姑娘们一出门就说胖女人的坏话，说她是怎么回事，好像我们吃的是她家的馄饨似的，天天阴着个脸，难道我们吃馄饨不花七分钱的？但灶上的小伙子给纺织姑娘们留下了很好的印象，或许是结巴造成了小伙子的缄默和腼腆，他不怎么和纺织姑娘搭讪，但他的大漏勺向她们表达了他的心情和友善，他会多给姑娘们一个两个馄饨，个别长得漂亮又会说话的，得到的几乎是一碗半馄饨！

这年春天，很突然地，街上流传着一个耸人听闻的风化案子，人人手指点心店。大家不能相信的是这起风化案子的当事人，一男一女，竟然是小牛嚼了枯草——女方是点心店的胖女人，这不奇怪，曾经有邻居在背后评价她身残志不残，深更半夜经常像猫一样乱叫，还说胖女人的丈夫是如何如何地面黄肌瘦。令人不敢相信的是男方，男方竟然是点心店的那个小伙子，是那个小伙子和胖女人钻了近郊的菜花地，让好事的农民当场抓住，扭送去了派出所。

这事情一定是确凿无疑的，点心店盘点数天，而后重新开了门，大家拥进去吃点心，看见胖女人若无其事地坐在柜台上卖筹子，假装看不见食客们诡秘的不怀好意的表情，但她的小儿子在店里吃面，正好做了她指桑骂槐的工具，她说，吃你的面，眼睛贼溜溜的看什么看？人家的脸能当点心吃下去呀？食客们走到里面，看见一个秃头的老师傅在灶上忙，结巴而英俊的小伙子已经不在这儿了。

点心店名字就叫群众点心店，人民群众当然有权利继续在这里吃点心。放弃这权利的是那些年轻的纺织姑娘，自从那年春天以后她们再也不去群众点心店吃馄饨了。有的姑娘说话有分寸，说那儿的馄饨现在不好吃了，所以不去吃，有个姑娘则是快人快语，将矛头直指点心店里发生的不伦事件，她说，谁有胃口再进去？两个畜生做点心，脏不脏呀？恶心不恶心呀？

年轻姑娘毕竟年轻，看待问题感情用事了，年纪大一些的男性食客对事情的看法是最宽容的，他们说，你们试试去，让两块石头天天靠着，两块石头迟早滚到一起去！何况人家不是石头，人家是两个人，是一男一女两个人嘛！

白铁铺子

我们那里把修补铝制品叫做敲白铁，敲白铁的人便被叫做白铁匠。白铁匠一般是游街做生意，嘴里叫，手里敲，坏锅坏水壶拿出来补啦。房子里的人听见这声音便急急地冲出来，将一只漏了底的水壶或者黑乎乎的炒菜锅往白铁匠面前一扔，一边埋怨着他的手艺，说，去年才换的锅底，怎么今年又漏了？你再补不好我就把它扔了，去买新水壶来——听上去好像是对白铁匠的一种威吓，再不好好敲，让你以后没生意做！

不记得是哪一年了，街上凭空冒出了一家白铁匠店。五个中年或者接近老年的男人坐在两间临街的狭长形的屋子里，有的戴着老花镜，有的膝盖上铺着麻袋布，坐成一个半圆，乒乒乓乓地敲起白铁来。一贯很安静的街道一下子便变得不安静了，不仅不安静，简直是令人心烦。

细细向白铁铺里一看，你就知道有关方面开设这铺子是用心良苦。五个白铁匠，除了一个老孙货真价实，其他都是冒牌的，众人哑然失笑，原来里面坐着的尽是街上被打倒了的“牛鬼蛇神”。

一个姓汤的瘦老头是街上比较著名的人物，他的历史是最不干净也是最让人耻笑的，男子汉大丈夫，偏偏喜欢做逃兵，当国民党兵做逃兵情有可原，俘虏他让他参加了革命，本来是多么好的机缘，他不珍惜，还是逃。这么逃来逃去就给自己的档案抹了黑，把他归入牛鬼蛇神是一点也不过分的。

老汤原来跟一群女人一起加工纸盒子，他像贾宝玉在大观园一样如鱼得水，吃吃这个的豆腐，摸摸那个的屁股，好不自在。现在把他弄到这个白铁铺子来，老汤敢怒不敢言，其他牛鬼蛇神都夹着尾巴在洗心革面，他也不能消极怠工，就模仿着老孙，拿起小锤子，一心一意地敲白铁。老汤敲白铁敲得最响最密，但他不懂技术，怎么敲也是乱敲一气，他给旧锅旧水壶换的底，用手轻轻一掰，新的锅底就掉下来了，那些勤俭持家的妇女们气得不行，拿着东西到白铁铺兴师问罪，老汤装糊涂，还问别的牛鬼蛇神，说，是谁补的这锅？纸糊的也比这结实嘛。别的牛鬼蛇神也来气，为了对付狡猾的老汤，他们在他补的锅底下一律用墨水写上一个“汤”。

老汤的坏名声在新的岗位上继续传播着，孩子们后来拿着铝锅铝壶来白铁铺子时，常常附加一个条件，我妈妈说了，我家的锅不让老汤敲！这种打击老汤倒是能承受的，促使老汤后来敲白铁技艺突飞猛进的是小组长老孙带回来的消息，有一天老孙从区里开会回来，忧心忡忡地看着老汤，说，你不能这么乱敲下去了，有的顾客向上面反映了，说你是破坏抓革命促生产的大好形势，上面也说了，你再这么干下去，要专门组织批斗会，斗你！

老汤其实是个胆小如鼠的人，年轻时他能逃，现在年纪大了腿脚不好，况且祖国山河一片红，他也无处可逃。于是他决定虚心学艺了，突然向老孙一跪，说，你收我做徒弟吧，你好好教，我好好学，否则把我揪台上去，你们也要陪斗的。

后来老汤敲白铁便敲得很好了。我们家有一只专门用来煮粽子的大铝锅是老汤晚年的手艺，用到九十年代锅底也没掉。端午煮粽子的时候我母亲总要唠叨一句，老汤当年补的锅底呀。

锅还在，补锅的老汤早已经不在了。

理发店

街北的这家理发店紧挨着菜市场，所以每天人来人往的。有人进去理发，有人抱着婴儿进去给婴儿剃满月头，有人进去什么也不干，站在理发师的后面，看着人家理发，嘴里有一句没一句地和理发师（或者是顾客）聊天，莫名其妙地把理发店当成了茶馆。

炉子上长年煮着沸腾的开水，冬天的时候炉子和水汽使理发店显得特别地暖和，夏天这炉子便讨人厌了，理发师们把它请到了外面去。封炉子是不行的，在没有热水器的年代里，理发店离不开炉子，理发师们空下来会提着那壶沸水爬到一只凳子上，小心地把沸水灌进自制的土水箱里，打开龙头，就可以为你洗头了。水温没有办法调节，全靠理发师的经验，有时烫一点，有时冷一点，没有什么人会埋怨的。

理发店里突然分配来一个姑娘，一个圆圆脸的留短发的姑娘来这里做了一名女理发师。大家都有点不习惯，不仅是来理发的店里常客不习惯，他们原来往大转椅上一坐，人是很放松的，什么话都说，现在一个姑娘站在旁边，有的荤话就不好出口了。这些人变得一本正经，理发师们也不习惯，他们的工作那么枯燥，原来有那么些老客来调剂一下，哈哈笑笑，时间过得就快一些，现在来了这个姑娘，大家都只挑能说的话说，于是理发店里就显得安静了许多，电推子嗡嗡的声音和剃刀在帆布上的刮擦声听上去都尖利刺耳了。

女理发师也不自在，虽然穿好了白褂子，扶着一只转椅示意来人到她那儿去，可来人偏偏不往她那儿去。来理发的男人死心眼，姑娘家会剃什么头，弄不好剃个马桶盖出来让人笑话。来剪头吹风的女人心眼多，自己是女人还小看女人，信不过她，还是找熟悉的老王老李，人家正忙着，没关系，坐在一边等。

好在那个姑娘明白事理，遭此冷遇也不闹什么情绪，大人不要她理发，她就把那些半大的孩子拉到自己那里，几乎是强迫似的，将白围兜紧紧地扣住你的脖子，往哪儿看？看镜子，头别动，低一点。推子果断地响起来，头发已经掉了一圈，你想跑也跑不了啦。

凡事都有例外，我们街上小堂的哥哥就是一个例外，他有一天走进理发店，毫不犹豫地坐到了女理发师的前面，大家都看见他涨红了脸，指着自己的脑袋说，头发长了，你给我剃吧。女理发师或许是没有思想准备，一时竟然手足无措，她说，要不要——眼睛看着其他的理发师，理发师们却暧昧地看着她，不作任何表示，意思是你大胆地剃吧，剃成什么就是什么，人家就是找你剃，与我们不相干。

小堂的哥哥是醉翁之意不在酒，大家后来都发现了。发现以后都说这个家伙看上去木讷；实际上是诡计多端，其他小伙子追求女朋友，谁不是费了九牛二虎的力气，他却省心，往理发店一坐，坐了几次，就把女朋友追到手啦。

女理发师姓陈，后来她果然做了小堂的嫂子。好在小夫妻俩后来的婚姻生活还算美满，男的女的都没吃亏的样子，否则我们真的要怀疑这小陈缺心眼了。

肉 铺

肉铺当时是一座看得见的幸福桥，至少对于那些胃口很大却又没有油水的孩子来说，如果他们的母亲早上挎着篮子去了肉店，那他们的午餐或者晚餐将是一种明明白白的幸福，这幸福盛放在盘子里，散发出久违的红烧肉的香味，街上王五六的儿子对幸福的造句竟然就是这样写的：幸福就是红烧肉。结果那小男孩让语文老师揪着耳朵推出了校门，老师说，你回家吃红烧肉去！王五六的孩子像王五六一样没头脑，还是一个劲地纠缠于肉的问题，他将书包在墙上砸过来砸过去，冲着老师愤怒的背影嚷，我们家从来没有红烧肉，我春节过年吃过一次，后来再也没吃过！

其实猪肉还是能买到的，只要逢周二、周四、周六，只要你肯在凌晨时分去肉店排队，只要你与肉铺里的几个店员保持良好的关系，你可以买到半斤以内的新鲜的"肋条"，或者"坐臀"，或者五花肉，或者新鲜的猪肝、猪肺、猪大肠，在半斤以内，丰俭由人。

可是为什么街上有的人到了七点钟太阳升得很高了才去肉铺，却照样拎回来热腾腾的新鲜猪肉呢，为什么不是逢年过节，有的人能够随意地把一只猪头用报纸包着带回家，卤了吃，腌了吃，猪耳朵那么大那么肥，一切一大盆，花很少的钱，就把别人一年才能积存的油水全部吃到肚子里去了？

这就要说起肉铺里的一个国字脸女人了。这女人尽管天天与猪肉和刀斧打交道，却是一个权力与智谋兼备的人，用现在流行的话语来说，是一个标准的女大腕。她在街上的地位与受人追捧的程度可以让北京的女干部嫉妒，她在工作中从不与熟人说话，但她的眼睛在说话，现在别来跟我拉近乎，反正我让你占点便宜就是啰。她的斧头也是长眼睛的，远的疏的不欺负你，但瘦的肥的按店规搭配好了，说是三两肉绝不多给一钱。相反的是那些多年与她保持着睦邻友好关系和互惠互利关系的人们，这些人经常怀着一个令人心跳的秘密奔向肉铺，不知从国字脸女人那里捞了多少油水，这些人的脸色看上去就比别人红润一些，体形也要胖一些，他们以为自己保养得好，殊不知这与平时的营养也是分不开的，营养从哪儿来，当然从国字脸女人那里来。

国字脸女人后来不知怎么得了肝炎。肝炎要传染，饮服公司革委会研究决定让她离开了肉铺，离开肉铺到哪儿去呢，肝炎带了菌的人不能在饮食服务业工作了，就让她去了煤球店。大家知道那时候煤球也是要凭票的，煤球店的店员执掌煤权，国字脸女人虽然有点失落，但还是服从组织安排去了新的岗位，这么着她就和煤球店里的小兵他妈成为同事了。

也是人心不古，小兵他妈原来是用煤球和国字脸女人互通有无的，现在两个女人各自守着一架磅秤，谁也用不着谁，友谊很快就为了一些琐事彻底破裂了。女人一翻脸喜欢揭人之短，吵了没几句就把从前的秘密吵出来了。国字脸女人说，你现在像个标兵样子，我过去来买煤球，你收我五十斤的煤球票，称给我多少斤煤球？八十斤啊！小兵他妈妈不甘下风，结果就抖落出一个更加惊人的秘密，她说，你倒是标兵了？我给你一块钱割三两肉，你给了我半斤肉不算，还倒找我两块钱！

卖 药

我们街上的药材店是老字号，我很小的时候那店开着，里面有几个老头子站在幽暗的高大的柜台后面，露出一个饱经风霜的脑袋，无所事事地向街道张望，他们闲着是好事，可以想象的，如果他们像粮店那样忙起来，人民群众的健康一定出大问题了。药材店不知什么原因关了好几年的门，门口堆起了豆制品门市部的木头架子，那些粗笨的大木头架子好像存心堵着药材店的塞板门，一定是以为药品市场已经革命到底，人们不再需要中草药了。这肯定是有失偏颇的，代表的是西药的观点，有一年药材店忽然就重新开了门，平时街上一些病病歪歪的人便互相奔走相告了。

原来的几个老店员却不在了，现在的两个店员都是姑娘，一个很年轻，另一个老成一些，但也是姑娘，反正不像是给人抓药的。她们站在药材店新置的日光灯下面，眉目让人看得很清楚，后面的小格子窗似的小药屉上的编号人们也能看清楚了，可是看清楚了不一定是好事，街上的人们仍然相信中医，可他们拿着药方却不一定去我们街上的药材店，老谋深算的人考虑问题很细致，革命需要小将的干劲，抓药这样的事却不需要他们，万一抓错了药呢？

药材店里很安静，两个姑娘总是比画着说话，有人进去买红药水或甘草枸杞之类的东西，仔细一观察，其中的一个姑娘竟然是个哑巴！

哑巴姑娘对待工作的热情明显是好过另一个，她几乎是从早到晚端立于柜台后面，用聋哑人特有的明亮的眼睛看着来往路人，好像在说，把药方拿来，拿来，让我为你服务，服务！可是人们就是不能改变他们的偏见，即使偶尔有去药材店抓一服治头疼脑热的药方，他们也把药方交给那个会说话的小马姑娘。

凡事皆有例外，是金子总是有闪光的时候。哑巴姑娘也许是坚信这一条，一直无怨无恨地在药材店空站着。这年夏天罗平的姐姐连续几天在药材店门口徘徊，她向药材店里面偷看，热情的哑巴姑娘就向她招手，招了好几次手，罗平的姐姐就扭扭捏捏地进去了，进去以后却对着小马姑娘说话，你们卖不卖沙药水？小马姑娘摇头说，什么是沙药水？我们这儿只有紫药水红药水。被冷落的哑巴姑娘看看女顾客的嘴，对同事打了个手语，原来她知道沙药水在哪里，不仅知道，立刻扑进去取了一瓶放在柜台上。罗平的姐姐把药瓶抓着，对小马姑娘说，我消化不良，医生让我买三瓶。这小马姑娘看清了沙药水摆放的位置，很省力地过去又拿了两瓶。照理说药材店里的店员难得有为人民服务的机会，有人一下买三瓶药水应该高兴才是；没想到哑巴姑娘突然呜呜地叫起来，不仅叫，她还抢下了两瓶放在怀里。其他两个人都惊讶，罗平的姐姐更是急白了眼，隔着柜台对哑巴姑娘又抓又挠的，哑巴姑娘很机智，她突然抓起笔在纸上写了一个字：死。把纸团塞在罗平姐姐的手里就躲到一边去了。

罗平的姐姐没有给小马姑娘看那个字，所以这个纸团成为了一个秘密，也使罗平的姐姐后来莫名其妙地做了哑巴姑娘的朋友。这年夏天街上流传着罗平姐姐未婚先孕的小道消息，又从市医院传来一个与沙药水有关的可怕的新闻，不止一个姑娘听信偏方，大量服用沙药水打胎，结果害了自己的性命。

凡与中草药有关的，哑巴姑娘什么都懂，小马姑娘不奇怪，她知道哑巴是这家老字号主人梁文儒的孙女。可是小马姑娘说，沙药水是西药呀，你怎么也懂？哑巴姑娘一下子就沉默了，后来她一边哭一边给饶舌的同事打手语，手语说，我妈妈就是服三瓶沙药水死的，她受苦太多了，不想活了。

茶馆店

茶馆店就是茶馆，不知道我们那里的人为什么多此一举，把一个简单的公共场所叫复杂了，如果推敲起来，别人会问，这茶馆店到底是什么意思，是馆还是店？或者有顶真的人问你，馆和店有什么区别？又或者问你馆和店这么叠在一起说明它除了喝茶还兼做茶叶铺子吗？你就会感受到吴方言有其累赘和无事生非的缺陷了，只好敷衍了事，说，其实就是茶馆！

我们街上那家茶馆店坐落在桥边，一座木结构的二层楼，远看会以为那是一幢普通的民居，楼栅上棕红色的油漆剥落多年，没上新漆，楼上的窗户是排窗，能开的都开着，不能开的都是窗销锈死了的。人从桥上过，视线与楼上窗子里的人头接触，看见那些脑袋多是花白的苍老的，有的背向你，有的是个侧影，一动不动，似乎懒得转动一下。你伏在桥栏上向下看，一眼能够看见老虎灶的水汽、灶火和堆得很高的砻糠，看见德明的奶奶苦着脸站在灶前，围着一个肮脏的围裙，将一壶一壶的开水透过一个铝水斗灌进一个热水瓶中，如果是夏天，德明的奶奶会突然叫一声，热煞哉！

这么人声鼎沸的地方，只能是一家茶馆，令人遗憾的是茶馆里面所有的高音低音都来自老年男性，偶尔有个女性怨恨的声音响起来，也是一个老年的女性，是德明的奶奶在抗议茶客们私自把茶叶盒打开，花了一毛钱，却又给自己新沏了一杯茶。

孩子们如果去茶馆店，一定是家里人打发去买开水的，这样的孩子手里提着两个热水瓶走进茶馆店，把两分钱往灶台上一只瓷碗里一扔，德明的奶奶就过来了。德明的奶奶乐于为孩子灌开水，嘴里是不肯放过批评的机会的。你们家没有煤炉的？连开水都不肯烧！德明的奶奶撇着嘴，转向一楼几张桌子说，这小孩倒是很勤快的，他们家大人，哼，懒得出蛆！

没有孩子喜欢街上的茶馆店。我也不喜欢。但是我想起从前的某个冬天，缩着脖子走在上学的路上，北风像一个疯狂的医生盯着你的脸，这儿给你一针那儿给你一针，可走过茶馆店时，棉帘子里扑出来一股热气，让你忍不住地要在门口站一站。站一站就站出了思想的转变，我听着茶馆店里传出几个评弹票友拿腔捏调地唱着什么弹词开篇，有人还在拨弄一把月琴，月琴也在业余地歌唱，隔着窗玻璃，看见的是一片温暖的热气，热气里老人们的脑袋若隐若现的。我突然发现做一个老头也是不错的，不用上学，再冷的天也不用怕，往热乎乎的茶馆店里一坐，喝茶，聊天，唱评弹，我认为这么着过冬是很快活的，这么着过了一生中所有的冬天就更快活了。

第二辑　八百米故乡

八百米故乡

在我的字典里，故乡常常是被缩小的，有时候仅仅缩小成一条狭窄的街道，有时候故乡是被压扁的，它是一片一片记忆的碎片，闪烁着寒冷或者温暖的光芒。所谓我的字典，是一本写作者的字典，我需要的一切词汇，都经过了打包处理，便于携带，包括故乡这个沉重而庞大的字眼。

每个人都有故乡，而我最强烈的感受是，我的故乡一直在藏匿，在躲闪，甚至在融化。更重要的是，它是一系列的问号，什么是故乡？故乡在哪里？问号始终打开着，这么多年了，我还在想象故乡，发现故乡。

一九八二年夏天，在一条名叫齐门外大街的街道上居住了二十多年之后，在把四个子女都养大成人之后，我父母乔迁新居。从苏州城最北端的那条老街上继续往北五百米，过一座桥，再穿越一条很短很狭窄的街道，左手是我母亲工作的水泥厂，右手的工厂宿舍楼，就是他们的新家。这次乔迁的直线距离，没有超过八百米。当时我在北京上大学，在千里之外，对新家充满了热情的想象。因为那是新公房，在三层楼上，新居的高度和抽水马桶、阳台之类的东西已经让我足够兴奋。我清楚地记得暑假回家的第一个下午，我在新居的阳台上眺望着远近的风景，怀着一种新生的心情。远的风景，正面方向是水泥厂工厂区白色的大烟囱和水泥窑；侧面远眺，能看见一家炭黑厂黑色的烟囱和黑色的厂房；在水泥窑的后面，有京沪铁路通过，可惜水泥窑能看见铁路和火车，我看不见。我从小生活的旧屋，其实就在东南方向八百米处，但是其他的房屋挡住了那旧屋，我什么也看不见。那是很多年来我们家的第一次搬迁，是在对环境污染一无所知的年代里，我们从一家化工厂的对面搬到一家水泥厂和一家炭黑厂之间，从苯干生产污染的空气里扑向水泥粉尘和炭黑粉尘的怀抱，空气质量对我们每一个家庭成员并没有太多的妨碍，唯一的问题是日常生活的直径改变了。正负八百米，我父亲去市中心上班，自行车要多走八百米，我母亲上班少走八百米，可是去看望我外祖母要多走八百米。对我来说，八百米是一次直径的扩展，美中不足的是这次扩展规模太小，我的生活从一条街到另外一条街，仅仅延伸八百米，不能遗忘什么，也不能获得什么。那年夏天，我第一次意识到了故乡这个字眼，可是我所想象的故乡似乎并不存在于这八百米的世界里。

八百米成为一个象征，就像一个人发现故乡的路，很短，也很长。

我对苏州城北再熟悉不过了。每一条街路，每一间工厂，甚至大街小巷里的好多户人家，我都知道他们的底细。但是那个地区太拥挤了，太低矮了，我从来没有机会彻底解放我的目光，我从来没有获得过登高远眺一览江山的经验。那年夏天，我意识到我对新居的期待是一场空欢喜，三层楼，视线还是被遮蔽的。我无法获得一个观察者的视线，即使是描写一条街的街景，我仍然要通过脑子里的记忆，还有想象。

但是从文学意义上说，八百米也许可以成为一个故乡了，只是稍显局促而已。从孩提时代到二十岁，我主要是在苏州城北的这八百米范围内活动，成长。我的写作，其实一直在利用这局促的八百米的故乡，有一些事物总是在我创作过程中浮现在脑海里，分别是河水、铁路、工厂、河里的客船、驳船和农用船。许多敞开的房屋的门洞，早晨和黄昏街上的人流和嘈杂的市声。那八百米范围里的居民，老老少少，男男女女，有好多人脸会在我写作的时候悄悄一闪，进入我的记忆，那些事物，那些人，都以故乡的名义降临。为了写作，我有一条虚拟的抵达故乡之路，我习惯设定一个出发地，这是故乡模糊的版图中唯一清晰的地标，也就是零公里处。我设定的所谓的零公里处，就是我二十岁以前居住的旧屋。

齐门外大街如今拆了一半，保留了一半，被拆去的是临河的房屋，一百二十七号，这个门牌号码现在应该是消失了。那曾经是我母亲的家族很多人的旧屋，一面临街，一面临河。临街的那一侧住着我大舅一家，隔着一个小小的天井，临河的两间屋子曾经住着我们一家和我三舅一家，而天井的耳房里住着我外祖母。我三岁那年三舅买下了隔壁一户人家的私房，住到了我们家的隔壁。这样，一个家族的人各有门户，却又紧紧地靠在一起。我母亲这一家族家境贫困，从镇江地区的扬中岛上出外谋生，移民到苏州，一直团结在我大舅的周围，一起居住，一起生活。之前，在我和我哥哥出生之前，我们三家人和外婆一起住在另一条街上，东汇路南田村的一所更拥挤的房子里，很奇怪，我后来算了一下那两所房子间的距离，差不多也是八百米。

八百米的世界，对我们一家，曾经是一种宿命。唯一不同的是一九八二年夏天的搬迁，让我母亲的这个家族分开了，分开八百米，不算很远，但也不很近。这使我母亲在腌咸菜的季节里格外头痛，腌菜的大缸没法搬到新居里去。而且，我母亲特别信任我二舅的脚，认为只有他踩出来的腌菜才好吃。现在，缸没有了，踩缸的“脚”也不在身边，只好放弃腌菜了。搬家也给我造成了一点麻烦，明显大于腌菜的麻烦，我要听从母亲的吩咐，走亲戚，暑假或者春节，每年最起码两次，要走八百米的路，回到旧屋去，见过我的外祖母，见过我的大舅大舅母和二舅二舅母。我从一百二十七号一个大家庭的一员，变成了一个亲戚，一个客人。这种新的身份让我感到新奇，又很不自在。而我家的房子，由于是公房，已经被调配给了一个陌生的家庭。我好奇地打量过从前的家，怅然地发现，那确实不是我的家了。那户人家粉刷了墙壁，改变了房子的格局，也改变了我母亲家族聚居的格局，不是陌生人融入了这个家族，就是这个家族融入了陌生人的生活。

而我们这个家族，最初就是这个街区的陌生人。我父母是从镇江地区扬中岛上来到苏州的移民。在八十年代以前，我所有的身份资料上的籍贯一栏，填写的是扬中县。籍贯填写成苏州，是八十年代以后的要求。这个要求忽略了父辈的来历，强调了出生地的重要。自此，我的身份才与苏州发生如此紧密的联系。

老屋附近的邻居们称呼我大舅为大阿哥，大舅母为大嫂嫂，称呼我三舅为小阿哥，这是模拟我母亲的身份称呼的。而邻居们称呼我的外祖母，则一律亲切地喊她外婆，是根据我们这些孩子的口气称呼的。而我外婆在苏州生活几十年，一直不怎么与别人交流，她学不会苏州话，也不肯学。没人听得懂她的扬中乡音，她干脆就不和邻居说话了。但是街上所有的人几乎都认得她，因为她一年四季都坐在我们家的门口，守着一只大篮子，大篮子里是她向一个老贩子买来的旧线袜，她把旧线袜拆成纱线，再把拆下的纱线绕成线团，把那些线团卖给一个收购站。收购旧纱线的地方很远，在苏州城以北的陆墓镇。我外婆是解放脚，毕竟捆扎过，走路多有不便，儿女不放心，所以在很长一段时间里，我们三家的孩子要轮流出动，走很远的路，陪我外祖母去陆墓镇。

我的外祖母似乎一生都未能融入城市生活。她姓蒋，我外祖父姓王，所以她在户口本上的名字是王蒋氏，这是代表她身份的唯一符号。甚至连我的舅舅都不知道她做姑娘时候的名字，只知道她在农村的时候，因为个子高，有一双特别长的腿，别人叫她长脚。她前半生在农村留下的唯一的传说与劳动有关，说是她插秧特别快，是远近的村庄里插秧最快的人。在我外祖母的回忆里，我的外祖父除了长相英俊之外，其他一无是处。他像扬中岛上的大多数男人一样，年轻时候便出外谋生。他在苏州城里开了一家竹器店，到我大舅能干活的年龄，他收了自己的儿子做了学徒。我的外祖父在城市里摆脱了贫穷，但是他的钱财都流向了某些隐私性的不可言说的地方。每到过年的时候他回到家乡，只带来回的路费盘缠，从没有把在城里赚到的钱交给我外婆。他坚持回乡，似乎是在履行保留在乡下的权威，很有效率地在乡下妻子身上完成着传宗接代的大业，直到我母亲出生。

我外婆一共生了五男一女，我的四舅和五舅都送给了较为富裕的人家抚养。她甚至连一块田都没有，就靠替人帮工养活自己和剩下的儿女。我外祖父后来在城里染上了重病，奄奄一息的时候，已经人财两空，苏州城里举目无亲。他想到的还是乡下的妻子，他回了家，让我外祖母伺候着度过了生命的最后几天，最后他落葬在故乡。

我的大舅后来成为这个家族的顶梁柱，他把我二舅三舅四舅先后带入了城市，而我外祖母和许多来自农村的老年妇女一样，跟随着儿子们，来到苏州。一九五九年春天，我的五舅在很多年之后初次知道了自己的身世，从他工作的城市南京赶到苏州来认亲。我的外祖母和她的五个儿子和一个女婿（我父亲），加上第三代的孩子，一起去照相馆拍了一张全家福。我外祖母在那张照片上流露了一生最快乐的微笑。一个来自扬中岛上的家庭，在苏州团圆了。其时，除了我五舅一家，我母亲的家族已经完全在苏州城里扎根落户。

我母亲的这个家族，就像一支军队，分成两个纵队：一支深入城市，探索新的生活；另一支留守故乡，保留着对农业文明残存的希望。我的长辈，除了我大舅母，是我大舅与乡下妻子离婚后迎娶的苏州人，其他的长辈都来自扬中。我的舅舅们到了婚配年龄后，都是在老家扬中岛上寻找的伴侣，而我的四个扬中籍舅母，除了我三舅母，其他三个几乎一生都留在扬中岛上，在老家养儿育女。如此，我们这个家族与扬中岛一直维持着紧密的联系，我有一半的表亲在城里，一半的表亲在乡下。每年都会有这样的时刻，家里来了某个乡下舅母，她会在我外祖母、我的两个舅舅家和我家来回穿梭。我们几家的桌子上，都堆着相同的一种叫水糕的糕点，那是乡下的纵队给城里的纵队捎来的礼物。但是，对于我们这些在苏州长大的孩子来说，那实在是世界上最不好吃的糕点。

我们这个家庭有点特别，几家人聚拢在一起，在一个新的居留地过着家族式的生活，似乎就是为下一代更改故乡的名字。但故乡的名字是不容易改变的。我们家周围的邻居，大多是苏州的老居民，他们早已接纳了我们这个家族。但是，对于我们一百二十七号和一百二十五号的日常生活，毕竟是有点好奇的。而语言问题首当其冲，语言在我们这个家族里无法统一。我外祖母不会说苏州话，我大舅母不会说扬中话，我的父母和舅舅们则交替使用家乡方言和苏州话，他们互相之间用家乡话交流，孩子们对外人都说流利的苏州话。

长辈们的家乡方言，在很长一段时间里让我们这些孩子感到恐惧，就像一个隐私，唯恐给外人听到，可惜的是，这隐私无法藏匿，因为长辈们从不以他们的家乡为耻。扬中岛的方言，听起来接近苏北话，而苏州这个城市的市民文化与上海相仿，地域歧视从来都是存在的。苏北话历来被众人所不齿，尤其是我的姐姐和表姐们，一旦与别的女孩子发生口水仗，必然会因为长辈们的口音受牵连。无论他们怎么强调扬中岛位于扬子江江心，属于镇江地区，镇江地区是在江南，与苏北无关，但怎么强调都无济于事。通常他们得到的回答是，镇江话也是苏北话，不管你们的老家在江南还是江北，反正你们不是苏州人，是苏北人！

我们家的下一代，都为上一代的家乡辩解过，为地理位置辩解，为所属方言辩解，出于虚荣心，或者出于恼怒。当你为父母的口音感到恼怒时，你如何体会故乡这个字眼带来的荣耀？相反，下一代体验的是一种隔绝故乡和遗忘故乡的艰难。说到底，孩子们是没有故乡的，更何况，是我们这些农村移民的孩子。

但父辈们在下一代身上还是留下了故乡的烙印。我们所有的孩子都不会说老家扬中的方言，但对长辈的称呼，是小时候牙牙学语时父母所教，养成了习惯，一律以扬中方言发音。

比如我的表姐对我母亲的称呼，按照书本应该叫姑母或姑妈，按照街上别的孩子的苏州方言称呼，应该叫 niang niang，可是我的母亲被叫做 gu wei。比如我大舅的女儿叫我三舅 yaya，不叫阿叔。很长一段时间里，我对我舅舅舅母的称呼也是依照童年时期父母的指令，舅舅发音勉强接近普通话，舅母发音则怪声怪气，"母"这个音，m-e-u，发出的是一个非常奇特的音节。在苏州话发音里，那个音接近鳗鱼的"鳗"，或者瞒骗的"瞒"字。当我在学校里系统地学习了语文知识后，这样的发音让我觉得滑稽，不能忍受。于是我未经父母和当事者的同意，悄悄地改变了对舅父母称呼的发音，我按照一个普通的苏州孩子的发音，叫该叫的舅舅、舅妈。

父辈的故乡离我是远的，一九七〇年春节，我的四舅领着外祖母去扬中探亲，顺便带上了我和一个表姐，老少三代人结伴奔向扬子江中的那个沙洲，其实是完全不同的旅程。一个是去看她的故园，一个是回家去和妻子儿女团聚，而两个孩子，则是第一次出门旅行，只是一次难得的旅行机会。那年我才七岁，记得坐了火车，又坐了轮船，下了船后走了一段漫长的路，经过无数的竹林和水田，在到达四舅家所在的村口时，我四舅指着一个在房后用竹匾筛黄豆的老妇人，问我，你认得她吗？我觉得那老妇人面熟，我四舅说，那是你祖母呀，你的祖母，竟然不记得她了？

七岁那年我去了一次扬中，才知道那是我真正的血脉之地。我父亲那一边的所有的亲人，几乎都在那里，务工或者务农。我见过了我的伯父和姑妈们(其中两个姑母从未谋面)，也见到了从未见过的堂兄弟，我在那里得到了宠爱，收到了无数的礼物，心满意足地离开，留下的疑问是，我们为什么在苏州，他们为什么还在这里？

几年前，大约是二〇〇一年的春天，我又去过一次扬中，距离儿时的那次回乡，已经三十多年了，其时我的母亲、外祖母、三舅、大舅母都已经去世。他们被安葬在一起，在苏州郊外一个叫吴山头的墓地里，仍然比邻而居，仍然像一个大家庭，在苏州城外安息了。而我的二舅和四舅在退休之后，都从苏州回到了扬中老家定居生活。我父亲那边的家族，我的祖母和伯父、大姑妈也都去世了，还有两个姑母健在，可我不记得她们的名字了。由于是一次会议的顺访，我的内心并没有体会到任何“近乡情更怯”的心情，有的只是一种茫然，一种好奇，一种莫名的沉重。现在的扬中县更名为扬中市，是镇江地区著名的富裕地区，与农业无关，与早期著名的竹器加工无关，以小型的电子元器件加工发家致富，还有农民别墅的示范小区。我七岁回乡的时候跟我四舅的儿子睡一张床，好多年过去，他成为了副市长，用轿车把我接到他的办公室里，叙了叙家常，一起吃了晚饭。我知道我的二舅和四舅退休以后回到了扬中定居，我用我表哥的电话给我四舅打了个电话，这是我母亲去世之后，我对他的唯一的一次问候。至于我的二舅，由于没有电话号码，我连电话都无法打。匆匆的两天，我离开扬中岛，内心一直在质问自己与这片土地的关系。人与土地的关联，靠亲人和家族维系，我意识到当一个家族圈分崩离析之后，故乡也破碎了。扬中这个故乡，终究是我父母的故乡，对于这片土地，我终究是个陌生人。

失散，团聚，再失散，是我母亲的家族在扬中苏州两地迁徙生息的结局，没有土地的家族将永远难逃失散的命运。我母亲的家族在几十年的艰难时世里一直聚合在一起，是一个亲密的家族圈的生活。但最终，在一个快速发展变化的时代里，一切烟消云散，这个家族的第一代第二代，还有第三代，最后是失散了。五年前，随着苏州齐门外大街的拆迁重建，我的大舅和三舅妈都被安置在了别的居民小区。同样的，由于亲戚关系的不可避免的疏远，我甚至从来没有去过他们的新家。我在苏州城里有好多表姐表哥，但我不知道他们住在哪个地方，他们的孩子纷纷到南京来求学，我设法找到他们，把这些年轻的大学生叫到家里来，吃一顿丰盛的晚餐。晚餐过后，接到那些表姐的电话，是致谢的电话，之后，又恢复漫长的疏远，联系中断了。我童年时代热闹的家族圈生活完全萎缩了，家族对于我来说，仅仅是由直系亲属组成，每次回到苏州，我的足迹仅限于我父亲的家，我兄弟姐妹的家，甚至他们都不在一个屋檐下生活，每一家之间的距离都很遥远，远远超过八百米。对我来说，超过八百米，故乡便开始模糊，开始隐匿，至此，我的八百米的故乡已经漂浮不见了。

所以我说，这么多年了，我还在想象故乡，发现故乡。

也许我走了我父亲的路，注定是要离开故乡的。在我的兄弟姐妹中，我是唯一一个离开的人，而且不准备回去。我似乎已经习惯了离开，或者说，我已经习惯了出走。我不能说，人之所以有故乡，是因为他要离开故乡。但在我的心目中，与故乡密切相关的字眼，有时候是乡思，有时候就是出走。

我去了我父母的故乡扬中，满眼生疏，父辈在此留下的痕迹已经无从追寻。我现在回到苏州，回到苏州城北，我以前曾经有过的八百米故乡，什么都不见了，只留下两座清代同治年间的石拱桥，一南一北，供人们凭吊。我发现在拆除了古旧的房屋之后，城北地区变得很空旷，同时也很小，那两座桥之间，现在看起来，八百米也不到！

所以，我怀疑我的八百米故乡也仅仅是个错觉。我内心需要一个多大的故乡？我需要的故乡究竟在哪里？我知道吗？也许我并不知道。所以我说，直到现在，我还一直在想象故乡，发现故乡。

过去随谈

说到过去，回忆中首先浮现的还是苏州城北的那条百年老街。一条长长的灰石路面，炎夏七月似乎是淡淡的铁锈红色，冰天雪地的腊月里却呈现出一种青灰的色调。从街的南端走到北端大约要花费十分钟，街的南端有一座桥，以前是南方城池所特有的吊桥，后来就改建成水泥桥了。北端也是一座桥，连接了苏沪公路，街的中间则是我们所说的铁路洋桥。铁路桥凌空跨过狭窄的城北小街，每天有南来北往的火车呼啸而过。

我们街上的房屋、店铺、学校和工厂就挤在这三座桥之间，街上的人也在这三座桥之间走来走去，把时光年复一年地走掉了。

现在我看见一个男孩背着书包滚着铁箍在街上走过，当他穿过铁路桥的桥洞时恰恰有火车从头顶上轰隆隆地驶过，从铁轨的缝隙中落下火车头喷溅的水汽，而且有一只苹果核被人从车窗里扔到了他的脚下。那个男孩也许是我，也许是大我两岁的哥哥，也许是我的某个邻居家的男孩。但是不管怎么说，那是我童年生活的一个场景。

我从来不敢夸耀童年的幸福，事实上我的童年有点孤独，有点心事重重。我父母除了拥有四个孩子之外基本上一无所有。父亲在市里的一个机关上班，每天骑着一辆破旧的自行车来去匆匆；母亲在附近的水泥厂当工人，她年轻时曾经美丽的脸到了中年以后经常是浮肿着的，因为疲累过度，也因为身患多种疾病。多少年来父母亲靠八十多元钱的收入支撑一个六口之家，可以想象那样的生活多么艰辛。

我母亲现在已长眠于九泉之下，现在想起她拎着一只篮子去工厂上班的情景仍然历历在目。篮子里有饭盒和布纳鞋底，饭盒里有时装着家里吃剩的饭和蔬菜，有时却只有饭没有别的，而那些鞋底是预备给我们兄弟姐妹做棉鞋的。她心灵手巧却没有时间，必须利用工余休息时纳好所有的鞋底。

在漫长的童年时光里，我不记得童话、糖果、游戏和来自大人的过分的溺爱，我记得的是清苦，记得一盏十五瓦的暗淡的灯泡照耀着我们的家，潮湿的未浇水泥的砖地，简陋的散发着霉味的家具，四个孩子围坐在方桌前吃一锅白菜肉丝汤，两个姐姐把肉丝让给两个弟弟吃，但因为肉丝本来就很少，挑几筷子就没有了。

母亲有一次去酱油铺买盐掉了五元钱，整整一天她都在寻找那五元钱的下落。当她彻底绝望时我听见了她那伤心的哭声，我对母亲说：别哭了，等我长大了挣一百块钱给你。说这话的时候我大概只有七八岁，我显得早熟而机敏，它抚慰了母亲，但对于我们的生活却是无济于事的。

那时候最喜欢的事情是过年。过年可以放鞭炮、拿压岁钱、穿新衣服，可以吃花生、核桃、鱼、肉、鸡和许多平日吃不到的食物。我的父母和街上所有的居民一样，喜欢在春节前后让他们的孩子幸福和快乐几天。

当街上的鞭炮屑、糖纸和瓜子壳被最后打扫一空时，我们一年一度的快乐也随之飘散。上学、放学、作业、打玻璃弹子、拍烟壳——因为早熟或者不合群的性格，我很少参与街头孩子的这种游戏。我经常遭遇的是这种晦暗的难挨的黄昏，父母在家里高一声低一声地吵架，姐姐躲在门后啜泣，而我站在屋檐下望着长长的街道和匆匆而过的行人，心怀受伤后的怨恨：为什么左邻右舍都不吵架，为什么偏偏是我家常常吵个不休？

我从小生长的这条街道后来常常出现在我的小说作品中，当然已被虚构成“香椿树街”了。街上的人和事物常常被收录在我的笔下，只是因为童年的记忆非常遥远却又非常清晰，从头拾起令我有一种别梦依稀的感觉。

我初入学堂是在一九六九年秋季，仍然是动荡年代。街上的墙壁到处都是标语和口号，现在读给孩子们听都是荒诞而令人费解的了，但当时每个孩子都对此耳熟能详。我记得我生平第一次写下的完整句子都是从街上看来的，有一句特别抑扬顿挫：革命委员会好！那时候的孩子没有学龄前教育，也没有现在的广告和电视文化的熏陶，但满街的标语口号教会了他们写字认字，再愚笨的孩子也会写“万岁”和“打倒”这两个词组。

小学校是从前的耶稣堂改建的，原先牧师布道的大厅做了学校的礼堂，孩子们常常搬着凳椅排着队在这里开会，名目繁多的批判会或者开学典礼，与昔日此地的宗教仪式已经是南辕北辙了。这间饰有圆窗和彩色玻璃的礼堂以及后面的做了低年级教室的欧式小楼，是整条街上最漂亮的建筑了。

我的启蒙老师姓陈，是一个温和的白发染鬓的女老师，她的微笑和优雅的仪态适宜于做任何孩子的启蒙老师，可惜她年龄偏老，而且患了青光眼，到我上三年级时她就带着女儿回湖南老家了。后来我的学生生涯里有了许多老师，最崇敬的仍然是这位姓陈的女老师，或许因为启蒙对于孩子弥足珍贵，或许只是因为她有那个混乱年代罕见的温和善良的微笑。

读小学二年级的时候，因为一场重病使我休学在家，每天在病榻上喝一碗又一碗的中药，那是折磨人的寂寞时光。当一群小同学在老师的安排下登门慰问病号时，我躲在门后不肯出来，因为疾病和特殊化使我羞于面对他们。我不能去学校上学，我有一种莫名的自卑和失落感，于是我经常在梦中梦见我的学校、教室、操场和同学们。

说起我的那些同学们（包括小学和中学的同学），我们都是一条街上长大的孩子，彼此知道每人的家庭和故事，每人的光荣和耻辱。多少年后我们天各一方，偶尔在故乡街头邂逅，闲聊之中童年往事便轻盈地掠过记忆。我喜欢把他们的故事搬进小说，是一组南方少年的故事。我不知道他们是否会从中发现自己的影子，也许不会发现，因为我知道他们都已娶妻生子，终日为生活忙碌，他们是没有时间和兴趣去读这些故事的。

去年夏天回苏州家里小住，有一天在石桥上碰到中学时代的一个女老师，她看见我第一句话就是：你知道宋老师去世的消息吗？我很吃惊，宋老师是我高中的数学老师和班主任，我记得他的年纪不会超过四十五岁，是一个非常严谨而敬业的老师。女老师对我说：你知道吗他得了肝癌，都说他是累死的。我不记得我当时说了些什么，只记得那位女老师最后的一番话。她说：这么好的一位老师，你们都把他忘了，他在医院里天天盼着学生去看他，但没有一个学生去看他，他临死前说他很伤心。

在故乡的一座石桥上我受到了近年来最沉重的感情谴责，扪心自问，我确实快把宋老师忘了。这种遗忘似乎符合现代城市人的普遍心态，没有多少人会去想念从前的老师同窗和旧友故交了。人们有意无意之间割断与过去的联系，致力于想象设计自己的未来。对于我来说，过去的人和物事只是我的小说的一部分了。我为此感到怅然，而且我开始怀疑过去是否可以轻易地割断，譬如那个夏日午后，那个女老师在石桥上问我，你知道宋老师去世的消息吗？

说到过去，我总想起在苏州城北度过的童年时光。我还想起十二年前的一天，当我远离苏州去北京求学的途中那份轻松而空旷的心情。我看见车窗外的陌生村庄上空飘荡着一只纸风筝，看见田野和树林里无序而飞的鸟群，风筝或飞鸟，那是人们的过去以及未来的影子。

童年的一些事

我们家以前住在一座化工厂的对面，化工厂的大门与我家的门几乎可以说是面面相觑的。我很小的时候因为没事可做，也不知道可以做什么，常常就站在家门口，看化工厂的工人上班，还看他们下班。

化工厂工人的工作服很奇怪，是用黑色的绸质布料做的，袖口和裤脚都被收了起来，裤子有点像习武人喜欢穿的灯笼裤，衣服也有点像灯笼——服？化工厂的男男女女一进厂门就都换上那种衣服，有风的时候，看他们在厂区内走动，衣服裤子全都鼓了起来，确实有点像灯笼。我至今也不知道为化工厂设计工作服的人是怎么想的，这样的工作服与当时流行的蓝色工装格格不入，也使穿这种工作服的人看上去与别的工人阶级格格不入。许多年以后当我看见一些时髦的女性穿着宽松的黑色绸质衣裤，总是觉得她们这么穿并不时髦，像化工厂的工人。

有一个女人，是化工厂托儿所的阿姨，我还记得她的脸。那个女人每天推着一辆童车来上班，童车里坐着她自己的孩子，是个女孩，起码有七八岁了，女孩总是坐在车内向各个方向咧着嘴笑，我很奇怪她那么大了为什么还坐在童车里。有一次那母亲把童车放在传达室外面，与传达室的老头聊天，我冲过去看那个小女孩，发现女孩原来是站不起来的，她的脖子也不能随意地昂起来，我模模糊糊地知道女孩的骨头有问题，大概是软骨病什么的。我还记得她的嘴边有一摊口水，是不知不觉中流出来的。

有一个男的，是化工厂的一个单身汉，我之所以肯定他是单身汉，是因为我早晨经常看见他嘴里嚼着大饼油条，手里还拿着一只青团子之类的东西，很悠闲地从大街上拐进工厂的大门。那个男人大概二十七八岁的样子，脸色很红润，我总认为那种红润与他每天的早点有直接的关系，而我每天都照例吃的是一碗泡饭，加上几块萝卜干，所以我一直羡慕那个家伙。早饭，能那么吃，吃那么多，那么好！这个吃青团子的男人一直受到我的注意，只是关心他今天吃了什么。有一次我在上学的路上看见他坐在点心店里，当然又是在吃。我实在想知道他在吃什么，忍不住走进去，朝他的碗里瞄了一眼，我看见了浮在碗里的两只汤圆，还有清汤里的一星油花。我可以肯定他是在吃肉汤圆，而且买了四只——我知道四只汤圆一毛四分钱，一般来说，不是两只就是四只、六只，买单数会多花一分钱，那是不合算的。我还记得我走出点心店以后的想法，我想，这家伙每天还吃四只汤圆，他怎么这样舍得吃，他的工资到底有多少？我想这种幸福只有一个解释，那就是他是单身汉，单身汉的钱全部可以用来买各种早点吃，想吃什么就吃什么！

我还依稀记得化工厂制造的产品是苯干，苯干好像又是用来做樟脑丸的，这一点不要介绍也能猜出来，因为我小时候每天都闻着一种类似樟脑的气味。它在我的印象中是从化工厂的大烟囱里喷出来的，这种气味不仅钻进你的鼻孔，还附着于我家或邻居晾晒在外面的衣服上，有时候我们觉得街道上的空气没有什么异样。但来自别的街区的人走过我们那条街道时会捂着鼻子说：哎呀，什么味儿？难闻死了！这种人往往使我很反感。

我喜欢闻空气中那种樟脑丸的气味，我才不管什么污染和污染对人体的危害呢——当然这话是现在说着玩的，当时我根本不懂得什么叫空气污染，不仅是我，大人们也不懂；即使懂也不会改变什么，你不可能为了一点气味动工厂一根汗毛。大人们有时候骂化工厂讨厌，我猜那只是因为他们有人不喜欢闻樟脑味罢了。

我家隔壁的房子是化工厂的宿舍，住着两户人家。其实他们两家的门才是正对着化工厂大门的。其中一家人有两个儿子一个女儿，两个儿子被他们严厉的父亲管教着，从来不出来玩，他们不出来玩我就到他们家去玩。一个儿子其实已是小伙子，很胖，像他母亲，另一个在我哥哥的班级里，很瘦，都是很文静的样子。我不请自到地跑到他们家，他们也不撵我，但也不理我。我看见那个胖的大的在写什么，我问他在写什么，他告诉我，他在写西班牙语。

这是真的，大概是一九七三年或者一九七四年，我有个邻居在学习西班牙语！我至今不知道那个小青工学习西班牙语是想干什么。

隔壁的房子从一开始就像是那两家人临时的住所，到我上中学的时候那两家人都搬走了。临河的房子腾出来做了化工厂的输油站，一根大油管从化工厂里一直架到我家的隔壁，准备把油船里的油直接接驳到工厂里。

来了一群民工，他们是来修筑那个小型输油码头的。民工们来自宜兴，其中有一个民工很喜欢跟我家人聊天，还从隔壁的石阶上跳到我家来喝水。有一天他又来了，结果不小心把杯子掉在地上，杯子碎了，那个民工很窘，他说的一句话让我始终觉得很有意思，他说：这玻璃杯就是不结实。

输油码头修好以后我们家后门的河面上就经常停泊着一些油船，负责输油的两个工人我以前都是见过的，当然都穿着那种奇怪的黑色工作服，静静地坐在一张长椅子上看着压力表什么的。那个男的是个秃顶，面目和善，女的我就更熟悉了，因为是我的一个小学同学的母亲。我经常看见他们两个人坐在那里看油泵，两个人看上去关系很和睦，与两个不得不合坐的小学男生小学女生的关系是完全不同的。我不大关心他们，天黑以后我照例跑到后门对着河道撒尿，我不看他们，我相信他们也不看我。

那年夏天那个看油泵的女工，也就是我同学的母亲服了好多安眠药自杀了，听到这个消息我非常震惊。因为她一直是坐在我家隔壁看油泵的。我对于那个女工的自杀有许多猜测，许多稀奇古怪的猜测，但因为是猜测，就不在这里絮叨了。

回忆应该是真实而准确的，其他的都应该出现在小说里。

初入学堂

我第一次去学校不是去上学，是去玩或者只是因为家中无人照看已经记不清了，那一年我大约五岁，我跟着大姐到她的学校去。依稀记得坐落在僻静小街上的一排泥砖校舍，一个老校工站在操场上摇动手里的铁铃铛，大姐拉着我的手走进教室。请设想一个学龄前的小孩坐在一群五年级女生中间，怯生生地注视着黑板和黑板前的教师。那个女教师的发式和服饰与我母亲并无二致，但清脆响亮的普通话发音使她的形象变得庄严而神圣起来，那个瞬间我崇敬她胜过我的母亲。

是一个阳光明媚的早晨，我滥竽充数地坐在大姐的教室里，并没有人留意我的存在。我的手里或许握着一支用标语纸折成的纸箭，一九六七年的阳光透过玻璃窗洒在我的身上，我对阳光空气中血腥和罪孽的成分浑然不知，我记得琅琅的读书声在四周响起来，一遍又一遍地响起来，无论怎样那是我第一次感受了教育优美的秩序和韵律。

童稚之忆是否总有一圈虚假的美好的光环，扳指一算，当时正值“文革”最混乱的年月，大姐的学校或许并非那么温暖美好的。

我七岁入学，入学前父母带着我去照相馆拍了张全身像，照片上我身穿黄布仿制的军装，手执一本红宝书放在胸前，咧着嘴快乐地笑着，这张照片后来成为我人生最初阶段的留念。

我自己的小学从前是座耶稣堂，校门朝向大街，从不高的围墙上方望进去，可以看见礼拜堂的青砖建筑，礼拜堂早就被改成学校的小会堂了。一棵本地罕见的老棕榈树长在校门里侧。从一九六九年秋季开始，棕榈树下的这所小学成为我的第一所学校。

我记得初入学堂在空地上排队的情景，一年级的教室在从前传教士居住的小楼里，楼前一排漆成蓝色的木栅栏，木栅栏前竖着一块红色的铁质标语牌，“好好学习，天天向上”，标语的内容耳熟能详。学校里总是有什么东西给你带来惊喜，比如楼前的紫荆正开满了星状花朵，它的圆叶摊在手心能击打出异常清脆的响声；比如围墙下的滑梯和木马，虽然木质已近乎腐朽，但它们仍然是孩子们难得享用的大玩具，天真好动的孩子都拥上去，剩下一些循规蹈矩的乖孩子站着观望。

入学第一天是慌张而亢奋的一天，但我也有了我的不快，因为排座位的时候，老师把我和一个姓王的女孩排在一张课桌上，而且是第一排。我讨厌坐在第一排，第一排给人以某种弱小可怜的感觉；我更讨厌与那个女孩同桌，因为她邋遢而呆板，别的女孩都穿着花裙子，打扮得漂漂亮亮，唯独她穿着打了补丁的蓝裤子，而且她的脸上布满鼻涕的痕迹。我的同桌始终用一种受惊的目光朝我窥望，我看见她把毛主席的红宝书放在一只铝碗里，铝碗有柄，她就一直把铝碗端来端去的，显得有点可笑，但这样携带红宝书肯定是她家长的吩咐。

所以入学第一天我侧着脸和身子坐在课堂里，心中一直为我的不如意的座位愤愤不平。

启蒙老师姓陈，当时大约五十岁的样子，关于她的历史现在已无从查访；只记得她是湖南人，丈夫死了，多年来她与女儿相依为命住在学校的唯一一间宿舍里，其实也就是一年级教室的楼上。现在我仍然清晰地记得陈老师的齐耳短发已经斑白，颧骨略高，眼睛细长但明亮如灯。记得她常年穿着灰色的上衣和黑布鞋子，气质洁净而娴雅，当她站在初入学堂的孩子们面前，他们或许会以她作参照形成此后一生的某个标准：一个女教师就应该有这种明亮的眼神和善良的微笑，应该有这种动听而不失力度的女中音，她的教鞭应该笔直地放在课本上，而不是常常提起来敲击孩子们的头顶。

一加一等于二。

b、p、m、f。

a、o、e、i。

这才是我一生中最美好的天籁，我记得是陈老师教会了我加减法运算和汉语拼音。一年级的时候我学会了多少汉字？二百个？三百个？记不清了，但我记得我就是用那些字给陈老师写了一张小字报。那是荒唐年代里席卷学校的潮流，广播里每天都在号召人们向××路线开火，于是我和另外一个同学就向陈老师开火了，我们歪歪斜斜地写字指出陈老师上课敲过桌子，我们认为那就是广播里天天批判的“师道尊严”。

我想陈老师肯定看见了贴在一年级墙上的小字报，她会作何反应？我记得她在课堂一如既往地微笑着，下课时她走过我身边，只是伸出手在我脑袋上轻轻抚摸了一下。那么轻轻的一次抚摸，是一九六九年的一篇凄凉的教育诗。我以这种荒唐的方式投桃报李，虽然是幼稚和时尚之错，但事隔二十多年想起这件事仍然有一种心痛的感觉。

上三年级的时候陈老师和女儿离开了学校。走的时候她患了青光眼，几乎失去了视力，都说那是因为长期在灯下熬夜的结果。记得是一个秋天的黄昏，我在街上走，看见一辆三轮车慢慢地驶过来，车上坐着陈老师母女，母女俩其实是挤在两只旧皮箱和书堆中间。看来她们真的要回湖南老家了，我下意识地大叫了一声陈老师，然后就躲在别人家的门洞里了。我记得陈老师喊着我的名字朝我挥手，我听见她对我喊：天快黑了，快回家去吧。我突然想起她患了眼疾看不清是我，怎么知道是我在街上叫喊？继而想到陈老师是根据声音分辨她的四十多个学生的，不管在哪里，不管什么时候，老师们往往能准确无误地喊出每一个学生的名字。

我以后再也没有见过陈老师，假如她还健在，现在已是古稀之年了。或许每个人都难以忘记他的启蒙老师，而在我看来，陈老师已经成为混乱年代里一盏美好的路灯，她在一个孩子混沌的心灵里投下了多少美好的光辉，陪他走上漫长多变的人生旅途。时光之箭射落岁月的枯枝败叶，有些事物却一年年呈现新绿的色泽，正如我对启蒙老师陈老师的回忆。我女儿眼看也要背起书包去上学了，每次带着她走过那所耶稣教堂改建的学校时，我就告诉女儿，那是爸爸小时候上学的地方，而我的耳边依稀响起二十多年前陈老师的声音，天快黑了，快回家去吧。

天快黑了，快回家去吧。

六十年代，一张标签

生于六十年代，对我来说没什么可抱憾，也没什么值得庆幸的，严格地来说这是我父母的选择。假如我早出生十年，我会和我姐姐一样上山下乡，在一个本来与己毫不相干的农村度过青春年华；假如我晚生十年，我会对毛主席语录、批林批孔、反击右倾翻案风这些名词茫然不解，但这又有什么关系？所有的历史都可以从历史书本中去学习，个人在历史中常常是没有注解的，能够为自己作注解的常常是你本人，不管你是哪一个年代出生的人。历史总是能恰如其分地湮没个人的人生经历，当然包括你的出生年月。

生于六十年代，意味着我逃脱了许多政治运动的劫难，而对劫难又有一些模糊而奇异的记忆。那时还是孩子，孩子对外部世界是从来不作道德评判的，他们对暴力的兴趣一半出于当时教育的引导，一半是出于天性。我记得上小学时听说中学里的大哥哥大姐姐让一个女教师爬到由桌子椅子堆成的“山”上，然后他们从底下抽掉桌子，女教师就从山顶上滚落在地上。我没有亲眼见到那残酷的一幕，但是我认识那个女教师。后来我上中学时经常看见她，我要说的是这张脸我一直不能忘怀，因为脸上的一些黑紫色的沉积的疤瘢经过这么多年仍然留在了她的脸上。我要说我的那些大哥哥大姐姐们中间许多人是有作恶的记录的，可以从诸多方面为他们的恶行开脱，但记录就是记录，它已经不能抹去。我作为一个旁观的孩子，没有人可以给我定罪，包括我自己。这是我作为一个一九六三年出生的人比他们轻松比他们坦荡的原因之一，也是我比那些对“文革”一无所知的七十年代人复杂一些世故一些的原因之一。

中国社会曾经是一个很特殊的社会，现在依然特殊。我这个年龄的人在古代已经可以抱孙子了，但目前仍然被习惯性地称为青年，这样的青年看见真正的青年健康而充满生气地在社会各界闯荡，有时觉得自己像一个假冒伪劣产品。这样的青年看到经历过时代风雨的人在报纸电视谈论革命谈论运动，他们会对身边的年轻人说，这些事情你不知道吧？我可是都知道。但是他们其实是局外人，他们最多只是目击者和旁观者。六十年代出生的这些人，在当今中国社会属于承前启后的一代，但是他们恰恰是边缘化的一代人。这些人中有的在愤世嫉俗中随波逐流，有的提前迈入中老年心态，前者在七十年代人群中成为脸色最灰暗者，后者在处长科长的职位上成为新鲜血液，孤独地兀自流淌着，这些人从来不考虑生于六十年代背后隐藏了什么潜台词。这些人现在是上有老下有小的一代，同样艰难的生活正在悄悄地磨蚀他们出生年月上的特别标志。这一代人早已经学会向现实生活致敬，别的，随它去吧。

一代人当然可以成为一本书，但是装订书的不是年月日，是一个一个一个一个的人。写文章的人总是这样归纳那样概括，为赋新词强说愁，但是我其实情愿制造一个谬论：群体在精神上其实是不存在的。就像那些在某个时间某个妇产医院同时降生的婴儿，他们离开医院后就各奔东西，尽管以后的日子里这些长大的婴儿有可能会相遇，但有一点几乎是肯定的：他们谁也不认识谁。

错把异乡当故乡

十八岁离开家乡以前，我所去过的最远的一个城市就是南京。那是一次比较特别的旅行，不是为了浏览，不是为了探亲，当时有来自全省的数百名中学生聚集在建邺路上的党校招待所里，参加一个大规模的中学生作文竞赛，那次竞赛我名落孙山。记得在返回苏州之前我们一大群人停留在火车站前的广场上，忽然发现玄武湖就在眼前，不知是谁第一个跑到了湖边，我们纷纷尾随过去；也不知是谁第一个在湖边开始洗手，一大群中学生沿着湖岸一字排开，大家都把手伸进湖水里，很认真地洗了一回手。我至今仍然记得那群蹲在湖边洗手的少男少女的音容笑貌，二十年过去以后所有人手上的玄武湖水已经了无印痕，而我却在无意之中把那掬湖水融进了我的未来。当年那群等待回家的苏州中学生中，也许只有我一个人日后留在了玄武湖边。

选择南京作居留地是某种人共同的居住理想。这种人所要的城市不大不小，不要繁华喧闹也不要沉闷闭塞，不要住在父母的怀抱里但也不要离他们太远，这种人无法拥有自己的花园却希望他居住的城市风景如画，这种人希望自己智商超群精明强干却希望别人纯朴憨厚关心他人。我大概就是这种人，所以在我二十二岁那年我自愿成为一个南京人，至今已经做了十几年的南京人，越做越有滋味。

除了冬夏两季的气候遭到了普遍的埋怨，南京几乎是一个人见人爱的地方，许多城市是绿化城市，但南京街道上的华盖似的梧桐却无与伦比（南京人溺爱这些树因而原谅了春天树上飘下的茸毛，春天你可以看见许多骑自行车的人在头上身上拍打那些茸毛，脸上的表情却无怨无恨）。许多城市都有一个或几个值得本地人骄傲的风景区，外地人去了就褒贬不一，但是南京的中山陵却是一种王尊地位。当你登临中山陵最高处极目四眺，方圆数里之内一片林海，绿意苍苍，你会发现这个城市之美不同凡响。紫金山与长江不再是什么天然屏障，它们使南京永远受到了山水的孕育，东郊的林海则是一只巨大的绿色的枕头，每天夜里它对着太平门耳语一声，睡吧，南京，南京就睡了。每天早晨它对着中山门说，醒来吧，南京，南京就醒来了。

六朝古都的睡眠不会太长，南京醒来了。在从前帝王们的车马经过的地方，南京人的自行车匆匆而过；在新街口一带的工地上，打桩机根本不顾明孝陵下太子王妃的幽魂对噪音有何看法，一心要为建设新南京而发出它的狂叫。在城南的某条古老的小巷里，某个老妇拎着一只古老的马桶走过古老的秦淮河，但是她已经不能随手在河里倒马桶，她必须把它倒在公共厕所的化粪池里——南京虽然还没有消灭马桶，但是就连上海都还没有消灭马桶呢，南京为什么要这么着急呢。

着急不是南京人的性格，虽然南京人说话听上去显得很着急，这几年人人都想发财，南京人也想得慌，但是他们因为不着急许多事就比别的地方慢半拍。当南京人来到深圳海口淘金时那里已经人满为患，他们就回来了。当南京人发现别人生产假货劣品大发其财时，他们伤心地意识到作为一个南京人是发不了这种大财的。他们于是就想发小财，他们想还是回家做盐水鸭吧，反正南京人吃盐水鸭吃不够，即使卖不掉也没关系，反正自己也吃不够。

南京人也符合我对人群的理想，所以我在南京一直生活得自得其乐。今年夏天的某一天，忽然游兴大发，想到在南京这么多年，许多朋友嘴里的幽美之地还没去过，就携妻子女儿往东郊而去。因为不是假日，游人寥寥，一家人从藏书阁小径进入百年树荫，一路探幽至灵谷寺，途中不闻人声但闻鸟语流泉，心中便有一种奇异的甜蜜的感觉，好像这个地方是自己家的，好像是自己向自己炫耀了一件宝物，结果自己很满足也很幸福。

也许这很自然，一个人如果喜欢自己的居住地，他便会在一草一木之间看见他的幸福。多少人现在生活在别处，在一个远离他生命起源的地方生活着，生活得没有乡愁，没有哀怨，生活得如此满足，古人所谓“错把异乡当故乡”的词句大概也就源于此处吧。

母　校

我从来不知道我童年时就读的小学的老师一直记着我。我的侄子现在就在那所小学读书，有一次回家乡时，我侄子对我说：我们老师知道你的，她说你是个作家，你是作家吗？我含糊其辞，我侄子又说，我们×老师说，她教过你语文的，她教过你吗？我不停地点头称是，心中受到了某种莫名的震动。我想象那些目睹我童年成长的小学老师是如何谈论我的，想象那些老师现在的模样，突然意识到一个人会拥有许多不曾预料的牵挂你的人，他们牵挂着你，而你实际上已经把他们远远地抛到记忆的角落中了。

那所由天主教堂改建的小学给我留下的印象是美好而生动的，但我从未想过再进去看一看，因为我害怕遇见教过我的老师。我外甥女小时候也在那所小学上学，有一次我去接她，走进校门口一眼看见了熟悉的礼堂，许多往事掠过眼前，脚步神奇地变得恍惚不定，我想继续往校园深处走，但走了没多远恰好看见校长从办公室出来，那个熟悉的身影竟然使我望而却步，大概在几秒钟的犹豫之后，我慌慌张张地退到了小学的大门外。

偶尔地与朋友谈到此处，发现他们竟然也有类似的行为。我不知道这么做是不是好，我想大概许多人都有像我一样的想法吧，他们习惯于把某部分生活完整不变地封存在记忆中。

离开母校二十年以后，我收到了母校校庆七十周年的邀请函，母校竟然有这么长的历史，我以前并不知道，现在知道了，心里仍然生出了一些自豪的感觉。

但是开始我并不想回去，那段时间我正好琐事缠身。我父亲在电话里的一句话使我改变了主意，他说，他们只要半天时间，半天时间你也抽不出来吗？

后来我就去了，在驶往家乡的火车上我猜测着旅客们各自的旅行目的，我想那肯定都与每人的现实生活有密切关联，像我这样的旅行，一次为了童年为了记忆的旅行，大概是比较特殊的了。

一个秋阳高照的午后，我又回到了我的小学，孩子们吹奏着乐曲欢迎每一个参加庆典的客人。我刚走到教学楼的走廊上，一位曾教过我数学的女老师快步迎来，她大声叫我的名字，说，你记得我吗？我当然记得，事实上我一直记得每一位教过我的老师的名字，让我不安的是她这么快步向我迎来，而不是我以学生之礼叩见我的老师。后来我又遇见了当初特别疼爱我的一位老教师，她早已退休在家了，她说要是在大街上她肯定认不出我来了，她说，你小时候特别文静，像个女孩子似的。我相信那是我留在她记忆中的一个印象，她对几千名学生的几千个印象中的一个印象，虽然这个印象使我有点窘迫，但我却为此感动。

就是那位白发苍苍的女老师紧紧地握着我的手，穿过走廊来到另一个教室，那里有更多的教过我的老师注视着我。或者说是我紧紧地握着女老师的手，在那个时刻我眼前浮现出二十多年前一次春游的情景，那位女老师也是这样握着我的手，把我领到卡车的司机室里，她对司机说，这孩子生病刚好，让他坐在你旁边。

一切都如此清晰。

我忘了说，我的母校两年前迁移了新址。现在的那所小学的教室和操场并无旧痕可寻，但我寻回了许多感情和记忆。事实上我记得的永远是属于我的小学，而那些尘封的记忆之页偶尔被翻动一下，抹去的只是灰尘，记忆仍然完好无损。

水缸回忆

不知道为什么，最近很怀念我们家的大水缸。

那口雄壮憨厚的大水缸已经从我家门边消失很多年了，也从我的生活中消失已久，突然地对那么个粗笨而实用的容器产生怀念之心，也许与创作有关，也许仅仅与生活有关。

我幼年时期自来水还没有普及，一条街道上的居民共用一个水龙头，因此家家户户都有一口储水的水缸，我记得去水站挑水的大多是我的两个姐姐，她们用两只白铁皮水桶接满水，歪着肩膀把水挑回家，带着一种非主动性劳动常有的怒气，把水哗哗地倒入缸中。我自然是袖手旁观，看见水缸里的水转眼之间涨起来，清水吞没了褐色的缸壁，便有一种莫名的亢奋，现在回忆起来，那是典型的属于儿童的内心秘密，秘密的核心是水缸深处的一只河蚌。

请原谅我向大人们重复一遍这个过于天真的故事，故事说一个贫穷而善良的青年在河边捡到一只被人丢弃的河蚌，他怜惜地把它带回家，养在唯一的水缸里。按照童话的讲述规则，那河蚌自然不是一只普通的河蚌，蚌里住着人，自然是仙女！不知是报知遇之恩，还是一下坠入了情网，仙女每天在青年外出劳作的时候从水缸里跳出来，变成一个能干的女子，给青年做好了饭菜放在桌上，然后回到水缸里去。而那贫穷的吃了上顿没下顿的青年，从此丰衣足食，在莫名其妙中摆脱了贫困。

我现在还羞于分析，小时候听大人们说了那么多光怪陆离的童话故事，为什么独独对那个蚌壳里的仙女的故事那么钟情？如果不是天性中有好逸恶劳的基因，就可能有等待天上掉馅饼的庸众心理。我不烧开水，可是我很喜欢去打开我家的水缸盖，缸盖揭开的时候，一个虚妄而热烈的梦想也展开了，水缸里的河蚌呢，河蚌里的仙女呢？我盼望看见河蚌在缸底打开，那个仙女从蚌壳里钻出来，一开始像一颗珍珠那么大，在水缸里上升，上升，渐渐变大，爬出来的时候已经是一个正规仙女的模样了。然后是一个动人而实惠的细节，那仙女直奔我家的八仙桌，简单清扫一下，她开始来往于桌子和水缸之间，从水里搬出了一盘盘美味佳肴，一盘鸡，一盘鸭，一盆炒猪肝，还有一大碗酱汁四溢香喷喷的红烧肉（仙女的菜肴中没有鱼，因为我从小就不爱吃鱼）！

很显然，我从来没有在我家的水缸里看见童话的再现，去别人家揭别人家的水缸也一样，除了水，都没有蚌壳，更不见仙女。偶尔地我母亲从市场上买回河蚌，准备烧豆腐，我却对河蚌的归宿另有想法，我总是觉得应该把河蚌放到水缸里试验一下，我试了，由于河蚌在水里散发的腥味影响水质，试验很快被发现，家里人把河蚌从缸底捞出来扔了，说，你看看，辛辛苦苦挑来的水，不能喝了，你这孩子，聪明面孔笨肚肠！

我从来不认为自己笨，即使是这强迫性的幼年行为，我固执地剔除了智商因素，而把一切归咎于好奇心。我在费里尼的自传中读到过他幼年时代的好奇心，他肆无忌惮地回忆了儿时钻到餐桌底下打量女佣裙底春光的情景，还说"那里头又黑又难以亲近，对我而言毫无魅力"。我相信一个幼儿对女佣身体的探秘不是出于性欲，而是好奇，好奇心是一种奇妙的植物，即使长在幽暗的空间，最后也可能开出绚丽的花来。我在费里尼的电影里看见了好奇心开出的花朵，这也使我突然理解，为什么那么多艺术家们都在作品中孜孜不倦地探索性，表达性，而唯独费里尼电影里的性那么童真，又那么亢奋，童真和亢奋结合，竟然变得那么温暖！对于费里尼同时代的其他孩子而言，最主要的影响来自带有法西斯主义思想的家庭、教会和学校，而对费里尼来说，性、马戏团、电影和意大利面条才是他幼时的影响来源，性欲是他的自我摸索，马戏团是旅途偶遇，意大利面条是日常生活，而电影院是他人生第一次“惊艳”的地方，这是一个简洁而令人意外的事实，在费里尼那里，童年时代所有的好奇心、所有童稚的热情最后都汇集在一起“惊艳”，变成了艺术的冲动，变成了生产力。

我怀念那只水缸，其实是在怀念我的好奇心，我们那个时代的孩子，拥有毛泽东思想和狂热费解的政治生活以及简陋贫困的物质生活，并不吃亏，家家都有水缸，一只水缸足以让一个孩子的梦想在其中畅游，像一条鱼。孩子眼里的世界与孩子的身体一样有待发育，现实是未知的，如同未来一样，刺激性腺，刺激想象，刺激智力，什么样的刺激最利于孩子的成长？我不清楚，但我感激那只水缸对我的刺激。

不仅是水缸，我也感激那个年代流传在街头的其他所有浪漫神秘或者恐怖的故事，童话有各种各样的讲述方法，在无人讲述的时候，就去听听水缸说了些什么。我一直相信，所有成人一本正经的艺术创作与童年生活的好奇心可能是互动的，对于普通的成年人来说，好奇心是广袤天空中可有可无的一片云彩，这云彩有时灿烂明亮，有时阴郁发黑，有时则碎若游丝，对人对事对物，好奇心的运动方式也类似云的运动，貌似轻盈实则诡秘莫测，漂浮不定，残存在成年人身上的所有好奇心都变得功利而深奥，有的直接发展为知识和技术。对人事纠缠的好奇心导致了历史哲学等等人文科学，对物的无限好奇导致了无数科学学科和科技发明，也让我们一步步地跨入了物质文明，针对人的好奇心一半跨入文化艺术的门槛，在高处登堂入室，另一半容易走入歧途，走到低处去化为街谈巷议蜚短流长，有时不免被“誉”为窥伺、窥探，或者叫窥探欲、窥伺狂，几乎是别人头顶上的一片乌云了。而所谓的作家，他们的好奇心是被刻意地挽留的，在好奇心方面扮演的角色最幸运也最蹊跷。他们似乎同时拥有幸运和不幸，作家的好奇心是被自己和他人怂恿过的，也被文字组织和人物心理所怂恿，他们的好奇心包罗万象，因为没有实用价值和具体方向而略显模糊。凭借一颗模糊的好奇心，却要对现实世界作出最锋利的解剖和说明，因此这职业有时让我觉得是宿命，是挑战，更是一个奇迹。

一个奇迹般的职业是需要奇迹支撑的，我童年时期对奇迹的向往都维系在一只水缸上了，时光流逝，带走了水缸，也带走了一部分奇迹。我从不喜欢过度美化童年的生活，也不愿意坐在回忆的大树上卖弄泛滥的情感，但我绝不忍心抛弃童年时代那水缸的记忆。水缸从我的生活中消失了，可是这么多年我其实一直在写作生活中重复那个揭开水缸的动作，谁知道这是等待的动作还是追求的动作呢？从一只水缸中看不见人生，却可以看见那只河蚌，从河蚌里看不见钻出蚌壳的仙女，却可以看见奇迹的光芒。

美国诗人 E.E.卡明斯三十一岁时写了一首诗，差不多像一个孩子幼稚的涂鸦，我却莫名地喜欢，摘录几句如下：

> 谁知道月亮是不是
> 一只气球，来自天上的
> 一座漂亮城市——
> 那里到处是可爱的人们！

月亮肯定不是一只气球，天上的漂亮城市是有的，但肯定是海市蜃楼，漂亮的城市里人们都很可爱吗？我看不一定，再漂亮的城市里也会住着几个凶恶丑陋的杀人犯——可是这样写诗却是真的可爱！

我没有更多的修辞方法了，还是要说水缸。我最后要感激水缸的是它庞大芜杂的象征意味，我们的现实生活也是一只巨大的水缸，这水缸里的水一日少于一日，一日浑于一日，但有了那个蚌壳里的仙女的存在，我们可以乐观，既然她会做饭，应该也会提供饮用水或者生活用水，因此我们必须相信水缸。

相信水缸就是相信生活。

江边小札

一

一九七二年，我九岁。临近春节的一天黄昏，一支奇特的旅行队伍在苏州火车站的站台上渐次登上一节人货混运的车厢，一个中年男子，一个七十多岁的老妇人，一个女孩子，一个小男孩，他们分别是我四舅，我外婆，我表姐，还有我自己。

我们搭乘的火车被称作棚车，那是我平生第一次旅行，坐棚车去扬中老家探亲。棚车真的像一个笨拙的棚子在沪宁线上慢慢蠕动，很慢，到镇江的时候竟然已经是清晨时分，我四舅领着我们跳上公共汽车奔赴码头，旅途辗转是必需的，因为我老家扬中是长江下游的一个岛，当时交通不便，火车，汽车，轮船，三种交通工具，缺一不可。

那是我第一次看见长江，浑黄湍急的一江冬水，被一层薄雾所笼罩，看上去浩浩荡荡的，水上漂浮着驳船和小火轮，我对长江没什么特别的感受，倒是对坐小火轮摆渡充满了热情，我记得江水哗哗地溅打小火轮玻璃窗的声音，红色航标在水上疯狂地摇晃，忽然，我发现一头动物从江面上跃起，跃起的时候像轻盈的海豚，浮游的时候又像笨重的河马，那突然出现的古怪动物让我感到狂喜，我舅舅告诉我，那是江猪。

我第一次拜见长江，见到了江猪，后来再也没见过这种稀罕的动物了。

二

一九七七年，我十四岁。放暑假的时候，我搭便车去了太仓。我姐姐当时在太仓插队锻炼，我名义上是代表全家去探望姐姐，实际上是给她去添麻烦的。

那地方叫时思知青点，聚集了一大群苏州来的知识青年，两排白墙红瓦的房子，突兀地竖立在一大片棉花地里，前面一排是男女知青的宿舍，后面一排房子用途广泛，噪音扰人，气味复杂，有时候飘来菜香味，有时候隐隐有臭味飘来，因为那儿有一个食堂，一个厕所，还有一间制造铁钉的小工厂。

离宿舍不远的地方有一条河沟，下午沟里的水是浑浊发黄的，过夜到了早晨，那水不知怎么就变得清澈了，我姐姐和女知青们都在早晨端着洗衣盆去河沟边洗衣，她们洗衣服的时候会引吭高歌，很认真很投入地唱，男知青对歌声无动于衷，有人告诉我，那水沟通着长江，长江就在不远的地方。

毕竟是知青点，男女知青都要劳动，或者去田里，或者去开冲床制造铁钉，我无所事事，忽发奇想，决定沿着那河沟往长江走，看看太仓这里的长江是什么样子。那天下午我沿着河沟走，走到了一片棉田里，突然看见一个男孩冒出来，站在那里，愣愣地盯着我看。那男孩与我年龄相仿，很热的天，他不知为何穿了一件蓝色的土布中山装，肩膀上挂着一个布兜，垂在胸前，布兜里盛了半兜白花花的棉铃。我和这个摘棉花的男孩狭路相逢，没有什么天生的敌意，但也没有什么阶级友爱，我们只是互相打量着，都有点腼腆，也都很谨慎。我问他，沿着这条河能走到长江去吗？他没有回答，回头朝不远处的村子看了一眼，很蹊跷的是，他一回头，村子里有一条狗大声狂吠起来，汪汪汪，叫得人心慌。

我转过了身，毅然往我姐姐的知青点走去。

那年夏天，我最终没有走到长江边去。我没有看见太仓的长江是什么样子。

三

我十七岁去北京求学，开始坐火车频频地穿越长江。火车途经南京长江大桥的时候，列车上的喇叭会适时地响起播音员热情的声音，介绍长江，介绍南京长江大桥。我从旅途的困顿中抖擞精神，从半空中向长江致敬，有点可惜，北上的火车经过南京长江大桥的时候总是天黑时分，从夜晚的列车上看长江，江水是半明半暗的，听不见流水汤汤，但长江是不容遮蔽的，我注意到一条银色的光带穿越夜色，曳过江面，碎银般地向东奔泻，我知道那是长江之光，是父性的光，也是母性的光，我知道这条神圣的光带将掠过我父母的老家扬中岛，也将掠过我姐姐曾经生活的棉花地里的知青点。当然，那神圣之光必将赐福于我留在江边的每一个足迹。最后，奔向东海。

与很多人一样，我和长江有血缘关系，和很多人不一样，我和长江有个约定，这约定是在平淡的生活中产生，没有悬念，没有豪情，甚至没有语言，但是命运在默默提醒我这个约定。十四岁那年没有完成的江边之行，四十岁以后还有机会。二〇〇八年，我四十五岁，卖了处于南京市中心的房子，举家迁往南京下关一个叫白云亭的地方，这地方被蔬菜批发市场和违建棚户包围，以脏乱差闻名于南京，几乎所有的朋友都对我的搬迁地点表示错愕，我告诉他们，我住在二十三层高楼上，我的家里窗窗可见长江！朋友都不以为意，说，不就是个江景房吗，天天看长江，很快你就烦了！我无法解释，这肯定不是一个环境与视觉的问题，我想这是一个生命的约定，有意无意之间，我终于践约了。

人到中年了，我住下关白云亭，我住长江南岸。下关像是繁华南京城的一块飞地，贫穷，荒凉而破败，而白云亭一带永远有运送蔬菜的卡车和三轮车横冲直撞，我出入所在的小区，必须眼观六路耳听八方，但是无妨啊，下关临江，因为临江，所以仍然是好地方，我住江边，我有长江，所以我很安全。所有天气晴好的日子，我看得见江上的日出日落和过往船只，所有夜深人静的夏夜，我能隐隐听见夜航轮船驶过的马达声，所有的雨雪天气，所有的失眠之夜，我凭窗眺望江面，仍然能看见江上那一道碎银般的光带，那就是长江流水，那就是岁月，就是过去，也就是未来。

九岁的病榻

我最初的生病经验产生于一张年久失修的藤条躺椅上，那是一个九岁男孩的病榻。

那年我九岁，我不知道为什么会得那种动不动就要小便的怪病，不知道小腿上为什么会长出无数红色疹块，也不知道白血球和血小板减少的后果到底有多严重。那天父亲推着自行车，我坐在自行车后座上，母亲在后面默默扶着我，一家三口离开医院时天色已近黄昏，我觉得父母的心情也像天色一样晦暗。我知道我生病了，我似乎有理由向父母要点什么，于是在一家行将打烊的糖果铺里，父亲为我买了一只做成蜜橘形状的软糖，橘子做得很逼真，更逼真的是嵌在上方的两片绿叶。我记得那是我生病后得到的第一件礼物。

生病是好玩的，生了病可以吃到以前吃不到的食物，可以受到家人更多的注意和呵护，可以自豪地向邻居小伙伴宣布：我生病了，明天我不上学！但这只是最初的感觉，很快生病造成的痛苦因素挤走了所有稚气的幸福感觉。

生病后端到床前的并非是美食。医生对我说，你这病忌盐，不能吃盐，千万别偷吃，有人偷吃盐结果就死了，你偷不偷吃？我说我不会偷吃，不吃盐有什么了不起的？起初也确实漠视了我对盐的需要。母亲从药店买回一种似盐非盐的东西放在我的菜里，有点咸味，但咸得古怪；还有一种酱油，也是红的，但红也红得古怪。开始与这些特殊的食物打交道，没几天就对它们产生了恐惧之心，我想我假如不是生了不能吃盐的病该有多好，世界上怎么会有不能沾盐的怪病？有几次我拿了支筷子在盐罐周围徘徊犹豫，最终仍然未敢越轨，因为我记得医生的警告，我只能安慰自己，不想死就别偷吃盐。

生了病并非就是睡觉和自由。休学半年的建议是医生提出来的，我记得当时心花怒放的心情，唯恐父母对此提出异议。我父母都是信赖中医的人，他们同意让我休学，只是希望医生用中药来治愈我的病。他们当时认为西医是压病，中医才是治病。于是后来我便有了我的那段大啖草药汁煎破三只药锅的惨痛记忆，对于一个孩子的味蕾和胃口，那些草药无疑就像毒药。我捏着鼻子喝了几天，痛苦之中想出一个好办法，以上学为由逃避喝药。有一次在母亲倒药之前匆匆地提着书包蹿到门外，我想与其要喝药不如去上学，但我跑了没几步就被母亲喊住了。母亲端着药碗站在门边，她只是用一种严厉的目光望着我，我从中读到的是令人警醒的内容：你想死？你不想死就回来给我喝药。

于是我又回去了。一个九岁的孩子同样地恐惧死亡，现在想来让我在九岁时候就开始怕死，命运之神似乎有点太残酷了一点，是对我的调侃还是救赎？我至今没有悟透。

九岁的病榻前时光变得异常滞重冗长，南方的梅雨滴滴答答个不停，我的小便也像梅雨一样解个不停。我恨室外的雨，更恨自己的出了毛病的肾脏，我恨煤炉上那只飘着苦腥味的药锅，也恨身子底下咯吱咯吱乱响的藤条躺椅，生病的感觉就这样一天坏于一天。

有一天班上的几个同学相约了一起来我家探病，我看见他们活蹦乱跳的模样，心里竟然是一种近似嫉妒的酸楚，我把他们晾在一边，跑进内室把门插上。我不是想哭，而是想把自己从自卑自怜的处境中解救出来。面对他们我突然尝受到了无以言传的痛苦，也就在门后偷听外面同学说话的时候，我才真正意识到我是多么想念我的学校，我真正明白了生病是件很不好玩的事情。

病榻上辗转数月，我后来独自在家熬药喝药，凡事严守医嘱。邻居和亲戚们都说：这孩子乖，我父母便接着说：他已经半年没沾一粒盐了。我想他们都不明白我的想法，我的想法其实归纳起来只有两条：一是怕死，二是想返回学校和不生病的同学在一起，这是我的全部的精神支柱。

半年以后我病愈回到学校，我记得是一个秋高气爽的日子，我在操场上跳绳，不知疲倦地跳，变换着各种花样跳，直到周围站了许多同学，我才收起了绳子。我的目的已经达到，我只是想告诉大家，我的病已经好了，现在我又跟你们一模一样了。

我离开了九岁的病榻，从此自以为比别人更懂得健康的意义。

祖　籍

人口流动有其悠久广阔的历史，假如追溯几代而上，今天的城市人无一例外地有着一个异乡他壤的祖先，他的个人资料中出生地是A城，祖籍一栏中却是B城，对此人们已经习以为常了。

祖籍对一个城市人意味什么？意味着某一个遥远的从未涉足的地方，意味着某一个古代男婴在那地方呱呱坠地，意味着每一个人都有他的来处。

那是一根看不见的细线，它把城市人与陌生人、模糊的家族、乡村以及人类迁徙史联结在一起，或者说它只是城市人身上形形色色标签中的一张，恰恰这张标签对他们的现实生活是无足轻重的。

从前人们在旅途上闲聊，相邻而坐的人常常会向对方问这样的问题：先生哪里人？答话那人报出的地名通常就是他的祖籍。从前在城市街道上很容易看见同乡会、会馆这样的处所，从前人们把老家、同乡的概念看得很重，这概念也在人们的生活中成为一种极为重要的人际关系，因此有许多集体行为的解释听来极为简单：我们是同乡，我们是一个村子的。

如今在一些社交场合你也能听见类似的声音，哦，我们原来是同乡啊！但这种声音的实质已经退化为一种虚无，就像美国人说 Nice to meet you，如此而已，通常那两个人对他们共同的故乡已了无记忆，他们可能根本没去过那里，故乡留给他们的印象只是一个地名几个汉字，如此而已。一切都依赖于在新的时代中的心态的演变，你可以想象在 20 世纪 90 年代，城市人是多么自觉地淘汰着情感世界中的多余部分？

人们就这样奔走在祖先未曾梦见的土地上，今天我们看见大批具有北方血统的青年男女匆匆行走在上海、香港、台北的街道上，大批黑头发黄皮肤的中国人漂洋过海来到了南洋、欧洲、美国。你会在纽约第五大道上突然听到熟悉的乡音，一抬头就看见了你的同乡，有时你们相视一笑，有时你们形同陌路，一切都很自然。许多人已经抛弃了故乡，有时那是一种历史，有时那是一种选择。

祖籍在哪里？在身份证上；故乡在哪里？在铁路与公路的另一端；同乡在哪里？在陌生的人群中，只有他自己在自己的路上。

有些人走到天边也要遥望他的故乡，记得有一次我在美国旧金山一个留学生家做客，她的房子紧靠太平洋的海湾，窗口海景美不胜收，房租当然很贵。我问她，既然经济拮据，为什么要租这么贵的房子，她说，这里能看太平洋。过了一会儿，她又说，你知道，海那边就是中国，我很想妈妈，我很想家。我一时无语，忍不住问，为什么不回去？就一张机票的事啊！我看见她脸上流露出一种奇怪的表情，然后她轻轻地说，回不去了。也许我的表情依然疑惑，她又补充了一句，其实，也不愿回去。

苍老的爱情

我相信爱情。历代以来与爱情有关的浓词艳篇读了不少，读到的大多是爱情的缠绵、爱情的疯狂、爱情的诞生和爱情的灭亡。

我今天的话题与此无关，是关于爱情的平淡、老迈，说的是一种白发爱情，它不具备什么美感，也没有悬念和冲突，被唯恐天下不乱的文人墨客有意无意地疏漏了，但我肯定这样一种爱情随处可见，而且接近于人们说的永恒。我建议你在左邻右舍之间寻找，而且我建议你排除那些年轻的如胶似漆的爱侣，请将目光集中在那些老朽的夫妇之间，说不定就找到了那一对。

读者朋友能听出来我这里有一对经典。确有经典在此，是我的邻居，现在已经去世多年了。

从我记事起，他们就不再年轻了，他们的两个女儿都已出嫁。我记得那个妻子身材高大，看得出年轻时是一个美人，而丈夫的个子比妻子要略矮一些，但眉目也很端正。

许多晴朗的日子里，他们出现在街上，妻子端着一盆衣服去井边洗，丈夫就提着一只水桶跟在后面；妻子用手拍打阳光下的棉被，丈夫就递上一只藤编的拍子。有一次我亲眼看到他们的女儿带着自己的丈夫孩子回娘家，小孩在外面敲门，大声喊叫："外公外婆快开门！"门内就响起一阵杂沓的脚步声，门开了，我看见那对老夫妻的脸，一张在门的左侧，一张在门的右侧，我惊讶地发现，他们笑起来嘴角都往右边歪。

但如出一辙的笑容不足以说明老人的爱情。一切都发生在老妇人去世那天。

人总难逃死亡之劫，但老妇人死得突然，是心肌梗塞。街上的邻居在为老妇人之死悲叹的同时，也为那个做丈夫的担心，说："她这一走，让老头子怎么办？"老头子能怎么办？他只是默默地守着妻子的遗体，去吊唁的人都看见了他的表情，没有想象中的那么悲痛；他只是坐在那里，平静地守着他的妻子。

到了次日凌晨，吊唁的人们终于散尽时，邻居们听见两个女儿再次恸哭起来，他们以为是亡母之痛的又一次爆发，到了清晨，人们看见老夫妻的女儿在家里搭起了另一张灵床，因为他们的父亲也去了！

这不是我编造的小说，是真事，我所认识的一个老人紧随亡妻一起奔赴天国。女儿说，父亲死的时候一直是坐着，看着母亲，后来他闭上了眼睛。他们以为他是睡着了。谁能想到，一个人的死会是如此轻松、如此自由？

所有的人都为这个做丈夫的感到震惊。是无疾而终吗？不对，依我看，老人是被爱情夺去了剩余的生命，有时候爱情是一种致命的疾病。我从此迷信爱情的年轮，假如有永恒的爱情，它一定是非常苍老的。

莱比锡日记

之一:莱比锡的脸

莱比锡的脸,长年以来被国际博览会的巨幅海报遮盖着,有点苍白,也有点痒了。人们每年来到莱比锡,看见的也许只是城市的身体,不是她的脸。

在世界各地的商家们带着展品离开这个城市的时候,莱比锡完成了一年一度的使命,打扫好贸易的战场,送走客人们的订货单和支票簿,她翻了个身,开始照顾自己了。这个季节是莱比锡自己的季节,悠闲,有点冷清,但更像春天,城市的呼吸是自然的顺畅的,城市的脸现在充分沐浴着阳光和风,严肃和美丽一点点流露出来,这严肃缘于城市的历史文化和人民的记忆,因此令人敬畏,这美丽也是文化之美,因此不张扬,不羞怯,是内敛自信的美,无论朝向哪个角度,都令人惊艳。

两个重叠的M是莱比锡的城市标志,在很多地方可以看见这个标志。也许有人会告诉我,这就是莱比锡的脸,但我总是不容易记住标志,却记得标志栖身的建筑，或者仅仅是那建筑旁边的一棵树。对于一个血肉丰满的城市来说，所有的标志都是空洞的，这城市的脸需要你去依偎她，依偎了才能感知她的温度，才能用素描的笔法去勾画她。对我来说，我要捕捉的不仅是一张城市的脸，不仅是线条，还有表情。这城市的表情注定是深沉的，针对观光者的宣传手册上，莱比锡有莱比锡的光荣和骄傲，屈辱和创伤，而我的私人目光，最终是我对一个城市的记录，它不负担别的，只对我的目光负责。

我带了一个三星照相机到莱比锡来，是性能不错但体积笨重的，我最后悔的是没把家里那个小的带来，小的拿出来放进去都方便，不像现在，我拿出那个大家伙来，这里拍，那里拍，弄得一本正经，好像一个三流的摄影记者。

可是值得拍照的地方实在很多，惊喜无处不在。

这是我前天偶尔路过的一家旅馆，巴伐利亚广场旅馆，因为觉得旅馆很漂亮，走过去一看，墙上钉了块牌子，原来是卡尔·马克思住过的旅馆！

之二：莱比锡的有轨电车

如今这个时代，是在天堂与地狱之间徘徊的时代，语言和文字也在徘徊，只是它们比这个时代更迷茫，因为没有人知道文字的天堂在哪里，语言的地狱在哪里。字典里的科技词汇越来越多，好多词汇我不懂，我看那些新的电子产品的说明书，看得一头大汗，最后往往还是一知半解，那是我的一个隐私，也是我作为一个文字工作者最大的噩梦。

如今这个时代，好多词汇也在痛苦地失落，“朴拙”变成了家具或者瓷盘设计的风格，“怀旧”站到了造作的同类词的队伍里，“抒情”则几乎沦为一种不三不四的精神疾病了。这些词汇本来离你很远了，但突然你遭遇了某一时刻，那三个词汇同时出现，像三个失踪的孩子，他们向你跑来，几乎带着一种魅人的力量，这要感谢莱比锡的有轨电车。

是前天早晨，天空阴雨，我沿着十月十八日大街走到老巴伐利亚火车站，看见一列有轨电车穿过绵绵细雨，从新市政厅的方向驶来，我听见了电车在湿润的轨道上滑动的声音，这就是让我莫名心动的那个时刻，我看见这列有轨电车带着那三个词汇开过来，朴拙，怀旧，抒情。我突然想起童年时候跟着父亲去上海，也是在雨中，一个雨中的早晨，见到过上海的有轨电车。这记忆的唤醒出其不意，我站在巴伐利亚车站工地的围墙外，突然想起童年的第一次旅行，突然想起我的父亲，他在苏州，独居一隅，一辈子没有踏出过中国的国门。不知道为什么，我那么喜欢有轨电车，这份喜爱与环保主义无关，我只是主观地判定，一个保留着有轨电车的城市，也为我们保留着诗性的城市精神，保留着各种各样美好的记忆。也许不奇怪，所有美好的事物，不仅浪漫，而且一定是实用的。

这些年去了好多地方，还有别的城市留下了有轨电车，但有的差不多已经是古迹，有的作为被保护的交通工具在小心地使用，一边使用一边展示，而莱比锡的有轨电车仍然豪放地奔驰着，像一匹古典的好战的骏马，终日不停地奔波在城市的四周。我几乎天天坐 2 路或者 16 路有轨电车去莱比锡市中心，这是我的一匹骏马，也是莱比锡给我的一个大礼物。

很巧的是，我今天搭有轨电车去市政厅，在高德福斯女士的办公室里，巧遇了她的两个客人，他们恰好是从有轨电车公司来的。我不懂德语，除了寒暄，我不知道如何赞美他们的有轨电车，说它是一匹古典的战马，这是事实，不是赞美，于是我想还是从文学着手吧，我不知道莱比锡这个城市的咖啡馆里还有多少浪漫主义诗人，他们是否朗诵他们的作品，但莱比锡的城市上空一直是有诗歌的声音回荡的，依我看，今后或者未来，莱比锡的有轨电车，一定会成为这城市最后一个浪漫主义诗人。

之三：托马斯教堂

我认识的朋友中，有好多古典音乐的发烧友，凡是对古典音乐爱到一定程度的，最后人还在现实中，但呼吸的已经不完全是现实的空气，他们有另一种空气供给，依我看来，那供给的管道并不神秘，所有的古典音乐，其实可以看做是一种古典的空气，实验室没有保存下来的东西，音乐保存下来了。

有人面色红润得出奇，有人面容憔悴得出奇，并非全部是内分泌和血液循环的原因。呼吸了古典空气的人，也许他比一般人更严肃，也许比一般人更浪漫，这说不定。但这些人，大多自己也成了一本五线谱，说话或者沉默，都有自己的调子和旋律。热爱古典音乐的人，不是从音乐中寻找安慰和寄托了，是在寻找一种简洁美好的生活方式，他们寻找的是一片更宽广更深邃的天空，为了飞翔，或者，不是为了飞翔，恰好是为了静止。

音乐有可能制造幸福，也有可能制造痛苦，最好的音乐可能往往会忽略人的感受，它有这个权力。人的感受是瞬间性的，是肉体的，因此感受仅仅是感受，伟大的音乐永远是从肉体出逃，向上，向上，固执而傲慢地向上的。我个人对古典音乐一向是一知半解，古典音乐最初就与宗教密切有关，现在仍然有关，对于某些人尤其是无神论者来说，他们对音乐的爱，本身几乎也成了一种信仰，我所认识的那几个朋友，最后都皈依了J.S.BACH。

作家余华说过，他的《许三观卖血记》的结构是受到了《马太受难曲》

的影响，重复，回旋和升华。这话不管是否可信，反正给我印象很深，正如许三观卖血养家的故事，给人留下了深刻的印象。我很想告诉他的事情也许他早就知道，但我还是要多说一句，《马太受难曲》，巴赫就是在莱比锡的托马斯教堂完成的，无论什么时候，巴赫不会为音乐受难，但是他一直为生活所累，在托马斯教堂漫长的岁月里，他奔波于葬礼、主教选举、唱诗班和教堂，奔波于需要音乐的所有场合，差不多也是卖血为生了。

莱比锡的血液是音乐的血液，这是瓦格纳出生的城市，是门德尔松指挥布商乐队的城市，是舒曼和克拉拉一起生活的城市，这已经足够成为一个古典乐迷向往的城市了，偏偏它又是巴赫的城市，何等的光荣，何等的骄傲！巴赫在托马斯教堂度过了他忙碌一生中最忙碌的时期，教堂边的学校遗址，曾经是巴赫的孩子们上学的地方，也是他的宿舍所在地，他当年倾心培育的托马斯教堂男童合唱团，过去有名，现在还有名，过去在教堂演唱，现在不仅在教堂唱，还要到世界各地去演出。无论你是否听过巴赫，作为知识你都应该知道，巴赫的光辉穿越了时空，是越来越明亮的。

我不是因为巴赫和托马斯教堂到莱比锡来，但当我离开的时候，我会记住巴赫在这个城市留下的光荣，记住托马斯教堂的光荣。我的那几个朋友，或者世界上所有寻访巴赫足迹的人，他们最终也会来到这里，一定会来，因为这是巴赫的足迹消失的地方。

巴赫的墓，就在托马斯教堂。

之四：咖啡康塔塔

尽管这个城市安静，有点冷清，但托马斯教堂前面永远是有客人的，全世界的古典乐迷到了莱比锡，就在导游图上寻找那个著名的地标，不懂德语没关系，很容易找的，城市非常袖珍，所以地图也复杂不到哪里去。

我在托马斯教堂前每次都能看见那些客人，但其中多少人是来瞻仰巴赫的，多少人是来快餐旅游的，无法统计。有一些手拿数码相机的人，像我一样行为可疑，一心要从托马斯教堂带走点什么。巴赫已在墓中，无法和他握手，能带走的就是塑像的照片了，拍下巴赫的塑像，拍下他著名的大鼻子，回去吻照片吧。

教堂门前巴赫的那座塑像，不知道一天要被多少镜头和镁光骚扰，也不知道，巴赫天上有知，那会是他的光荣，还是他的烦恼？会不会还有一点不安？他会不会向他的崇拜者推心置腹，我的音乐只是音乐，谱曲和指挥是我的事，而那些音乐是否伟大是否神圣，是你们的事。他会不会感叹，都来晚啦，你们在十八世纪来多好，放一点钱到我的口袋里，给我的男童合唱团买几瓶牛奶，最好给我的孩子们每人买一件新衣服。

这里的朋友告诉我，巴赫的塑像，造型如此生动自然，其实是雕塑家在复述他当时的境遇。他的外套第二颗扣子没扣，是因为他又要弹管风琴，又要指挥合唱团，一手必须多用，要时常从那里面掏乐谱出来，不扣衣扣，便省去了解扣子的时间。他的左侧口袋倒翻过来，则是一个无言的抗议，事关财政，告诉主教大人，告诉那些仁慈的教堂赈济人，我要音乐也要吃饭，我已囊空如洗，快给点钱吧。

我相信那朋友对塑像的解释。所有的伟人，差不多要死后一百年才被发现，而且还要先征服另一个时代的伟人，就像巴赫先征服门德尔松，然后征服世界。以我的看法，巴赫如果现在活着，也应该是这个姿势，如果他活着，那翻出来的口袋里，有没有人放钱？这其实是个疑问。那尊塑像好就好在这儿，说了过去的事，也说了现在的事。

我只是莱比锡的客人，亲近莱比锡的一个细节就是亲近巴赫，或者说，亲近巴赫的一个细节，就是亲近莱比锡。如今有一种最实用的亲近方式，就是为巴赫的名字消费，托马斯教堂旁的巴赫咖啡馆，每天都有人对着巴赫的塑像，虔诚而崇高地坐在那里，喝点什么。我也去喝过了。以前我一直不知道巴赫的“咖啡康塔塔(Kantaten)”是什么意思，那天与莱比锡的一位朋友相约见面，她说的是彼得斯教堂，不知道为什么我听成托马斯教堂，在雨中很抒情地步行到那儿，雨越下越大，便坐在巴赫咖啡馆前，要了一杯普通的咖啡，等那个朋友。电话响了，一听是我搞错了，只好将错就错，委屈她冒着雨，再骑车赶过来。于是有点内疚，东张西望起来，抬头看见身边的招牌上还有一道特殊的咖啡，名字就叫个康塔塔咖啡。然后那位朋友来了，她一来我就问她康塔塔的意思，人家又一说我就恍然大悟了，原来德文中康塔塔是安宁美好的意思。

这是一个多么圆满的答案，答案本身也是安宁美好的。

之五：莱比锡火车站

提到莱比锡，莱比锡火车站是一个永远的话题。我到莱比锡，与当地的人们谈到日常生活中的琐事，总有人用一种“此事好解决”的态度说，去火车站，那里什么都有，那里永远开着门。

莱比锡的火车站确实很特别。PROMENADEN，在德文中是什么意思，我问过人，可惜又忘了。也许不需要原意，我愿意把这个词想象成“体贴”。我无意给一个著名的火车站改名，但我每次走进这个火车站里，没有旅行前的那种说不清楚的焦虑和急迫，总是感到火车站里有两只手，一只手在向你挥动，请坐，喝杯咖啡再走，喝杯啤酒再走。另一只温暖的手搭在你的行李上，轻轻地拉扯着你，不要急，不要急，急什么，火车不会走的。

所有的火车都不等人，但莱比锡火车站给人以一个美好的错觉，火车不会走的，火车会等你的。

一个人留住另一个人，需要一个温暖的性感的怀抱，一个火车站挽留一个旅客，需要让他忘记时间，需要一些与旅行无关的事物，来缓解他们的紧张情绪。

这里其实也是一个巨大的休闲场所，地上地下一共三层，咖啡馆，餐厅，小书店，商铺，超级市场，银行，什么都有，按照中国人的休闲观念，就差一个大浴场了。好多人不赶火车，也去那里，是去购物，或者吃饭的，逢到星期天了，逢到夜间了，别的地方都关了门，火车站还是灯火通明的，火车站的灯光，有一半是旅行者的，还有一半，属于无法旅行的人。

欧洲的星期天，人们把一切献给了教堂，家庭，还有餐桌，还有一些人不上教堂，有一些人没有家庭，还有一些人不做晚餐，他们在星期天感到尤其孤单，莱比锡火车站把自己献给了那些孤单的人。我认识的一个中国留学生刘嘉琦对我说，她之所以不舍得离开莱比锡，就是不舍得莱比锡火车站，守着莱比锡，在最孤单的时候，她便有了个去处。

我也很孤单，当然我有排遣孤单的别的方法。莱比锡火车站没有收留过我的灵魂，但是收留过我的身体，尤其是我的钱包。在莱比锡火车站，我留下了很多消费记录，以下是我现在想得起来的记录，请原谅，我想罗列在此。

在O2店买了电话芯卡——我一直用这张卡与此地朋友保持联系。

在一家服装店买了一件衬衣，是我喜欢的某某休闲服品牌，打五折，过几天觉得自己还少一件薄毛衣，又去，结果人家不打折了，广告说打折一周就是一周，过期不候，不打折的东西我都觉得贵，所以就不买了。

在烟草铺买了一盒烟斗烟丝，一方面因为带的中国烟不够，要抽烟斗替代，另一方面，因为烟草店铺的业主顶住全世界反烟草的压力，每个抽烟的人都应该用实际行动向他们表示敬意。

吃了一次 Pizza hut 的比萨，还吃了一次别的店里的比萨，比萨就是比萨，谈不上难吃，但是也永远与美味无关。

看见一家卖中餐的，走近了一看，是越南侨民们做的食物，其实不是中餐，不知道为了什么，非要命名为中餐，看着他们的大铁盒里堆起的食物，为中华美食在莱比锡的前景，感到非常忧虑，也有点忿忿的，心想在德国不能卖假货，为什么卖假中餐，就没人来管一管呢？当然了，这一次，消费未遂。

最解燃眉之急的一次购物是在一个星期天，要去一个朋友家做客，到了火车站换乘电车，突然想起两手空空，去人家里不礼貌，星期天别的地方是无物可购的，幸亏我就站在火车站对面，就穿过马路，跑到火车站里面，在 ROSSMANN 店里买了一瓶红酒。拿着那瓶酒，一下就安心了。

是一种体贴，这种体贴之所以令人难忘，是因为它来自一个火车站。

多少年来，我几乎一直在旅行，在我的旅行经验中，穿越火车站，几乎像是穿越人类的汗腺，逼仄，拥挤，带有种种异味，一些慌张的人遇见另一些奔跑的人，是多么地令人不快。但在莱比锡火车站，一切都被颠覆了，有一种旅行的新秩序在提醒你，慢一点，慢一点，行色匆匆是可耻的，我也是个守秩序的人，所以我总是故意地放慢脚步，告诉自己，旅行，无论你去多远，都是一次散步而已。

之六：亲爱的垃圾

也许德国的城市都是很干净的，我一九九三年第一次到德国，是在柏林，参加一个文学节，和刘震云、张懿翎一起住在一个公寓套房里。街道的名字我还记得，翻译成中文是叫田园街。每天我们三个人早晨就出门，夜里才回来，观察到的街景不是太早，就是太晚。早晨的街道很湿润，泛着幽微的蓝光，路上点缀着星星点点的狗粪。夜里，街道在路灯的照耀下，看起来同样是发蓝的，但是狗粪，不知是被清理了，还是被夜色淹没了，看不见了。狗粪并不是那么令人讨厌的东西，如果不去与柏林的狗计较，柏林留给我的印象，仍然可以说是干净的。

后来听德国朋友说，你去的恰好是柏林，所有的狗都要排泄，但在德国，不是所有的狗主人都让它们把粪便留在街上的。

突然谈起狗粪问题，有点滑稽，我并不是思念狗粪，但我在莱比锡这些日子，除了那天和几个朋友去附近森林里散步，在林间小径上差点踩到一脚，几乎没见过狗粪。当然，我不是专业的狗粪视察员，走路不会盯着脚底下，但是在莱比锡，无论是狗粪还是别的什么，垃圾，确实是被人们精心地收起来了。

我到莱比锡的第一天，负责接待我的 Marit Schulz 女士郑重其事地交给我一张磁卡，与银行无关，与交通购物都无关，是倒未分类的垃圾用的，可见这是她心目中的一件最重要的事。我难以想象垃圾和磁卡的关系，不知道垃圾箱上也安装了先进的电子设备，第二天，提着一袋垃圾跑到楼下，发现两排垃圾箱分成古典派和现代派，带电子锁的和开放式的，很庄严地迎候着我。我正对着垃圾箱紧张地观察的时候，旁边有个女邻居，说着德语就上来教我用磁卡，我听不懂，但她热情的手势我是懂的，说起来惭愧，我四十多岁了，还要别人手把手，学习如何倒垃圾。

在莱比锡见不到垃圾堆，城市里到处都在修建地铁工程，施工工地很多，也见不到建筑垃圾。看起来这里的人们对垃圾的态度，不是太仁慈，就是太严厉了，他们把所有的垃圾都送到垃圾自己的家——垃圾箱，或者垃圾填埋场，决不让垃圾们展示自己的容颜。有一次我和 Gabriele

Goldfus 女士驱车从莱比锡郊外经过，路过一座绿色的小山包，发现这风景来得突兀，便向这座从平地上无端隆起的小山包多看了一眼，她没等我问什么，就告诉我了，那小山包其实是个垃圾填埋场，只是被绿化了。

人，死得其所，墓地上应该有松树柏树，有菊花，垃圾也死得其所，把它们埋好了，种一些小树和小草，不仅仅是为了美观，也来纪念它们曾经为人类作出的贡献，这是公平的。

人的命运思考起来有难度，便搁置在一边，我竟然思考起垃圾的命运来，有点搞笑。环保主义者的说法是正确的，地球并不很大，垃圾的未来，也事关人的未来。同样是很突然地想起在国内看过一则电视报道，说是有不法商船，把海外哪个先进国家的垃圾运到了中国的港口，从两边都获得报酬，电视镜头扫到之处，看见的是一堆沾满油污的餐盒，属于纸制品，是分过类的。那些将垃圾精心分类的好公民，也许完全不知道，他们分好的一部分垃圾，竟然坐上远洋船出海旅行去了。

那则电视报道后来被别的更重要的报道淹没了，没有后续。我到现在也不知道是从哪儿来的洋垃圾，要往哪一个中国的工厂运。从现代工业的技术角度上看，这事也许不值得大惊小怪，好多东西都是利用垃圾回收再生产的，这与尊严荣誉无关，只与生产成本有关，我的困惑在于我懂得这其中的商业奥秘，为什么还是对这件事耿耿于怀？我不批评那些隐秘的发垃圾财的人，更不该批评垃圾，我只是感叹垃圾也加入了全球化的洪流，而且我依稀听见垃圾在远洋船上的歌声，从西向东，进行曲曲调，唱的是全球化的主旋律。

亲爱的莱比锡的垃圾啊，我知道，你们是无辜的，你们一定不在那艘船上。

之七：莱比锡制造

“莱比锡制造”，是一个画家群的作品展览，我在好多办公室里看到这个展览的宣传册，封面作品的画面是一个抽象而模糊的加油站，一个模糊的疑似加油工的人影。很有趣的是，这个展览的内容多少也有点模糊，因为制造地点和展览地点不同，展览地点，不在莱比锡，在几十公里之外的另一个小城市 Torgau。

我们去 Torgau 是市政府的一个女司机开车，开车说话，都很豪迈，离开莱比锡的时候，天正下雨，一路上，雨渐渐地变小，到了目的地，天竟然放晴了。在德国，到处都有这样很幽静很美丽的小城，我们抵达的时候，Torgau 的石板路上还留着雨的痕迹，空气中有莫名的草香，因此显得特别清新动人，小城没有多少行人，来的人应该都是旅游者，这里是马丁·路德长期生活过的地方，马丁·路德的妻子，就安葬在 Torgau 的玛丽亚教堂里。

人们都崇尚古迹，文学、音乐、绘画也一样，人们信任过去的，怀疑现在的，对于好多当代艺术家来说，活着，是他们唯一的缺憾。

去《莱比锡制造》的展览厅，我们是唯一的客人，因为是唯一的，便有了很多自由，我们就在展厅里讨论艺术，毫无拘束。我们几个人中，有一个是学艺术史的女博士，女博士不随便发表议论，倒是我，自己给了自己机会，随便地发表评论，也许我完全不懂绘画，也许我懂一点绘画，这不重要，重要的是描述自己的感受，我一直认为，当你站在一幅画作面前，当你感受很强烈的时候，你应该说出来，我喜欢。或者说，我很喜欢。

所以我看到 Tilo baumgartel 的作品时就说了，我很喜欢。说起来，我喜欢一幅画作的标准，其实不是绘画标准，是文学标准，当我从画面上捕捉到一个好的故事，而且这故事有精彩的隐喻和暗喻，我喜欢，这句自以为是的话就脱口而出了。

Tilo baumgartel 是个喜欢说故事的人，我没细致地考察他的绘画材料，是用炭笔还是别的什么，他对色彩很警惕的样子，迷信黑与白，展览上有他的两幅作品，都省略了色彩，一幅是一群动物在起居室里的休闲生活，令人印象深刻的是，其中一只猫，装模作样地从书架上拿起了一本书，这当然是一个批判性的精妙构思，巨大的隐喻在画面里潜藏，调侃或者讽刺，针对的不是动物，是人类的精神生活。

他的另一幅作品，画面抽象一些，是一个人面对一堵光怪陆离的墙，人的背影是一个思考者的背影，也许是在思考如何突破，也许是在思考如何逃避，而那墙给人以丰富的联想，联想到时间，社会，他人和自我，或者干脆就是整个世界。按照我一贯自以为是的读解方法，我用文学的标准给其他艺术门类归类，我觉得 Tilo baumgartel 是关注重大命题的，有一些画家用画笔写散文，写诗歌，写纪实文学，但 Tilo baumgartel 的作品更有野心，很明显，他是个写长篇小说的画家，而且写的是严峻的现实主义的长篇小说。

牛车水、榴莲及其他

这一定是我到过的最近赤道的城市，它的闷热的空气和毒箭似的阳光不是突然袭击，是每一个外来的旅行者有所准备的，因此新加坡总是热得问心无愧，也因为问心无愧，热得不免有点疯狂，我走出旅馆的大门，感到什么东西热辣辣地倾倒在我的身上，一定神，才醒悟到那不是什么异常的物质，不过是新加坡正午的阳光罢了。

我到牛车水去，这个名字莫名其妙地让我兴奋，而且喜欢，我告诉接待我的朋友说，要去牛车水看看，她用一种同情的目光看着我，那样的目光大概是表示对我这种被旅行手册毒害了的人的同情，但她还是告诉了我去牛车水的路，建议我坐地铁去。她说，离这里很近，但走路去太阳太晒了，这个时候，我们一般不出门的。

但我到了一个陌生国度，最喜欢的就是出门。我到了牛车水就知道牛车水已经与牛、车、水都没有关系了，与整个洁净的富丽堂皇的花园国度相比，这似乎是唯一一只未经修饰的花坛。牛车水只是一个传统华人街区，街上没有什么人，密集的店铺和衣着随便的商贩以一种懒散的热带风度应对着路人，电风扇、拖鞋、短裤、廉价商品，南洋红花油、白树油，肉骨汤、叻撒，潮州会馆、按摩房、私人诊所、博物馆，都不卑不亢地做着类似的手势，买也行，不买也行，吃点也行，不吃也行，进来也行，不进来也行。是的，逛一逛就行，天气太热了，我满头大汗在牛车水一带走，内心不时被一个低智商的疑问折磨着，这牛车水为什么看着这么亲切，也许是因为它像我到过多次的老广州老厦门吧。

我住的旅馆就在新加坡河岸边，一座小桥，直接通到对面河边的小街上，一入夜小街那边的灯光就很有节制地辉煌起来，岸上错落有致的植物一下就显出一种旖旎的绿色，并且把园艺工人的苦心也以几何形状勾勒出来了。临河而设的酒吧和餐厅迎来了黑压压的不知从何而来的客人，河边的风景像流行歌手那英一样提醒我，白天不懂夜的黑，这黑是灯光下的黑，因此黑得欢乐，黑得富足而祥和。对于我这样来去匆匆的游客而言，很容易记住新加坡白天炎热的寂静的街道，也容易被河边灯光下的杯盘交错所吸引，约了朋友去到那灯光下，喝了些啤酒，吃了非常美味的黑胡椒炒膏蟹，突然却迷惑起来，白天和黑夜，到底哪个代表新加坡的心情呢？

好多年前我去过马来西亚，从吉隆坡到马六甲，从槟城到云顶，那个国家让我时不时地想起南洋这个字眼，椰林、橡胶林，并且眼前多次浮现出来自闽粤的劳工在晨曦初露时割胶的画面。在新加坡，我只是从旅馆到牛车水，最远到了鱼尾狮附近的海面上，这国家的面积不能满足我这样的旅行者山河湖海到此一游的庸俗野心，甚至她的南洋风情也已经被塑造成一个迷你型大花园了，从新加坡到新加坡，转眼之间旅程结束，但是恰好是这个小小的国家，让我第一次在身处异国的时候想起更加遥远的第三个国家。

离开新加坡的最后一个晚上，一个画家朋友带我们几个去吃榴莲，不是普通地吃，是带有一点探险地吃，我们开着车去画家熟悉的一个榴莲摊子先吃了一气，此为榴莲正餐，然后画家朋友说带我们去另一个地方吃榴莲夜宵，汽车就穿过了一段黑漆漆的公路，黑暗中突然出现一盏蝇头小灯，挂在一片树林中，灯下竟然也是一个榴莲摊，一个汉子威严地守在灯下，在黑暗中守候着他的客人。

我一直纳闷此夜榴莲之行为什么如此丰盛而繁复，但画家说这摊子上的榴莲都采自马来西亚的某处高山上，不是一般的榴莲。我突然就想到了早已模糊的马来西亚的风景，想到多年以前我在槟城城外的一条公路边第一次吃榴莲的情景，也是在树下，但是在热带的阳光和公路的尘土中吃，卖榴莲的是一个戴斗笠的黑衣老妇人。我想印度尼西亚会不会也有榴莲，南美洲的一些赤道沿线的国家会不会有榴莲，最后我竟然想起海南岛的椰林和椰子来了，我当然不好意思把飞翔的思绪告诉给他们听，但有一句话我可以很礼貌很得体地告诉那些新加坡的朋友，正是新加坡，让我感觉到世界很大很大。

一个城市的灵魂

几年前一个夏天的傍晚，与一个来自北方的朋友在明孝陵漫步，突然觉得有一件意外的事情正在发生。这意外首先缘自感官对一个地方的特殊气息的敏感，我们在那个炎热得骄阳似火的日子里，抬手触摸到这座陵墓的石墙，竟然感到了一种湿润的冰凉的寒意，感到石墙在青苔的掩饰下做着一个灰色的梦，这个梦以凤阳花鼓为背景音乐，主题是一个名叫朱元璋的皇帝。我们的鼻腔里钻进了一股浓郁的青草或者树叶默默腐烂的气味，这气味通常要到秋天的野外才能闻到，但在明孝陵，腐烂的同时又是美好的季节提前来到了。

所以我说，那天我在明孝陵突然撞见了南京的灵魂。

十八岁离开家乡之前，我去过的最远的城市就是南京。那是一次特殊的旅行，当时有来自江苏各地的数百名中学生聚集在建邺路的党校招待所里，参加一个大规模的中学生作文竞赛。三天时间，一天竞赛，一天游览，一天颁奖。现在我已经忘了那三天的大部分细节了，因为我名落孙山，没有资格品尝少年才俊们光荣的滋味，相反的我记得离开南京时闷热的天气，朝天宫如何从车窗外渐渐退去，白下路太平南路上那些大伞般的梧桐树覆盖着寥落的行人和冷清的店铺，这是一座有树荫的城市。它给我留下了非常美好的印象，后来我们一大群人在火车站前的广场候车，忽然发现广场旁边的一大片水域就是玄武湖。不知是谁开了头，跑到湖边去洗手，大家纷纷效仿，于是一群中学生在玄武湖边一字排开，洗手。当时南京的天空比现在蓝，玄武湖的水也比现在清，我记得那十几个同伴洗手时泼水的声音和那些或者天真或者少年老成的笑脸。二十多年过去以后，所有人手上的水滴想必已经了无痕迹，对于我，却是在无意之中把自己的未来融进了一掬湖水之中。除了我，不知道当年那群中学生中还有谁后来生活在南京？

这是一个传说中紫气东来的城市，也是一个虚弱的凄风苦雨的城市，这个城市的光荣与耻辱比肩而行，它的荣耀像露珠一样晶莹而短暂，被宠信与被抛弃的日子总是短暂地交接着，后者尤其漫长。翻开中国历史，这个城市作为一个政权中心作为一国之都，就像花开花落那么令人猝不及防，怅然若失。这个城市是一本打开的旧书，书页上飘动着六朝故都残破的旗帜，文人墨客读它，江湖奇人也在读它，所有人都感觉到了这个城市尊贵的气质，却不能预先识破它悲剧的心跳。八百年前，一个做过乞丐做过和尚的安徽凤阳人朱元璋，在江湖奋斗多年以后，选择了应天作为大明王朝的首都，南京在沉寂多年后迎来了风华绝代，可惜风华绝代不是这城市的命运，很快明朝将国都迁往北京，将一个未完成的首都框架和一堆王公贵族的墓留在了南京。一百多年前，一个来自广东的“拜上帝会”的不成熟的基督徒洪秀全，忽然拉上一大帮兄弟姐妹揭竿而起，一路从广东杀到南京，他也非常宿命地把这个城市当做太平天国的目的地，可是这地方也许有太平就无天国，也许有天国就无太平，一个湖南人曾国藩带着来自他家乡的湘军战士征伐南京城，踏平了洪秀全的金銮梦。

迷信的后人有时为明朝感到侥幸，即使是建文帝的冤魂在诅咒叔叔朱棣的不仁不义的同时，也应该感激朱棣的迁都之举，也许这一迁都将朱明江山的历史延长了一百年甚至两百年。

多少皇帝梦在南京灰飞烟灭，这座城市是一个圈套重重的城市，它从来就不属于野心家，野心家们对这王者之地的钟爱结果是自讨苦吃，似乎很难说清楚这城市心仪谁属于谁，但是它不属于谁却是清楚的。

如今我已经在南京生活了多年。选择南京作为居留地是某种人共同的居住理想。这种人所要的城市上空有个灿烂的文明大光环，这光环如今笼罩着十足平民的生活。这城市的大多数角落里，推开北窗可见山水，推开南窗可见历史遗迹。由于不做皇帝梦，不是什么京城，所以城市不大不小为好，在任何时代都可徒步代车。这一类人不爱繁华喧闹也不爱沉闷闭塞，无法拥有自己的花园但希望不远处便有风景如画的去处。这类人对四周的人群默默地观察，然后对比自己，得出一个结论，自己智商超群精明强干，而他们淳朴厚道容易相处。这类人如果是鱼，他们发现这座城市是一条奔流着的却很安宁的河流。无疑地，我就属于这样的人，我身边还有很多朋友，他们的职业几乎都是一种散漫的自我中心的职业，写作，绘画，他们在这里生活得非常自得，这局面似乎是一种不劳而获的胜利，皇帝们无奈放弃的城市，如今成了这类人的乐园。

除了冬夏两季的气候遭到普遍的埋怨，外来者们几乎不忍心用言辞伤害这个城市平淡安详的心。中山陵在游客的心目中永远处于王者地位。当你登上数百个台阶极目远眺，方圆十里之内一片林海，绿意苍苍，你会承认当年料理孙先生后事的班子是一个“感觉很好”的班子。这是一个最适合于伟人灵魂安息的地方。在和平的年代里，紫金山与长江不必是御敌的天然屏障，它们因此心情愉快，尽职尽力地使身边的城市受到了山水的孕育，也使这个城市的上空蒸腾着吉祥的氤氲之气。革命与奋斗过后，南京城总是显得很休闲的样子，而东郊的森林好像一只枕头，一个城市靠在这枕头上，以一种自得的姿势开始四季酣畅的午后小憩。

午后小憩过后，在南京的街巷里，一些奇怪的烤炉开始在街角生火冒烟，无数的小店主与鸭子展开了遍布全城的战役，他们用铁钩子把一只只光鸭放进炉火之中，到了下午，几乎每条街巷都能闻见烤鸭的香味。黄昏时分，当骑车下班的家庭主妇们在回家途中顺便准备一家的晚餐，那些油光光的烤鸭和先期制造好的盐水鸭以及鸭肫鸭头鸭脚之类的，一个庞大的鸭家族已经在各家熟食店的橱窗里恭候她们的挑选了。不知道南京人一年要吃掉多少鸭子，还有鹅。

我记得八四年初到南京，在一所学院工作，我的宿舍后面是河西通往城西干道的一条辅路，每天清晨都能听见鸭群进南京的喧闹声，年复一年的，那么多鸭子顶着霞光来到南京，为一个城市永恒的菜单奉献自己，这也是地球上独一无二的传奇。是鸭的传奇，也是南京人的传奇。我从来无意去探究其中的起源，但无意中读到一个意大利人的小说，写一个没落潦倒的贵族家庭设宴招待一个贵宾，主人所想到的第一道菜便是鸭肉，我不禁会意地笑了，看来鸭子成为这个城市的朋友不是偶然的，勉强也好，自然也好，食物里面确实是可以拉出一条文化的线索的。

世纪末急剧推进的全球化浪潮使每个地方的日常生活趋于雷同，但有时候一只鸭子也能提醒你，一个城市有一个城市的缅怀和梦想。

直到现在，许多朋友提及的南京幽胜之地我还没去过，但一个人如果喜欢自己的居住地，他会耐心地发现这地方一草一木的美丽。以前还算年轻的时候，每年夏天我会和朋友去紫霞湖或者前湖游泳，那两座湖，一个能看见中山门城墙，一个面向着紫金山。我记得在紫霞湖那次夜泳，是八月将尽的时候，一群朋友骑着自行车闯到了湖边。人在微冷的水中漂浮，抬眼所见是黑蓝色的夜空和满天的星斗，耳边除了水声，便是四周树林在风中沙沙作响的声音，你能听见自己呼吸的声音，似乎也能听见湖边的草木和树叶的呼吸，一颗年轻的心突然便被这城市感动了，多么美好的地方，多么安宁的地方，我生活在这里，多好！

这份感动至今未被岁月抹平，因此我无怨无悔地生活在这个历史书上的凄凉之都，感受一个普通人在这座城市里平淡而绚烂的生活。我仍然执着于去发现这座城市——但众所周知，这座城市不必来发现我了。

第三辑　虚构的热情

南方是什么

好多年前的一个下午，我在一座火柴盒似的工房的三层楼上眺望着视线中一条狭窄的破旧的小街，这是我最熟悉的穷街陋巷之一，也是多少年来被市政建设所遗忘的一条小街——是一条没有建设必要的小街，它的一头通往一座清代同治年间修建的石拱桥，另一头通往近郊的某某大队的农田和晒谷场（六七十年代），或者通往新的环城公路和一片新兴的混杂着国营企业村办企业的工厂区（八十年代）。我在午后的阳光中眺望那条小街时忽然记起来我小时候是怎么走过那里去我母亲所在的工厂食堂吃午饭的，我记得桥下的公共厕所，小街从这头到那头的大多数人家的家庭主妇和与我同龄的孩子，我记得他们在路人的视线里匍在餐桌前吃午饭的情景。令我感叹的是好多年过去了，公共厕所还在那里，石子路铺上了水泥，但路面还是那么狭窄而湿漉漉的，人们还是享受着狭窄带来的方便，非常轻易地就可以把晾衣服的竹竿架在对邻的房顶上，走路和骑自行车的人仍然在被单、毛线、西装、裤子甚至内衣下面穿行，这是我最熟悉的小街的街景，紊乱不洁的视觉印象中透出鲜活的生命的气息。一些老人一定已经死了，大多数人还活着，大多数人在小街上养育着儿女甚至儿女的儿女。小街的日常生活一切依旧，就像一只老式的挂钟，它就那么消化一个轰轰烈烈的时代，消化着日历上的时间和新闻报道中的事件，它的钟摆走动得很慢，却镇定自若，这钟摆老气横秋地纠正着我脑子里的某种追求速度和变化的偏见：慢，并不代表着走时不准，不变，并不代表着死亡。

那天下午我突然听到了一条南方小街的生存告白，这告白因为简洁而生动，因为世俗而深刻，我被它的莫名其妙的力量所打动：

> 我从来没有如此深情地描摹我出生的香椿树街，歌颂一条苍白的缺乏人情味的石子路面，歌颂两排无始无终的破旧丑陋的旧式民房，歌颂街上苍蝇飞来飞去带有霉菌味的空气，歌颂出没在黑洞洞的窗口里的那些体形瘦小面容猥琐的街坊邻居。我生长在南方，这就像一颗被飞雁衔着的草籽一样，不由自己把握，但我厌恶南方的生活由来已久，这是香椿树街留给我的永恒的印记。

这是我在那年夏天写的一部中篇小说《南方的堕落》中的开头部分。现在我应该解释它，可我发现我让自己陷入了困境，我在自己的写作中发现了一种敌意，这种敌意针对着一个虚构的或现实中的处所：南方。南方是什么？南方代表着什么？而我所流露的对南方的敌意又意味着什么呢？

也许首先来自对回忆本身的敌意。人们在回忆之前通常会给自己的回忆规定一种情感立场，粉饰性的美好的戚伤的，或者冷静的客观的力求再现历史的，而我恰好选择了一种冷酷得几乎像复仇者一样的回忆姿态。这是一种偏执的难以解释的敌意。我的所谓南方生活仅仅来自于我个人的生活与某个地点的关系的机械的划定，我的南方是一条横亘在记忆中的六十年代七十年代的街道，而我当时是个孩子。一个孩子对周围世界的认识是模糊的，同时也是不确定的，如果说人们对事物的敌意来自此事物对你潜在的或者明显的伤害，我现在却不能准确地描写这种伤害的细节，因此我怀疑这份敌意可能是没有理由的。

所有借助于回忆的描述并不可靠，因此不值得信任，就像我在某篇文章中提及我的一个小学老师，我一直认为我对她的记忆非常深刻，我以为我在还原一个过去的人物，可是甚至她的籍贯和家庭背景后来都被我的其他小学老师证明是错误的，唯一准确的是我对她外形面貌的描述。一个事实有时让你恐慌，可靠的东西存在于现实之中，却不存在于回忆之中，如此我不得不怀疑我的敌意了，这敌意其实也不可靠。我也不得不怀疑我的南方，它到底在哪里，我有过一个南方的故乡吗？

大家所崇敬的阿根廷作家博尔赫斯恰好有一个美妙无比的短篇小说，名字就叫《南方》。“谁都知道里瓦达维亚的那一侧就是南方的开始。”在这篇小说里，南方是从一个地名开始延伸其意义的，而病病歪歪的主人公达尔曼与他手中的《一千零一夜》以及“南方”形成一个孔武有力的三角关系，支撑着作家所欲表达的所有思想空间。达尔曼来到南方，《一千零一夜》始终无法掩盖残暴的冰冷的现实，在杂货铺里，有人向病中的达尔曼扔面包心搓成的小球，于是一个世界上最不适合决斗的人不得不接受一把冰冷的匕首。

南方的意义在这里也许是一种处境的符号化的表达。

我的南方在哪里呢？我对南方知道多少呢？

在我从小生长的那条街道的北端有一家茶馆，茶馆一面枕河，一面傍桥，一面朝向大街，是一座老旧的二层木楼，很长一段时间里，我像一个善于取景的电影导演一样把它设置为所谓南方的标志物。我努力回忆那里的人们，烧老虎灶的起初是一个老妇人，后来老妇人年岁大了，干不动了，来了一个新的经营者，也是女的，年轻了好多，两代女人手持铁锹往灶膛里添加砻糠时的表情惊人地相似，她们皱着眉头，嘴里永远嘀咕着发着什么牢骚，似乎埋怨着生活，似乎享受着生活，她们劳动的表情是我后来描写的南方女性的表情的依据。更重要的参照物是一些坐着说话的人，坐在油腻的八仙桌前用廉价的宜兴陶具喝茶的那些人，曾经被我规定为最典型的南方的居民，他们悠闲、琐碎、饶舌、扎堆，他们对政治和国家大事很感兴趣，可是谈论起来言不及义鼠目寸光，他们不经意地谈论饮食和菜肴，却显示出独特的个人品位和渊博的知识，他们坐在那里，在离家一公里以内的地方冒险、放纵自己，他们嗡嗡地喧闹着，以一种奇特的音色绵软的语言与时间抗争，没有目的，没有对手，自我游戏带来自我满足，这种无所企望的茶馆腔调后来也被我挪用为小说行进中的叙述节奏。

可是比虚构更具戏剧性的是事物本身，就是前面所说的这家茶馆，就好像是一些不负责任的小说和电影处理一个重要场景一样，茶馆最后付之一炬。一九九〇年春天，也就是在我写《南方的堕落》前的几个月前，那家茶馆非常突然而无法补救地失火倒塌了。我回到家乡的时候看见的是一片废墟。我在茶馆的废墟上停留的时候感觉到某种失落，可是我的失落不是针对一座茶馆的消亡，而是源自一个写作蓝本的突然死亡，我的哀悼与其说是一人对一物的哀悼，不如说是一个写作者对一个象征一个意象的哀悼。

如果说那座茶馆是南方，这个南方无疑是一个易燃品，它如此脆弱，它的消失比我的生命还要消失得匆忙，让人无法信赖。我怀疑我的南方到底是什么？南方到底在什么地方？

我对我经常描述的一条南方小街的了解到底有多深呢？我对它的固执的回忆是否能够随着时间的流逝触及南方的真实部分呢？

我的头脑中现在一一闪现的仍然是前面那条小街的景物。很抱歉我要说小街上的另一个公共厕所。这个厕所的历史非常短促，我记得小时候它不存在，它所在的位置原先应该是一块空地，空地后面的人家长年地在那里种一些小葱和鸡冠花之类的东西。有一年厕所出现了。一个简陋的南方常见的街头公共厕所，但是修建得十分匆忙，里面的水泥地面甚至都没有抹平便投入使用了，这个厕所对附近的居民充满了善意，只是无人管理，因此很脏也很臭。这是一个特殊的有着某种危险的厕所，因为它面对着附近的一个居民小区，从小区的高楼上可以清晰地看见如厕人的面貌甚至如厕的姿势，所以对于使用厕所的人和小区高楼阳台上的居民来说，厕所造成了双重的尴尬。而我作为一个写作者，当我在住所的阳台上眺望小街风景时，我怎么也无法忽略厕所的存在，我的目光注定是不平静的，一种暧昧不洁的观察导致了一种更加难以表述的厌恶感和敌意。这厌恶感和敌意不仅仅是生理上的，也因为那间厕所造成了我忠实记录小街风情的一大障碍。所幸的是这厕所也一样不能逃脱它灭亡的命运，不同于茶馆的焚毁，这间不必要存在的厕所后来被人填平了，填平以后又在原址上盖了一间房子，后来我发现有一对年轻的夫妇住在那房子里，有时候我从那里经过的时候，从窗户里看见那对夫妇坐在里面看电视。我感到很高兴，这几乎是小街多少年来最大的一次改变了，这改变的意义对于我来说是特殊的，我走过那里的时候回想这块空地多少年来的变化，突然发现了类似博尔赫斯的《南方》中的三角支撑：小葱鸡冠花、公共厕所、年轻夫妇的家，这是一个关于小街回忆的三角支撑，由此我依稀发现了我所需要的南方的故事。

可是这是南方吗？我同样地表示怀疑。我所寻求的南方也许是一个空洞而幽暗的所在，也许它只是一个文学的主题，多少年来南方屹立在南方，南方的居民安居在南方，唯有南方的主题在时间之中漂浮不定，书写南方的努力有时酷似求证虚无，因此一个神秘的传奇的南方更多地是存在于文字之中，它也许不在南方。

我现在仍然无数次地走过那条小街，好多年过去以后我对这条小街充满了敬畏之情，这是一只飞雁对树林的敬畏，飞雁不是树林的主人，就像大家所说的南方，谁是南方的主人？当我穿越过这条小街的时候我觉得疲惫，我留恋回忆，我忍不住地以回忆触摸南方，但我看见的是一个破旧而牢固的世界，这很像《追忆逝水年华》中盖尔芒特最后一次在贡布雷地区的漫步，“在明亮的灯光下世界是多么广阔，可是在回忆的眼光中世界又是多么的狭小！”而一个作者迷失在南方的经验又多么像普鲁斯特迷失在永恒与时间的主题中。

瓦尔特·本雅明说得好：“我们没有一个人有时间去经历命中注定要经历的真正的生活戏剧。正是这一缘故使我们衰老。我们脸上的皱纹就是激情、恶习和召唤我们的洞察力留下的痕迹。但是我们，这些主人，却无家可归。”

是的，我和我的写作皆以南方为家，但我常常觉得我无家可归。

童年生活的利用

法国作家马尔罗在他的《反自传》中如此描述他的童年印象："我认识的绝大多数作家热爱自己的童年，我却憎恨自己的童年。"不知为什么，这个对童年生活的简洁的回顾既引起了我的同感，又引起了我的反感。

我不知道马尔罗后来在印度支那那近乎传奇的漂泊生活是否是对他寂寞的童年生活的一次补偿，我不知道他未来的充满异域色彩的《人的命运》《王家大道》是否是对童年时代过剩的想象力的一次填空，但我认为热爱也好，憎恨也好，一个写作者一生的行囊中，最重的那一只也许装的就是他童年的记忆。无论这记忆是灰暗还是明亮，我们必须背负它，并珍惜它，除此，我们没有第二种处理办法。

现在我怀着热爱和憎恨想起我的封闭而孤独的童年生活，我想起许多年前的一个冬天的下午，我穿着臃肿的棉衣棉裤在门外的街道上跳绳，看见一些成年人行色匆匆地走过苏州城北端的街道，那大概是六十年代后期"文化大革命"中的事情，如果我来描述当时那些路人的狂热的表情或者迷茫的眼神，那一定是虚构，我不记得了，我无法描绘外界的事物，但我记得我在寒冷的冬天下午跳绳，我在跳，那就是我的童年记忆，多么简洁，但是又多么生动。这个记忆对我是有用的。我还想起在玩具短缺的年代里，我和小伙伴们在铁路上玩过的一种危险的游戏，我们大家把家里的铜丝找出来，绕成圈状，然后把它们放在铁轨上，等待火车到来，等待火车的车轮碾轧我们各自的铜丝圈，当火车飞快地驶去后，我们看见经车轮碾轧过的铜丝圈被放大了、膨胀了，这种经过了变形改造了的东西成为我们那里流行的钉铜游戏的主要工具。我想说那样的铜丝圈也是我的童年。前几年我还在我父亲的抽屉里看见过这样的一个铜丝圈，它引起的联想只是童年生活的几个片段，可如今我描述的时候必须规定某种感情色彩，热爱或者憎恨？都可以，全是我所需要的。

童年生活其实一直在我们身上延续甚至成长。一个人一生中要面临多少个黑夜，而孩子们眼睛里的黑暗是最浓重的，一个人一生中同样要迎来多少个太阳，而太阳对于孩子们其实没有什么寓意，从这个意义上说，童年是值得我们描绘的。詹姆斯·乔伊斯的《都柏林人》描绘的就是这种浓重的黑暗和意义不详的阳光，就像《阿拉比》中的那个男孩，为了给他心仪的女孩买一件礼物，在夜色中搭火车来到了集市上，可等他到了那个集市后发生了什么？集市上的最后一盏灯熄灭了！

一个无所收获的童年等待着未来，但是是在什么地方等待呢？是在一个很大很深的坑里。罗兰·巴特曾经真切地描写过这样的处境，他在《自述》中回忆道：我们在一个大坑里玩，后来所有的孩子都上去了，唯独我上不去；他们从高处地面上嘲笑我：他上不来，就只他一个了！他离群了！据罗兰·巴特的回忆，是他母亲把儿子从大坑里救了出来。

孩子们不知道未来生活的困境从他们的游戏中就开始了，离群的孤独几乎是每一个人的命运，恐惧和抗争将成为未来生活中最重要的使命。而作家们往往敏感地捕捉着种种从青少年时期开始的恐惧和抗争的细节，在余华早期的小说《十八岁出门远行》中，十八岁的青年以离乡远行开始逃避恐惧并且开始他的抗争，但通往远方的公路起伏不止，“像是贴在海浪上，我走在这条山区公路上，我像一条船。”对于公路的表述其实仍然是对于恐惧感的表述，而小说中的青年在公路上看不见汽车，唯一遇见的一辆汽车也无情地拒绝了青年搭车的请求，这让我们联想起《阿拉比》中站在黑暗的集市中的男孩，也让我们想起了陷在大坑里爬不出来的童年时代的罗兰·巴特，只是母亲不在场。我觉得余华的这篇小说是在描写一种被延续了的果断的孤立无援的童年。无独有偶，莫言的离经叛道的小说《欢乐》描写的恰恰是一个少年的母亲，同样是缘于恐惧和抗争，母亲的形象被想象为阳光或者庇护的象征，但少年眼里的母亲身上竟然爬满了跳蚤！莫言这样写道：“跳蚤在母亲紫色的肚皮上爬，爬！在母亲积满污垢的肚脐里爬，爬！在母亲泄了气的破气球一样的乳房上爬，爬！”在这里，一个挑战人们阅读胃口的母亲形象能够激发你的思索，这个母亲始终在场，但这个肮脏的衰弱的母亲养育了儿子，也必将毁灭他。这当然是小说中的男主人公成年以后的恐惧，这可怕的现实在童年时是被掩盖了的，可是它终将被残酷地发掘，在这种发掘过程中作家们发现了某种小说的脉络，或许因此发现了人类生活的某种脉络，于是，当一个身上爬满跳蚤的母亲出现时，童年就被写作者最完美地利用了。

也许我们都将利用童年记录一些最成熟的思想。为什么不利用呢，听听列夫·托尔斯泰是怎么说的。他说，一个作家写来写去，最后都会回到童年。

给陌生人写信

我一直相信这样的说法，所谓作家，就是那些给陌生人写信的人。

陌生人地址不详，所以，终其一生，一个作家要发出无数地址不详的信件，这些信件命运各异，大多数信件投入漫长的黑暗中，或者安放在图书馆灰尘蒙蒙的角落里，只有少数信件是幸运的，它们犹如流浪猫找到了动物保护组织，犹如蜡烛手电筒煤油灯等到了全城停电的时刻，犹如灰姑娘遇到了王子，它们找到了最完美的收信人。一个陌生人打开另一个陌生人的信件，并且怀着好奇之心读完信件，从此记住写信人的名字，这其实是一个值得纪念的时刻，作家与他的读者相遇了。

因为他们相遇了，那些信件才可以谈论，那些文学才值得谈论，作家们才有了所谓的社会角色。

那些信里到底写了什么内容？像我这样一个使用中文的写信人，他应该向读者写什么样的信呢？

谈谈《我的帝王生涯》，那是我的第二部长篇小说，一直以来算是比较受读者欢迎的，但恰好是这部小说，“满纸荒唐言”，与任何读者的生活没有关系，与我自己的生活更是毫无关联。小说的历史时代虚化，第一人称，写一个小皇帝因为宫廷政变流落民间长大成人，因为从小爱慕飞鸟，后来成为一个高空走索的杂耍艺人。完全是一个带有隐喻的白日梦，白日梦是我自己的，而“隐喻”不全部属于我自己。“皇帝”与“高空走索艺人”无疑是两种巅峰人生，一个青少年很容易做皇帝梦，也很容易做高空走索的梦，但是，白日梦可以是虚无的，也可以是对人生社会和历史的仿构，如果仿构的态度严肃，这个白日梦可以变得与哲学一样严肃，而且具有不可思议的放射性，你向陌生人寄出一个白日梦，有人收到了一部苦难之书，有人收到了一部救赎之书，有人收到了关于自由和平等的梦想之书，有人则坦率地告诉我，你写的小皇帝也好，走索王也好，都没有打动我，我是被你书里描写的那些鸟打动了。

这就不错了。作家的社会角色由那些信件的命运来决定。无论写信人如何解释他的动机，也无论他使用什么样的信封，信件使用什么文字，写作的愿景其实殊途同归，用最简短最可靠的话语来说，当然是表达人生、社会与思想。我的，你的，他的，我们大家的。这人生要打动读者，这社会要高度仿真，这思想要闪烁征服的光芒，并不容易，这也是很多作家患有失眠症的原因。读者对文字始终是警惕的，充满拷问意识的，当你要模糊“所有格”的时候，他们也许恰好要厘清，那是谁的生活，谁的社会，谁的思想？这个潜在的矛盾其实相当奇妙。每一个读者都暗自与作家订立了一份契约，作家从来没有见过那份契约，但他们始终知道那份契约的存在，这是他们的压力与迷惘所在。读者与作家面对一个共同的世界，他们有权利要求作家眼光独到深刻，看见这世界皮肤下面内脏深处的问题，他们在沉默中等待作家的诊断书，而一个理性的作家心里总是很清楚，他不一定比普通人更高明，他只是掌握了一种独特的技巧，这技巧混淆读者清醒的时空概念，绑架读者进入一个故事，接纳他人，遗忘自己，以此将诊断模糊化，或者推迟，或者干脆将权力留给你自己，这所谓的技巧，其实只是叙述的技巧。

所谓作家，是一个写信人，也是一个聪明的叙述者，他们的一生都迷恋叙述，渴望叙述的胜利，并被叙述之难所困扰。很多伟大的小说，其实是穿越困难的伟大的叙述，而伟大的叙述，大多从狭窄出发抵达宽阔，从个人出发抵达社会，从时间出发抵达历史，用巴尔扎克的话来说，一个人的心灵史，可以是一部民族的心灵史。

这是一个写信者最好的愿望，同时，它也是给收信人最大的惊喜。

水缸回忆

不知道为什么，我最近沉迷于网购，并且开始由衷地赞美互联网的无所不能。一切都是从一只水缸开始的。我去年搬了新居，新居有一个院子，院子里有了足够的花草树木，但我总觉得缺什么，想来想去我确定了，是缺一口大水缸。我去过所有可能卖水缸的地方，看见过各种疑似水缸的东西，最后发现都是一只巨大的花盆，有人说他店铺里有水缸，跑进去一看，是一只大号的腌菜坛子，不是我要的大水缸。为什么买不到水缸，这让我有点怅然，看起来人类不再需要靠这种粗笨而原始的容器储水，大水缸从人间蒸发了。没有办法，我开始在互联网上寻找卖水缸的人。结果喜出望外，虽然我这个城市没有大水缸，外面的世界里，还有很多人在卖大水缸，必须承认，这是互联网告诉我的信息，凡是求购，必有卖家。

那么，我为什么一定要在新居的院子里放一只水缸？这念头令人费解，我妻子觉得莫名其妙，而我女儿对此作出一个浪漫的猜想，她认为我是要用水缸来收集星光和月亮，这猜想美化了我的动机，其实，我没有如此浪漫的动机，只是一种怀念。不知从哪一天开始，我开始怀念我们家曾经的大水缸了，之所以怀念那口水缸，原因同样简单，我始终认为，我的文学梦，最初是从那口水缸里萌芽的。

我幼年时期自来水还没有普及，一条街道上的居民共用一个水龙头，因此家家户户都有一口储水的水缸，我们家的水缸始终雄踞在厨房一角。记得去水站挑水的大多是我的两个姐姐，她们用两只白铁皮水桶接满水，歪着肩膀把水挑回家，带着一种非主动性劳动常有的怒气，把水哗哗地倒入缸中，我自然是袖手旁观，看见水缸里的水转眼之间涨起来，清水吞没了褐色的缸壁，便有一种莫名的亢奋，现在回忆起来，亢奋是因为我有秘密，秘密的核心事关水缸深处的一只河蚌。

请原谅我向大人们重复一遍这个过于天真的故事，故事说一个贫穷而善良的青年在河边捡到一只被人丢弃的河蚌，他怜惜地把它带回家，养在唯一的水缸里。按照童话的讲述规则，那河蚌自然不是一只普通的河蚌，蚌里住着人，是一个仙女！不知是报知遇之恩，还是一下堕入了情网，仙女每天在青年外出劳作的时候从水缸里跳出来，变成一个能干的女子，给青年做好了饭菜放在桌上，然后回到水缸钻进蚌里去。而那贫穷的吃了上顿没下顿的青年，从此丰衣足食，在莫名其妙中摆脱了贫困。

我现在还羞于分析，小时候听大人们说了那么多光怪陆离的童话故事，为什么独独对那个蚌壳里的仙女的故事那么钟情？如果不是天性中有好逸恶劳的基因，就可能有等待天上掉馅饼的庸众心理。我至今还在怀念打开水缸盖的那些瞬间，缸盖揭开的时候，一个虚妄而热烈的梦想也展开了，水缸里的河蚌呢，河蚌里的仙女呢？我盼望看见河蚌在缸底打开，那个仙女从蚌壳里钻出来，一开始像一颗珍珠那么大，在水缸里上升，上升，渐渐变大，爬出来的时候已经是一个正规仙女的模样了。然后是一个动人而实惠的细节，那仙女直奔我家的八仙桌，简单清扫一下，她开始来往于桌子和水缸之间，从水里搬出了一盘盘美味佳肴，一盘鸡，一

盘鸭，一盆炒猪肝，还有一大碗酱汁四溢香喷喷的红烧肉！（仙女的菜肴中没有鱼，因为我从小就不爱吃鱼）

很显然，凝视水缸是我最早的阅读方式，也是我至今最怀念的阅读方式。这样的阅读一方面充满诗意，另一方面充满空虚，无论是诗意和空虚，都要用时间去体会。我从来没有在我家的水缸里看见童话的再现，去别人家揭别人家的水缸也一样，除了水，都没有蚌壳，更不见仙女，偶尔地我母亲从市场上买回河蚌，准备烧豆腐，我却对河蚌的归宿另有想法，我总是觉得应该把河蚌放到水缸里试验一下，我试过一次，由于河蚌在水里散发的腥味影响水质，试验很快被发现，家里人把河蚌从缸底捞出来扔了，说，水缸里怎么养河蚌？你看看，辛辛苦苦挑来的水，不能喝了，你这孩子，聪明面孔笨肚肠！

我与今天在座的别的同行一样，都是"红色时代"的孩子，我仅有的科学幻想都局限于各种飞行器，从没有幻想过今天的互联网帮助人们飞越了时空。我渴望阅读，但是身边没有多少适合少年儿童的书，于是仅有的那些书中的毛泽东思想，还有狂热费解的政治生活，获得了我的尊敬和崇拜，我想吃得好穿得光鲜，但我的家庭只能提供我简陋贫困的物质生活。这样的先天不足是我青少年生活的基本写照，今天反过来看，恰好也是一种特别的恩赐，因为一无所有，所以我们格外好奇。我们家家都有水缸，一只水缸足以让一个孩子的梦想在其中畅游，像一条鱼。孩子眼里的世界与孩子的身体一样有待发育，现实是未知的，如同未来一样，刺激性腺，刺激想象，刺激智力，什么样的刺激最利于孩子的成长？我不清楚，但我感激那只水缸对我的刺激。

不仅是水缸，我也感激那个年代流传在街头的其他所有浪漫神秘或者恐怖的故事，童话有各种各样的讲述方法，在无人讲述的时候，就去听听水缸说了些什么。我一直相信，所有成人一本正经的艺术创作与童年生活的好奇心可能是互动的，对于普通的成年人来说，好奇心是广袤天空中可有可无的一片云彩，这云彩有时灿烂明亮，有时阴郁发黑，有时则碎若游丝，对人对事对物，好奇心的运动方式也类似云的运动，貌似轻盈实则诡秘莫测，漂浮不定，残存在成年人身上的所有好奇心都变得功利而深奥，有的直接发展为知识和技术。对人事纠缠的好奇心导致了历史哲学等等人文科学，对物的无限好奇导致了无数科学学科和科技发明，包括我们今天人人需要的互联网。如今我们坐在互联网上享用生活，享用另一群人的好奇心带给人类的收获，而所谓的作家，他们的好奇心都化为了有用或无用的文字，被淘汰，或者被挽留，他们也许在互联网上，也许不在。这是一个与现代文明若即若离的族群，他们阅读，多半是出于对别人的好奇，他们创作，多半是出于对自己的好奇。在好奇心方面，他们扮演的角色最幸运也最蹊跷，似乎同时拥有幸运和不幸，他们的好奇心包罗万象，因为没有实用价值和具体方向而略显模糊，凭借一颗模糊的好奇心，却要对现实世界作出最锋利的解剖和说明，因此这职业有时让我觉得是宿命，是挑战，更是一个奇迹。

一个奇迹般的职业是需要奇迹支撑的，我童年时期对奇迹的向往都维系在一只水缸上了，时光流逝，带走了水缸，也带走了一部分奇迹。我从不喜欢过度美化童年的生活，也不愿意坐在回忆的大树上卖弄泛滥的情感，但我绝不忍心抛弃童年时代那水缸的记忆。这么多年来，我其实一直在写作生活中重复那个揭开水缸的动作，谁知道这是等待的动作还是追求的动作呢？从一只水缸中看不见人生，却可以看见那只河蚌，从河蚌里看不见钻出蚌壳的仙女，却可以看见奇迹的光芒。

阅　读

很早以前，我读书几乎是不加选择的，或者是一部名著，或者是一部书的书名优美生动吸引我，随手拈来，放在床边，以备夜读所用。用这种方式我读到了许多文学精品，也读了一些三四流的甚至不入流的作品。也有一些特殊情况，对某几部名著我无法进入真正的阅读状态。比如麦尔维尔的巨著《白鲸》，几乎所有欧美作家都倍加推崇，认为是习作者所必读，但我把《白鲸》啃了两个月，终因其枯燥乏味，半途而废，悻悻然还给了图书馆。那是好几年前的事了。我以后再没有重读《白鲸》。如果现在重读此书，不知我是否会喜欢。但不管怎样，我不敢否认《白鲸》和麦尔维尔的伟大价值。

令人愉悦的阅读每年都会出现几次。

给我印象最深的一次是读塞林格的《麦田守望者》。那时我在北师大求学，一位好友向我推荐并把书借给我。我只花了一天工夫就看完了。我记得看完最后一页的时候教室里已经空空荡荡，校工在走廊里经过，把灯一盏盏地拉灭。我走出教室，内心也是一片忧伤的黑暗。我想象那个美国男孩在城市里的游历，我想象我也有个“老菲苾”一样的小妹妹，我可以跟她开玩笑，也可以向她倾诉我的烦恼。

那段时间，塞林格是我最痴迷的作家。我把能觅到的他的所有作品都读了。我无法解释我对他的这一份钟爱，也许是那种青春启迪和自由舒畅的语感深深地感染了我。我因此把《麦田守望者》作为一种文学精品的模式，这种模式有悖于学院式的模式类型，它对我的影响也区别于我当时阅读的《静静的顿河》，它直接渗入我的心灵和精神，而不是被经典所熏陶。

直到现在我还无法完全摆脱塞林格的阴影。我的一些短篇小说中可以看见这种柔弱的水一样的风格和语言。今天的文坛是争相破坏偶像的时代，人们普遍认为塞林格是浅薄的误人子弟的二流作家，这使我辛酸。我希望别人不要当我的面鄙视他。我珍惜塞林格给我的第一线光辉。这是人之常情。谁也不应该把一张用破了的钱币撕碎，至少我不这么干。

现在说一说博尔赫斯。大概是一九八四年，我在北师大图书馆的新书卡片盒里翻到《博尔赫斯短篇小说集》，我借了出来，从而深深陷入博尔赫斯的迷宫和陷阱里。一种特殊的立体几何般的小说思维，一种简单而优雅的叙述语言，一种黑洞式的深邃无际的艺术魅力。坦率地说，我不能理解博尔赫斯，但我感觉到了博尔赫斯。我为此迷惑。我无法忘记博尔赫斯对我的冲击。几年以后我在编辑部收到一位陌生的四川诗人开愚的一篇散文，题名叫《博尔赫斯的光明》。散文记叙了一个博尔赫斯迷为他的朋友买书寄书的小故事，并描述了博尔赫斯的死给他们带来的哀伤。我非常喜欢那篇散文，也许它替我寄托了对博尔赫斯的一片深情。虽然我没能够把那篇文章发表出来，但我同开愚一样相信博尔赫斯给我们带来了光明，他照亮了一片幽暗的未曾开拓的文学空间，启发了一批心有灵犀的青年作家，使他们得以一显身手。

阅读是一件美好的事情。在阅读中你的兴奋点往往会被触发，那就给你带来了愉悦。那种进入作品的感觉是令人心旷神怡的。往往出现这样的情形：对于一部你喜欢的书，你会记得某些极琐碎的细节，拗口的人名、地名，一个小小的场景，几句人物的对话，甚至书中写到的花与植物的名称，女孩裙子的颜色，房间里的摆设和气味。

两年前我读了杜鲁门·卡波特的《在蒂法尼进早餐》，我至今记得霍莉小姐不带公寓钥匙乱揿邻居门铃的情节，记得她的乡下口音和一只方形藤篮。

有一个炎热的夏天，我钻在蚊帐里读《赫索格》，我至今记得赫索格曾在窗外偷窥他妻子的情人，一个瘸子，他在浴室里给赫索格的小女孩洗澡。他的动作温柔目光慈爱，赫索格因此心如刀绞。在索尔·贝娄的另一部作品《洪堡的礼物》中，我知道了矩形床垫和许许多多美国式的下流话。

卡森·麦卡勒斯的《伤心咖啡馆之歌》我读过两遍。第一遍是高中时候，我用零花钱买了生平第一本有价值的文学书籍，上海译文出版社的《当代美国短篇小说集》。通过这本书我初识美国文学，也初读《伤心咖啡馆之歌》。当时觉得小说中的人物太奇怪，不懂其中三昧。到后来重读此篇时，我不禁要说，什么叫人物，什么叫氛围，什么叫底蕴和内涵，去读一读《伤心咖啡馆之歌》就明白了。

阅读确实是一件美好的事情。

读纳博科夫

我所喜爱和钦佩的美国作家可以开出一个长长的名单，海明威、福克纳自不必说，有的作家我只看到很少的译作，从此就不能相忘，譬如约翰·巴思、菲利普·罗斯、罗伯特·库佛、诺曼·梅勒、杜鲁门·卡波特、厄普代克等，纳博科夫现在也是其中一个了。

读到的纳博科夫的头一部中篇是《黑暗中的笑声》，好像那还是他在苏联时候写的，没有留下什么特别出色的印象，作品似乎与一般的俄罗斯作品没有多少差别，师承的也许是契诃夫、蒲宁，写一个在电影院引座的姑娘的爱情故事。我现在一点也想不出其中的什么细节了，也许是我不太喜欢的原因，我一向不太喜欢那种旧俄风格的小说。

后来读到过纳博科夫的《微暗的火》的选译，发现纳博科夫的晦涩高深显然超过了巴思和巴塞尔姆这些后现代作家。小说中有一个叫金波特的教授，行为古怪乖僻、言辞莫名其妙、思想庸常猥琐，好像就是这样，我所捕捉到的人物形象就是这样，因为看的是选译，不能目睹全书风采，但至少《微暗的火》让我感觉到了纳博科夫作为伟大作家的分量。不光是他的奇异的结构和叙述方式，他透露在书中的睿智而又锋芒毕露的气质也让人顿生崇敬之心。

今年读到了《洛丽塔》，不知此本与其他版本相比翻译质量如何，反正我是一口气把书读完的，因为我读到的头几句话就让我着迷。我喜欢这种漂亮而简洁的语言：

> 洛丽塔，我生命之光，我欲念之光。我的罪恶，我的灵魂。洛—丽—塔：舌尖向上，分三步，从上颚往下轻轻落在牙齿上。洛。丽。塔。

洛丽塔这个女孩的形象并不陌生，不知怎么我会把她与卡波特《在蒂法尼进早餐》里的可爱的小妓女相联系。都是活泼、可爱、充满青春活力的少女，这种少女到了作家笔下，往往生活在充满罪恶色彩的氛围里，她愈是可爱愈是能诱惑人，其命运的悲剧色彩就愈加浓厚。那个小妓女如此，洛丽塔也是如此，只不过洛丽塔还年幼，只有十二岁，她被控制在继父亨伯特的欲望之绳下，因而她的命运更加酸楚动人，别具意味。

重要的是亨伯特，洛丽塔的继父和情人。这个形象使《洛丽塔》成为了世界名著。

我想纳博科夫写此书是因为他对亨伯特发生了兴趣，《洛丽塔》的写作依据就是亨伯特的生活的内心依据。那么，亨伯特是什么？是一个年轻的中产阶级的绅士？是一个乱伦的霸占幼女的父亲？还是一个嫉妒的为恋情而杀人的凶手？我想都不是，亨伯特是一种欲望，是一种梦想，是一种生命，是一种苦难，也是一种快乐的化身，唯独不是概念和规则的象征。

从心理学的角度去分析亨伯特与洛丽塔的“父女”之恋是没有什么意义的。况且这是小说，不是病例。我觉得纳博科夫写的不是典型的乱伦故事，而是一种感人至深如泣如诉的人生磨难，乱伦只是诱惑读者的框架。再也没有比亨伯特的罪恶更炽热动人的罪恶了，再也没有比亨伯特的心灵更绝望悲观的心灵了，再也没有比亨伯特的生活更紧张疯狂的生活了，亨伯特带着洛丽塔逃离现实，逃离道德，逃离一切，凭借他唯一的需要——十二岁的情人洛丽塔，在精神的领域里漂泊流浪，这是小说的关键，也是小说的最魅人处。

亨伯特说："我现在不是，从来也不是，将来也不可能是恶棍，我偷行过的那个温和朦胧的境地是诗人的遗产——不是地狱。"

亨伯特不是众多小说中刻画的社会的叛逆者，不是那种叛逆的力士形象。这与他的行为带有隐私和罪恶色彩有关。因此我说亨伯特只是一个精神至上的个人主义者形象。这种形象是独立的个性化的，只要写好了永远不会与其他作品重复，所以，在我读过的许多美国当代作家作品中，亨伯特是唯一的。他从汽车旅馆的窗口探出头来时，我们应该向他挥手，说一声：亨伯特，你好！

作为一个学习写作的文学信徒，我所敬畏的是纳博科夫出神入化的语言才能。准确、细致的细节描绘，复杂热烈的情感流动，通篇的感觉始终是灼热而迷人，从未有断裂游离之感，我想一名作家的书从头至尾这样饱满和谐可见真正的火候与功力。当我读到这样的细节描绘总是拍案叫绝：

> 离我和我燃烧的生命不到六英寸远就是模糊的洛丽塔！……她突然坐了起来，喘息不止，用不正常的快速度嘟哝了什么船的事，使劲拉了拉床单，又重新陷进她丰富、暧昧、年轻的无知无觉状态……她随即从我拥抱的阴影中解脱出去，这动作是不自觉的、不粗暴的，不带任何感情好恶，但是带着一个孩子渴望休息的灰暗哀

伤的低吟。一切又恢复原状：洛丽塔蜷曲的脊背朝向亨伯特，亨伯特头枕手上，因欲念和消化不良而火烧火燎……

事实上《洛丽塔》就是以这样的细部描写吸引了我。乱伦和诱奸是猥亵而肮脏的，而一部出色的关于乱伦和诱奸的小说竟然是高贵而迷人的，这是纳博科夫作为一名优秀作家的光荣。他重新构建了世界，世界便消融在他的幻想中，这有多么美好。

纳博科夫说："我的人物是划船的奴隶。"有了十二岁的女孩洛丽塔，就有了亨伯特。有了洛丽塔和亨伯特就有了《洛丽塔》这本巨著。

我们没有洛丽塔，没有亨伯特，我们拥有的是纳博科夫，那么，我们从他那儿还能得到些什么？

美声唱法、信天游和镣铐

如果想让一个人的声音无限地高亢、明亮、优美，靠一个原始的未经雕琢的嗓子，或者给一个八岁的男孩去势，不让他发育，不让他的嗓音变质——几个世纪前的意大利人就是这样做的，他们追求艺术的至真至美一向有一种疯狂的劲头，于是人类音乐殿堂中唱诗班男童和法利内利各占一侧，我们听到了所谓的天籁在一个成年人身上得以延续的奇迹。

曾经看过一个关于法利内利的电影，其中令人最难忘怀的是法利内利的哥哥亲手阉割了弟弟，从此跟着弟弟混吃混玩，飞黄腾达，而法利内利则一如既往地爱着他哥哥。除却剧情，让我疑惑的是伴随全剧的法利内利的歌声，那似乎不可能是他的原声，那么是谁在为他配唱呢，配唱人的声音应该不逊于真正的法利内利，但我几乎可以断定那是个女性，一个当今世界的卓越的女歌唱家。

想想这真是乱了套，既然女性的歌声同样迎合了人们对天籁的要求，当初是何苦来着呢？

可人类艺术就是经历了这些误解、曲折走到了今天，并且在误解与曲折中创造了艺术的辉煌，就像法利内利，就像巴洛克艺术、洛可可艺术和哥特式建筑。如今的人们崇尚自然反对雕琢，但是面对法利内利面对科隆大教堂时他们被震惊了，他们不得不承认有的艺术与自然唱了反调，却仍然伟大，崇尚自然这个放之四海皆准的艺术理念竟然变成了一个似是而非的调门。一些热衷于总结艺术规律的人在这种时候就遇到了难题。

被现代文明喂养的人们致力于发展人类艺术遗产，但同时孜孜不倦地矫正和清除了艺术中违反人性的部分，包括阉人的歌唱。以美声唱法为例，这个世纪的代表人物是斯台芳诺、帕瓦罗蒂、斯瓦茨科普夫、玛丽亚·卡拉斯，他们是仪表堂堂的正常男子和美丽动人的正常女子，我们这个时代再也不会为了获得一种歌声而去制造新一代的法利内利，因为我们相信帕氏的高音是人类最高亢的声音，对于歌声人们已不再有什么狂热的奢求。

但是我们必须承认有一部分艺术也被我们永远钉进了棺材之中，就像意大利人再也不能在集市上听到法利内利的歌声，就像沉稳实干的德国人无论如何努力，再也不能复制新的科隆大教堂。这是崇尚自然的现代人自己作出的选择，或许谁也没想到，追求艺术的真谛有时恰好是在毁灭艺术。人们并不自知，只是在偶尔的回首之时，看见自己的身后隆起了一座座艺术之坟。

前不久在杂志上读到一个作家谈及文学和舞蹈的文字，大意是反对在创作中戴镣铐跳舞，认为现代舞健康舒展而芭蕾病态等等。这不是个谬论，因为在某种创作境界的阐述上它完全正确，但是我意识到在涉及文学艺术的本质时它的指向有点似是而非。不知怎么就想到了信天游，想到陕西的一个民间歌唱家在唱信天游的时候，有专家在一边旁听，结果宣布他的声音之高度超过了帕瓦罗蒂的高音。不必将西洋歌剧和信天游作出井水不犯河水的鉴别，信天游的歌声通常被认为是未经雕琢的自然的民间艺术，但是当我们同时或者分别静听信天游的高音和帕瓦罗蒂的高音时，我们可能会惊讶地发现这两种高音同样是纯技巧的、不自然的声音，判断前者的高音浑然天成与赞美后者自然舒展一样都显得口是心非。更加令人惊讶的是在这个令人担忧的高音上，信天游歌手的拼命一搏加深了信天游天生的悲怆，而帕瓦罗蒂明显的美声技巧使歌剧华美的气氛也达到了高潮。

有一种事实人们不容易看清：艺术产生的过程天生不是一个追求自然的过程，因此艺术中的镣铐其实是艺术的一部分，就像美声唱法的发声方法，它对胸腔、喉头、鼻腔的控制与运用其实接近于科学，而不是人们通常所说的想唱就唱的自然境界。而所有著名的男高音女高音在演唱会上常常大汗淋漓，细心的人会发现他们的喉头像一只被猛兽追赶的野兔，疲于奔命，而他们的胸腔就像埋藏了一颗炸弹，导火线正在燃烧。奇妙的是当你闭上眼睛时令人不快的视觉消失了，你听见的是美妙的高亢的不可思议的歌声，你听见的还有那声音中的镣铐也在发出美妙的和声。这时候我们可能会想到美声唱法是什么，美声唱法就是修饰每一个声音，让它们比人类天然的声音更加明亮更加优美。

信天游的本义不在此，人们知道的信天游是陕北的牧羊人赶着羊群在荒山野岭中向女性索取爱情的产物。信天游不求登堂入室，相比较于西洋歌剧，它是风马牛不相及的直抒胸臆的民间艺术，人们认为它朴素、自由、奔放，人们认为原汁原味的信天游应该有一种声嘶力竭的悲怆和热情，应该有黄土高原的泥土气息。但人们却没意识到一代代的牧羊人重复的其实是祖辈留下的腔调，唱信天游的牧羊人不知道自己的歌声最终能传到何方，所以他努力地一声高一声低地唱着，不顾歌声是否动听。最后当我们这些处在黄土高原以外的人也熟知了信天游，并且知道信天游应该如何哼唱的时候，信天游便成为了一种艺术。它不再是自由的了，我们根据什么来分辨青海的花儿和信天游呢？我们依靠的就是对“原汁原味”的了解。

人们难以接受这样的说法：原汁原味是艺术的镣铐，但是艺术之所以成为艺术，必不可少的恰好就是这副镣铐。我们让人类的思想自由高飞，却不能想当然地为艺术打开这副镣铐。艺术的镣铐其实是用自身的精华锤炼的，因此它不是什么刑具。我们应该看到自由可与镣铐同在，艺术的神妙就在于它戴着镣铐可以尽情地飞翔。

恐怖的夜晚到哪里去了

大约是二十年前的事了，是一个夏天的炎热的夜晚，一个男孩坐在工厂大门口的路灯光下，读一本掉了封面的纸张已经发黄发脆的小说。读了一会儿，他的脸色突然紧张起来，他的目光开始从书页中挣扎出来，左顾右盼着，然后他把自己的凳子移到了一堆下棋的人旁边去，坐在那里继续看那本书。可是下棋的人们并不安静，男孩就愤怒地嚷嚷起来：你们吵什么？你们这么吵让我怎么看书？

那个男孩就是我，我之所以记得那个夜晚，是因为那天我读着一本不知名的侦探小说，感到一种前所未有的恐惧和刺激。那天夜里我突然觉得空气中充满了犯罪或者血腥的气味，我怀疑远处的电线杆下的黑影是一个戴着手套的面目狰狞的凶手。一本书使我无边无际地胡思乱想，我不敢回家，因为家里没人，因为那天夜里我的和平安详的家也突然变得鬼影幢幢。我捧着那本书滞留在工厂门口的路灯下，直到父母回来才敢走进黑暗的家门。很久以后，我才知道那本书的名字是《霍桑探案》，作者是程小青。

如今看来被程小青的文字吓着的人大概是最胆小的人了。需要说明的是那是我第一次阅读所谓的通俗小说，就像人生中的许多第一次一样，它对我的后来的阅读也产生了意想不到的影响。一本小说假如能使我无端地感到恐惧，我便觉得过瘾，我心目中的好看的小说往往就是一个奇怪的标准：能不能让你恐惧？

我几乎不看言情小说，也不看武侠小说，即使是众口交赞的金庸古龙我也极少碰手，但对于那些恐怖的故事却一直情有独钟，因为从事写作的原因，或者是因为年龄知识的关系而变得刀枪不入。有人说斯蒂芬·金如何恐怖，我拿来读竟然读不下去，哪儿也没吓着，不知道是他有问题还是我自己有问题。有时候回忆小时候听大人讲《梅花党》《铜尺案》《绿色的尸体》时的滋味，竟然难以追寻那样的恐惧从何而来。一切似乎只是关乎年龄和经验，大人们为什么就会忘记恐惧的滋味呢？这真是令人扫兴。

许多朋友与我一样失去了被文字吓着的功能，有时候大家聚在一起，挖空心思找乐子，最后就找到了恐惧，每个人把知道的最恐怖的事情说出来。在这样的场合里，我倒是听到了几个真正让人恐惧的故事。其中有个故事说的是"文革"年代的事，起初听上去是真的，说一个男人在一条僻静的小路上拦住另一个男人，一定要对方送他一件东西，另一个男人只好把身上的一块蓝格子手帕送给他，两个人就这样成为了朋友。故事再说下去就出事了，说送手帕的男人有一天按照接受手帕的男人的地址找到一家医院，发现那地址是太平间，他的朋友躺在尸床上，手里握着那块蓝格子手帕。

这次真把我吓了一跳。我一直尝试要写一个令人恐惧的故事，后来就把它改改补补地写出来了，写成一个短篇，名叫《樱桃》，让好多朋友看，结果却让我沮丧，谁也没被吓着。有个朋友直率地说：这故事必须讲，一写就走味了。

我只能接受那个朋友的看法，文字或故事已经难以让冷静世故的成人群感到恐惧，他们只在现实中体验这种情感了，连他们自己也不知道，那些令人恐惧的夜晚到哪里去了？

伐木者醒来了

聂鲁达的这部歌唱劳动者的诗篇是几乎整个世界的诗歌爱好者的必读课。年轻浪漫的心、正直朴素的灵魂总是会附和这种热烈多情的歌唱,从而在心灵深处留下不可磨灭的印象。

我见过的森林是在西双版纳,汽车从景洪向中缅边境奔驰,途中要穿越大片的一望无际的热带森林。我记得那些森林呈现出一种近乎发黑的绿色,那大概是因为百年老树完全遮挡了阳光,阳光在这样的森林里徒劳无功,失去了它美丽的功效,失去了光的层次,因此我的印象中热带森林是黑色的、潮湿的。

我没去过中国北部的大兴安岭,只是在一些电影或者画报上见到了那些寒带森林的照片。照片应该是被摄影师美化过的设计过的,但不知为什么我固执地认为我没见过的大兴安岭的森林才是诗歌中歌唱的那种森林,才是聂鲁达为之歌唱的森林。

寒带的森林在美感上是得天独厚的,因为山岭起伏森林也起伏着,因为生长气候四季分明森林的色彩也随季节变幻着,因为松柏类树木天生的雄性气概森林也显得刚正不阿、威风凛凛,更因为冬天大雪,满山大树银装素裹，那里的森林便成为一个美妙而洁净的童话世界。当伐木工人踩雪上山，当他们手中的油锯响起来的时候，我们听见了劳动的声音，也听见了一类诗歌高亢的节奏。

我是在阐述森林与诗歌的关系吗？好像是好像又不是。我生活在距离森林千里之遥的东部城市，只能从家中的水曲柳家具上闻一下已经模糊不清的森林的气息。但是我还是固执地说，我热爱森林，并且热爱着在诗歌中伐木的那些伐木工人。假如这样的说法有点矫情，那不是我的错，是聂鲁达的错，或者说是诗歌的错。

现在不得不说到生态平衡、保护森林这种拾人牙慧的字眼了。稍有良知的人对此不可能有丝毫的怀疑。长江、嫩江近年的洪水与周边森林滥砍滥伐有关，这是众所周知的事实，大兴安岭森林停止砍伐，这是关于森林保护的最新信息。我要说的是当我看见电视里一个新闻记者手握话筒采访一个伐木工人，让他谈谈扔下油锯以后的打算时，我清晰地看见那个伐木工迷茫的表情，然后他说，不伐树了，以后就种树了。

就在那个瞬间，我觉得想象中的某种劳动的声音戛然而止了，某种诗歌的声音突然喑哑了，聂鲁达在遥远的智利真的死去了。我觉得世界是现实的，讲究理性和科学的，许多对劳动的赞美其实一厢情愿。我突然意识到世界上有一些劳动天生是错误的，就像许多诗歌无论如何优美动听，它不是真理。我不得不清醒地认识到一个时代有一个时代的森林之歌，以后关于森林的想象将不再是伐木和喊树的声音。在一个全世界植树的年代，聂鲁达不得不去世，我们假如还要歌唱森林，必须要呼唤一个歌唱植树的诗人。

这是新的森林的诗篇。伐木者醒来！伐木者醒来了，醒来后他们就带着油锯下山了。这是由热烈奔放变得冷峻合理的森林的诗篇：伐木者醒来！大家扔下斧子油锯，回家去吧。至于我们这些通过聂鲁达爱上森林的人，你是否要背诵这些新的诗篇，自己看着办吧。

一点怒火，一点恐惧

译林出版社于去年推出了两本新译作：《公众的怒火》和《天秤星座》，作者分别是美国“后现代”作家群中的干将罗伯特·库佛和唐·德里罗。两部小说都不是最新作品，前者出版于一九七七年，后者出版于一九八八年，但相信中国的读者都是第一次读到译本。令人感兴趣的是两部小说都属于我们比较陌生的“政治小说”，因此带给我们一种强烈的阅读期望，倒要看看这些政治小说玩的是什么花样。

玩的花样当然是政治，或者说是拿政治事件来说事，来写作。先说《公众的怒火》，选择的政治是五十年代著名的罗森堡夫妇案件。库佛以前以他的一些中短篇小说，比如《姜饼屋》《平常事故》《打女佣的屁股》与我们见过面，这些作品虽然机敏、诡秘、神经兮兮，但与另一位著名的后现代大师约翰·巴思相比似乎有点疲软无力，兴奋剂剂量不足的样子。但《公众的怒火》却是令人兴奋的，通篇可见对于现实、对于国家机器、对于政治秩序的唾沫，习惯于冷嘲热讽的知识分子库佛在小说里扒所有人的裤子(小说里有一段描写公众们壮观的脱裤子的场面堪称经典)，充满了一种罕见的大无畏的勇气。这种勇气来源于作家世人皆醉我独醒的自信，这种可爱的自信使作家兀自愤怒着，对一切都发出尖利的嘲弄的冷笑。甚至是对他自己正在利用的历史，作家也通过“山姆大叔”之口贬低了它的尊严：“孩子啊，历史是一堆冷灰，在里面翻搅，你所能得到的只是脏物。”

小说叙述的是罗森堡夫妇事件为核心的“梦幻时代”，对于那对夫妇是否将原子弹机密泄露给苏联，对于那对夫妇的罪名是否成立，作家明显是不关心的，他要渲染的就是行刑的时报广场（与史实相比行刑地无疑是作家合理的搬迁）的“梦幻时代”狂热迷乱的气氛，他要说的是国家机器发疯运转时人们也随之疯狂，梦幻时代有时往往也是疯狂的误入迷途的时代。小说另外一个惊世骇俗之处是将当时的副总统尼克松作为核心叙述人，并且把他塑造成一个具有同情心的、具有良知和正常思考能力的“小丑”形象。这个副总统“小丑”居然跑进囚室和伊瑟尔·罗森堡做爱（我怀疑尼克松当年是否与库佛打过官司），最后为了祖国，为了自己，情愿遭受“山姆大叔”的强暴——那是最后的高潮，也是梦幻时代最滑稽最华丽的一幕尾声，同样也是最为令人心惊的“政治”！

《天秤星座》读来似乎没有那么强烈的冲击力，虽归入政治小说，选择的是六十年代李·奥斯瓦尔多刺杀肯尼迪事件，但小说的路数显得老实而本分，若说及小说中的政治，这政治也作为文学元素融在小说人物与细节中了。德里罗的文字风格本来就是偏重写实的，这部小说套用时髦的名词，写的是一个成长于纽约贫民区的叛逆者的“心路历程”。而心路历程总是与生活经历、个人遭遇有关，因此读者能在书中看见奥斯瓦尔多在日本服兵役、在红色苏联寻找理想而不得的细腻的文学化的描写。奥斯瓦尔多的短暂一生看似一个持不同政见者的一生，实质上却是一个社会不适应者的一生。这样的不适应者，从他出生起他就向人群稀疏的地方走，与人群背向而行，最终他会通过某种毁灭寻找新生，通过某种倾斜达到平衡。这种人的悲剧并非政治信仰的悲剧，而是一个人命运的悲剧，相信这不仅是我的读后感想，也是德里罗要表达的意念。

巧的是刚刚从报纸上读到一段新闻，说当年肯尼迪的接任者约翰逊的情妇最近大爆新闻，称约翰逊是刺杀肯尼迪的幕后操纵者，并且言之凿凿。这与德里罗在小说中的“推断”基本相仿。作家当然与案件的所有当事人无亲无故，他没有任何确凿的证据，凭借的只是自己对事物的直觉去虚构了两个躲在奥斯瓦尔多身后的真正元凶——满腹牢骚的中央情报局特工。作家的直觉并不可信，他习惯于把事物复杂化，深刻化，强调正反两面性，他的结论从来没有权威，但是这种结论恰好依赖于他对政治的理解。政治就是无数套在一起的箱子，一层一层，你知道其中有污迹，有子弹孔，但你不揭开所有箱子，就不知道污迹从何处渗透，子弹从何处射出。

《天秤星座》与《公众的怒火》最不同的是作家的立场，德里罗与库佛不同，就拿对政治的态度来说，德里罗对政治是恭敬的冷静的，恭敬和冷静中还带着一点点的恐惧。

把他送到树上去

——卡尔维诺《树上的男爵》读后

卡尔维诺在仰望一片茂密的树林时，发现粗壮杂乱的树干酷似一条条小路，树干之路是幽暗的，弯曲的，当它们向四面八方延伸，一种神秘的难以勾勒的旅程也在空中铺展开来。是光线的旅程？还是昆虫、苔藓或者落叶的旅程？许多从事文学和绘画创作的人都可能产生诸如此类的联想，但卡尔维诺慧眼独具，他看见了别的，他还在树上看见了一个人和他的家园。很可能是一瞬间的事，灵感的光芒照亮了卡尔维诺。这一瞬间，作家看见了"树上的男爵"，他正从一棵树跳到另一棵树上去，那个在树上跳动的人影，正是作家守望的"人物"——所谓灵感来了，很多时候说的是人物来了。

有个人爬到树上去，不是为了狩猎和采摘，不是孩子的淘气，不为别的，是为了在树上生活！读者们无法忘记《树上的男爵》，其实是无法忘记一个爬到树上去生活的人。小说家从来都是诡计多端的，他们塑造的人物形象千奇百怪，套用如今商界的广告营销战略语汇，越怪越美丽，乖张怪戾的人物天生抢眼，印象深刻自然是难免的，但爬到树上去的柯西莫超越了我们一般的阅读印象，这个人物设置至今看来仍然令人震惊，在文学史上闪着宝石般的光芒。

《树上的男爵》出版于一九五七年，此时距离卡尔维诺的成名作《通向蜘蛛巢的小径》发表正好是十年时间，距离他的另一篇精彩绝伦的作品《分成两半的子爵》则相隔了五年时光。对于一个优秀的作家来说青壮年期的十年时光应该是一段河流般奔涌的创作史，可以泛滥成灾却不允许倒流，而卡尔维诺似乎是斜刺里夺路狂奔，背叛自己的同时也脱离子保守的意大利的文学大军。卡尔维诺脱颖而出之时正是意大利二次大战的疮疤渐渐结痂之时（而他早已经在《通向蜘蛛巢的小径》中触及了那块溃烂时期的疮疤），战争年代他在破败的街道和酒馆里体会意大利的悲怆，在和平年代里他有闲适的心情观察祖国意大利了，结果从树上发现了自己的祖先。从开始就这样，卡尔维诺善于让人们记住他的小说。即使是在《通向蜘蛛巢的小径》中，人物也是不易忘却的，一个孤独的男孩，被同龄的孩子们所抛弃，却被成年人所接纳所利用。没有人会忘记男孩的姐姐是个妓女，而且是个和德国军官睡觉的妓女。我曾尝试拆解小说中的人物链条：皮恩——姐姐——德国军官——游击队。感觉它像一种再生复合材料，可以衔接无数好的或者很平庸的情节、人物关系（由此有了皮恩偷枪的故事，有了皮恩和游击队营地的故事）。这个人物链所滋生的小说材料是多快好省的，但具有一定的危险性——所有过于讲求效率的职业手段都有一定的危险。《通向蜘蛛巢的小径》也如此，看似牢固的人物链后来不知怎么脱了链，小说渐渐发出一种机械的松散无力的噪音，也许是从皮恩越狱后碰到“大个子”开始的，一切细节几乎都在莫名其妙地阻碍小说向辉煌处发展。我们最后读到了一个少年与游击队的故事，加上一把枪，很像一部二流的反映沦陷的电影。

一个过于机巧、科学的人物链对于具有野心的小说也许并不合适，而作家也不一定非要对“二战”这样的重大题材耿耿于怀，卡尔维诺对自我的反省一定比我深刻。五年过去后意大利贫穷而安详，卡尔维诺写出了《分成两半的子爵》，单就人物设置来说，已经抛弃了人们熟悉的模式。十年过后《树上的男爵》应运而生，令人震惊的卡尔维诺来了。

卡尔维诺来了，他几乎让一个传统的小说世界都闪开了。让亲人们闪开，让庄园闪开，甚至让大地也闪开，让一棵树成为一个人的世界，让世界抛弃孤独者，也让孤独的人抛弃他人的世界。这是五十年代卡尔维诺对小说人物的设想，也是他文学生涯中一次最决绝而勇敢的小说实践。

少年男爵柯西莫可以为任何一个借口爬到树上去，不一定是为了拒绝吃蜗牛。反叛与拒绝在文学作品中的例子和实际生活中一样多，但卡尔维诺是处心积虑的，爬到树上去，爬到树上去——这声音是圣洁的，也是邪恶的，是人们能听见的最轻盈也最沉重的召唤。不仅仅是为了反抗，也不是为了叛逆，当一个孩子任性的稚气的举动演变成一种生存的选择之后，这个故事变得蹊跷而令人震惊起来。读者们大概都明白一个不肯离开树顶的少年身上隐藏着巨大的哲学意味，但每个人也都为卡尔维诺惊世的才华捏了一把汗，他怎么让这出戏唱完呢，柯西莫将在树上干些什么？柯西莫会不会下树，柯西莫什么时候下树？（大家都明白，柯西莫下树，小说也该结束了）

卡尔维诺不让柯西莫下来，柯西莫就下不来。柯西莫在树上的生活依赖于作家顽强的想象力，也依赖于一种近乎残忍的幽默感。柯西莫在树上与邻居家的女孩薇奥拉的糊涂的爱情在人们的预料中，但他在树上与大强盗布鲁基的交往和友谊在小说中却又是奇峰陡生，布鲁基这个人物的设置同样让人猝不及防，他是个热爱阅读的浪漫的强盗，他强迫柯西莫给他找书，而且不允许是无聊的书。一个杀人如麻的强盗最后被捕的原因也是为了一本没看完的书，更奇妙的是布鲁基临刑前还关心着小说主人公的下场，当柯西莫告诉他小说中的主人公是被吊死的，这个沉迷于文字的强盗踢开了绞架的梯子，他对柯西莫说："谢谢，我也是这样，永别了。"

卡尔维诺放大了柯西莫的树上世界，这个人物便也像树一样长出许多枝条，让作家取之不竭用之不尽。柯西莫在树上走来走去，从十二岁一直走到年华老去。"青春在大地上匆匆而过，树上的情形，你们可想而知，那上面的一切注定是要坠落的：叶片，果实。柯西莫变成了老人。"老了的男爵仍然被作家缔造神话的雄心牵引着，沿着树上世界一直走到了遥远的森林里，传奇也一直在延续，树上的男爵亲历了战争，最后见到了拿破仑。作为真正的传奇，小说的结尾无情地挫伤了读者的热望和善心，柯西莫再也没有回到地上来，垂死的柯西莫最后遇到了热气球，奇迹开始便以奇迹结尾，我们最后也没等到主人公回归，小说却结束了。

请注意作家为他的人物柯西莫撰写的碑文，它不仅可以帮助我们理解人物，也帮助我们勾勒了卡尔维诺塑造这个人物的思路：生活在树上——始终热爱大地——升入天空。这碑文不知为何让我想起对卡夫卡《变形记》的读解：变为昆虫——体会人的痛苦——无处生活。

最汹涌的艺术感染力是可以追本溯源的，有时候它的发源就这么清晰可见：树上有个人。在我看来，《树上的男爵》已经变成一个关于生活的经典寓言，就像卡夫卡笔下的城堡，卡尔维诺的树也成为了世界的尽头。然后我们不得不提出一个课堂式的问题，你觉得是哪一步棋造就了这部伟大作品的胜局，如果有人问到我，我会这么回答，其实就是一步险棋，险就险在主人公的居所不在地上，而是在树上。

总是觉得卡尔维诺优雅的文字气质后隐藏着一颗残酷的心，细细一想豁然开朗：有时候一个作家就是统治人物的暴君，对待柯西莫这样的人，放到哪儿都不合适，干脆把他送到树上去！

流水账里的山峰

读雷蒙·卡佛会读出怪事来，不喜欢的人会认为这是个记流水账的作家，记得很固执很细腻罢了。这种歧见尚属正常，如果不喜欢卡佛的遇见个喜欢的，如果前者就小说的流水账倾向质问后者，恐怕后者一时会抓耳挠腮，对某种流水账的满腹爱意就像暧昧的心理异常，千言万语，不知从何谈起。怪就怪在这儿，卡佛的好处其实很难用严谨恰当的文学语言去赞美的，以我的一己之见，说服一个乐观主义者赏识卡佛是徒劳的，说服一个崇尚经典文学价值体系的鉴赏者去热爱卡佛同样是徒劳的，卡佛其实就是一个记流水账的人，只不过那是一本男人的流水账，可以从低处往高处流。卡佛对文学样板的叛逆也是离奇的，别人努力从高处叛逆，他却是从低处开始。他几乎只用中学生的语文词汇写作。他抓紧了现实生活去写，几乎放弃了虚构带来的种种文字便利——这怎么就好？还是不能说服人，唯一可与我文章主旨匹配的说法是：卡佛可以令人把小说和现实生活混在一起，这种混淆感是有魔力的，也许由于卡佛的故事大多不成其为故事，更多是一种生活场景的有机串联，人物的心情在这种串联中便像乌云遮盖的山峰一样凸现出来了。

所以读卡佛读的不是大朵大朵的云，是云后面一动不动的山峰。读的是一代美国人的心情，可能也是我们自己这一代中国人的心情。

没办法，只能将比喻用在讨厌比喻的卡佛身上了。要谈论这个被封为简单派的作家一点也不简单，人们通常会认为卡佛的创作标签是醒目的：关注日常生活，文字简洁朴素，几乎排斥所有的修辞手法，但你最终会发现你准备的标签贴完了，卡佛仍然面目不清。

卡佛在写作上是有洁癖的，洁癖体现在他对许多正常的小说元素的排斥，除了修辞上的戒律，他大概极其痛恨对景物、心理之类东西的细致描写，我们做一种不严肃的猜想，如果有人请求卡佛去像肖洛霍夫那样描写顿河上的“苍白的太阳”，或者让他参照他祖国的大师福克纳去写白痴昆丁在忍冬香味中的心理流，卡佛也许会说，那你让我一头撞死算了！卡佛其实一直在挑战人们的阅读趣味，除了人物，该写的不该写的他都不写。所以当我们要谈论卡佛也只能从他笔下的人物着手——不知道是幸运还是不幸，卡佛的创作来源几乎是传统现实主义创作发生论的一次证明，一切都与个人经历有关。这样我们不得不简单谈一下卡佛的短暂的不如意的一生，他的研究者告诉大家，卡佛当过锯木工、送货员、加油工、门房，他十九岁娶了未婚先孕的妻子，不知道是主动还是被迫做了一个养家糊口的男人，卡佛后来抱怨他从没有享受过青春。卡佛也许自己都没有意识到，他是如何在无意中成为了现实主义创作理论的宣传品，他是如何自然地利用自身经历中的资源，成长为美国文坛上罕见的“艰难时世”的观察者和表达者。但是创作的发生是一回事，作品却是另一回事了。不该被忽略的是卡佛笔下的美国人，他们身上散发的是卡佛本人的令人焦虑的那一丝酒气，它既不代表沉沦和悲剧，当然也不暗示大众印象中的积极开拓的美国精神，那一丝发苦的酒气，最多代表某种郁郁寡欢的心情。是的，卡佛小说中的男人大多是郁郁寡欢的，让人联想到作者本人，他的工人般粗粝的外表和敏感的内心世界。他对失败的男人形象的热衷几乎令人怀疑是一种变相的自恋，一种诉诸文字的自我性格和命运的分析报告。

到处都是失败的男人，到处都是麻烦缠身的男人，到处都是要舔伤口却找不到自己的舌头的男人。在卡佛的成名作《请你安静一点好不好》中，男主人公与妻子的紧张关系一开始虽没有明显的征兆，但是有非常隐晦的暗示的，雷夫看见妻子穿白衣服戴红头巾站在阳台上时，联想到某部电影中的一幕场景。“玛丽安在戏中，可是他没份。”雷夫在诱逼妻子回忆她的那次红杏出墙的经历的同时，再次感到妻子在电影中，只不过这次他由于受辱而暴怒，绿帽子丈夫的角色使他有份闯入了戏中。雷夫离家出走后的表现很有意思，他去跟人赌博了，钱输光了，还莫名其妙挨了人打，然后作为一个全面受伤的男人回了家。回家后的表现更具深厚的意味，他在愤怒和沮丧中一遍遍让内疚的妻子住嘴，“请你安静一点好不好?”他妻子安静了，妻子最后安静地向丈夫的下体伸出一只手，结果一个顺理成章而又发人深省的结果出现了，丈夫也安静了！那对夫妻暂时好了，读者却怎么都觉得不好，尤其男性读者，似乎就是前面我所说的感受，最后是读者尤其是男性读者挨了卡佛的一记闷拳。

到处都是因受伤害而变得敏感的人，到处都是因为敏感而更加不幸的人，到处都是对生活失望的人，到处都是令他人失望的人，到处都是脆弱的融洽和深深的隔阂。《羽毛》中的叙述者怎么也记不住他的朋友兼同事巴德的妻子奥拉的名字，但他和女友还是被邀请去巴德家做客了，两对甚至两对夫妇以上的男女聚在一起的场面在卡佛的短篇小说并不少见，比如《我们谈论爱情时都说些什么》，但《羽毛》里的两对男女聚会的开始也是告别的开始，一晚上的聚会到底发生了什么呢，可以说什么也没发生，也可以说什么都发生了。巴德家养了一只美丽的孔雀，还有一个八个月大的婴儿，这婴儿起初是在幕后哭着，奥拉无意把婴儿抱出来，可是“我”女友佛兰出于女性交际的本能坚持要看看可爱的婴儿，结果就弄出了事情，千呼万唤始出来的婴儿当然预示着某种危险，是一个丑陋的怪婴！随着这怪婴的曝光，巴德夫妇的创痛也彻底地展示在“我”和佛兰面前，可是切记参观别人的创伤是要付代价的，这难得的家庭聚会成为唯一的也是最后的一次，谁也见不到谁的孩子了，从此只有几根孔雀的羽毛作为“我”和巴德友情的见证。在另一篇小说《卧铺车厢》中，另一个经不起伤害的男人梅耶坐穿越法国的火车去看八年未见的儿子，但这次旅程因为一次意外完全失去了目标，梅耶的手提箱被小偷偷走了，于是乌云忽起，我们看见的是只有卡佛先生能准确描绘的一种男人，这种男人在遭受不幸的时候做顺流而下的选择，让不幸延续下来，梅耶就是这样，他在斯特拉斯堡的车站上看见了等候他的儿子（已经是一个年轻男子），但是他不下车！他怀着一种无以名状的哀伤、恐惧和来历不明的愤怒和复仇心理拒绝了那个车站。他留在火车上，居然很快对法国乡间景色留下了深刻的印象。

美国导演罗伯特·阿特曼曾经把卡佛的九个短篇和一首诗拍成了电影《捷径》，他说，“我把卡佛所有的故事当做一个故事。”这当然是典型的导演使用小说的“捷径”，不过这个说法启发了我，我假设把卡佛笔下的所有人物当一个人，那么他是谁呢？无疑他是卡佛自己，这不能怪我思维老套，所有完美的虚构都会令人生疑，怀疑作家是拿自己的灵魂与什么什么神或者什么什么魔鬼作了交换。

卡佛小说里的一切尖锐得令人生畏，如果说他“杀人不见血”有点夸大他对读者的精神压迫的话，说他拿着刮胡子刀片专挑人们的痛处可能比较被人赞同。有批评家论及卡佛的世界观，说是黑色的。怎么会呢？那是把追求简单叙述的卡佛一起简单化了，我反而觉得卡佛是个很复杂的作家，只有复杂的作家会对语言有超常的狠心肠，杀的杀，剐的剐，留下的反而是文字锻造的一把匕首。我一直试图用标准的评论腔调总结我对卡佛作品的印象，结果却不好意思写出来，竟然都是些不通顺的自作聪明的网络语言：

比如绝望的希望、消沉的力量啦；比如温和的剧痛、无情的缠绵啦；比如干净的罪恶、简单的复杂啦，诸如此类，卡佛在天之灵听见，一定会让我搞糊涂的。

如何与世界开玩笑
——辛格《卢布林的魔术师》读后

谈谈辛格的《卢布林的魔术师》。

辛格与其他美国籍的犹太裔作家不同。不同点不仅在于他是唯一用意第绪语写作的一个，更在于他奇异的封闭型的题材资源。与索尔·贝娄的宽阔的从知识分子立场出发的全景式写作相比显得狭窄而固执，与菲力普罗斯冲动的反叛的写作相比显得那么地迂腐而憨厚，但写作的结果是一个意外，读者们不得不说，辛格的作品是犹太裔作家中最守旧的，却是最动人的。

辛格三十一岁从波兰移民美国，尚算年轻，可是他似乎把好多面向新世界的窗子关上了，只留下一扇窗，对着幽暗方向的波兰故乡，在那样的窗后他守望世界，这个世界便表情凄惨地躺在《旧约》上了。辛格内心的季节有时是风雪交加的冬天，有时是电闪雷鸣的盛夏，犹太人像一只只飞鸟从欧洲的各个角落飞起来，盘旋着，却落不下地。辛格的写作任务是帮助他们落地。当然，用教科书的语言来说，辛格写作的核心是犹太人的民族精神和民族性格。如果想认识犹太人而苦于无门而入，打开辛格的小说读一下，也许就是一条捷径。

还是谈人物，谈谈《卢布林的魔术师》中的魔术师亚夏。

亚夏是个瘦小的魔术师，在波兰很有名，按照他的经纪人的设想，他未来很有希望在整个欧洲引起轰动。按照文学从业人员的想象，魔术师的职业是个神神鬼鬼的职业，与压迫动物、骗术、障眼法、走江湖等神神鬼鬼的行径有关，人物塑造已有天生的优势，但作者不知为何并未利用这份优势，他避开了以魔术造势以魔术为烟花爆竹为小说开路的惯常思路，仍然是极其老实地从人写开去，心无旁骛。亚夏是由四个女人簇拥而站的一个男性形象，按照小说的叙述顺序，第一个女人是他妻子，他的妻子埃斯特是个女裁缝，贤惠而善良，亚夏每隔数月便回家与她团聚一次，亚夏对她不坏。但是亚夏有一个异教徒的女助手玛格达，她深爱着亚夏，比他妻子更殷勤地照料着亚夏，亚夏对她也好，把她母亲甚至弟弟的生活费用也负担了。第三个女人泽夫特尔，来自盛产小偷的村镇，不仅风骚，而且懂得利用亚夏这样的男人。第四个女人是华沙的大学教授的遗孀伊米利亚，一个生活窘迫而保持着高雅风范的女人，她是亚夏的爱情所在，也是他最爱的女人。至此，小说的人物关系虽然已经令人眼花缭乱，还不至于大跌眼镜，但辛格几乎是用一种恶作剧的叙事哲学在塑造亚夏这个人物，亚夏竟然还对伊米利亚十四岁的女儿哈利娜有所企图，并且“布好了圈套”。

很清楚，辛格先给亚夏这个人物戴上一顶可耻的淫荡的罪恶的帽子，然后他要想办法把帽子上的黑色洗涤干净，让它回归到犹太人的祈祷巾的颜色，这是亚夏这个人物存在的巨大价值，也是小说向前发展的动力和步骤。亚夏与四个女人的故事具备了令所有读者莫名兴奋的条件，但我们渐渐发现情欲与男女关系不是作家的叙述目标，这其实是一个关于罪恶和自我救赎的故事。亚夏身上的人物特性，聪明、狡诈、欺骗、贪婪、占有欲，渐进式地与他的良知、善良、宗教教育唱着痛苦的和声，也许作家本人有对一个民族作出隐喻的企图，但我们再冷静也不忍心把亚夏的毁灭看成一个犹太作家对自己民族特性的批判书。最令人痛心的是人的毁灭之路，甚至亚夏自己也感受到他的生活是令人窒息的。“他觉得他的生活像一部小说，情节越来越紧张，叫人连翻书页都不耐烦了。”而亚夏深夜潜入那个孤寡老人家里企图用魔术师的巧手撬开保险箱的细节描写更让人紧张，读者应该很容易想起陀思妥耶夫斯基的《罪与罚》中主人公杀死房东老太婆的情节。但我们最终松了口气，一个伟大的犹太作家和一个伟大的俄罗斯作家对于人物悲剧命运的处置是不同的，寻欢作乐引发的暴力和阴郁的失败者的暴力也是色调不同的，亚夏最后放弃了偷窃与杀人的念头，跳窗逃跑时还崴了脚，然后读者也许会没心没肺地欢呼了，一个卢布林的魔术师，犯罪就应该是这样半途而废，应该崴了脚！

亚夏的觉醒值得品味。那是在犹太会堂里被同族兄弟的虔诚感化的结果吗？“那早已忘却的童年时代的虔诚现在又回来了，这是一种不要证明的信仰，一种对上帝的敬畏，一种对违法教条的悔恨。”“我一定要做个犹太人，犹太人怎么样我就怎么样。”这可能形成一个解释，但不具备全部的说服力，依我的理解，亚夏的觉醒是被动的无法推卸无法逃避的觉醒，是见了棺材以后落下的眼泪，因此显得彻底，让人亦悲亦喜——还是得从女人们那儿寻找结论，忠心耿耿的玛格达认清她的爱情是无望的，上吊死了；贵夫人出身的伊米利亚发现她借助亚夏改善生活境遇的计划成为泡影后，当面与他撇清了原本黏糊糊的关系；而水性杨花的泽夫特尔当然也没有成为亚夏的救命稻草，在亚夏后来四面楚歌面临崩溃的时候她投入了一个人贩子的怀抱。于是亚夏最终回到了卢布林村庄的妻子那儿，完成了一次肉体的回归。我之所以称其为肉体回归恰好是由于小说尾声部分亚夏有一个极其“形而上”的壮举，在结束了他漂泊的放纵的魔术师生涯后，亚夏成为了一个自建牢笼自我囚禁的“圣徒”。犹太男女曾经观赏过亚夏走钢丝的壮举，现在则是围在石头小屋前观看亚夏的另外一个壮举，一个自我囚禁的忏悔者。到此，卢布林的魔术师彻底回到了卢布林，从肉体到精神，从道德到欲望，都回归了，只是人们注意到这一切附加了最残酷的条件：丧失自由。

记录另外一个声音是可耻的，但我肯定有人这么怀疑过亚夏自我囚禁时另一种心声：命运非要让我做一个好人一个圣徒吗，好，好，那就把我关起来吧！

亚夏曾经以走钢丝闻名波兰，但读者分明看见他一直走在人性的刀锋上。走得鲜血四溅。追随魔术师的踪迹其实是追随一种尖锐的刺痛感，它由魔术师亚夏的脚底传导给我们，当然“变”过了魔术，变成了一种幽默的疼痛了。

“你这半生闯荡只不过是和你自己和整个世界开了一场玩笑。”这是智慧的优雅的伊米利亚对亚夏的评价，依我看，这恰好也是辛格的苦心所在。辛格把亚夏这个人物抛到文学史上，不仅是拿犹太兄弟姐妹练靶，他向全世界的恶行和道义晃了一拳，和我们大家开了一个善意的悲喜交加的玩笑。

去小城寻找红木家具

皮利尼亚克在呼吸着苏维埃政权的空气时写出《红木》，就像布尔加科夫写《大师和玛格丽特》一样不可思议。两部诞生于苏维埃政权时代的伟大作品命运相仿，批判，批判，再批判，两个作家的命运则不同，布尔加科夫咎由自取地患病而死，但皮利尼亚克一直没生病，后来就以间谍罪处死了。

皮利尼亚克为《红木》丢了命，从人道主义立场上说是不值得，但从冷酷的文学史角度上说，他也许已经值了，作为一部中篇小说，人们所能看到的最宽阔的视野最沉郁的悲哀最辛辣的批判都已经尽收囊中了。

《红木》中所写的俄国小城始终没有具体的名字，作者很古怪很复杂地以俄国的布吕赫、俄国的镰仓替代它的真实地名，以表示其古老，偏偏不肯透露那个地名，甚至不肯像别的作家一样以一个字母替代，唯一泄露其地理位置的是它在伏尔加河畔——这并不重要，却颇有意味，写作的时代特征有时候就体现为这种有意义或无意义的掩掩藏藏，包括地点的掩掩藏藏。

但《红木》中的人物群像毫不忸怩，他们——我粗粗统计一下有十余人，他们以大无畏的非革命姿态纤毫毕露地站在革命的读者面前，一群守旧的、自命不凡的、贪婪的、虚伪的、愚昧无知的人在远离莫斯科的古老小城里扮演着丑角，围绕着代表资产阶级文化的红木家具跳来跳去，在时代的洪流中他们仍然固执地抱着私欲的枯树不放，而且哼唱着自己的固执而自私自利的小调。一个采用单一事件的中篇小说用了复式的叙述，大胆勾勒人物群像，而每个人物都能写得如此鲜活，如此鲜活的人物偏偏都长了不合时宜的嘴脸，也许就是这些精彩的人物联手置他们的创造者于死地，这是我读《红木》后的最为惊心的感触。

看得出来，如何搅拌时代与人物的混凝土，让他们粘结而又避免主料不清曾让作者煞费苦心，由于皮利尼亚克一心主攻人物这块阵地，他对涉及时代的所有文字都是大事化小小事化了的。开篇时的癫僧葬礼令人怀疑是一种暗喻，皮利尼亚克也许意识到此种暗喻潜藏的危险性，写得尽兴以后立刻鸣金收兵，此后他很简洁地在小城上空为读者挂了一些钟，是教堂大钟，他让钟一口口地坠下来（每口钟坠地时都把地砸出一米半左右的深坑），钟被送到冶炼厂，时代背景就搭好了——搭得多么草率，却足够了。

人物在落地钟声的回响中一个个粉墨登场，依我看来，皮利尼亚克笔下的这些人物，其实是排着队来敲他本人的丧钟来了。先说雅可夫·卡尔波维奇，他是人物群的轴心，这是一个被作者调侃为“俄国的伏尔泰”的小市民，虽然一直受疝气折磨，走路不得不把手放在裤裆里，但他一直对自己的长寿充满信心，比沙皇活得长让他感到骄傲，比革命领袖列宁活得长同样让他高兴。他是热心为农民办事的人，他半夜读《圣经》读到天亮，他还经常要求和老伴过性生活，每次都说，“玛丽亚，人生在世！”他认为促进世界文明的是记忆，请看他举例说明是多么雄辩：“不妨设想，一早醒来，忽然失去了记忆……我饿了，却不知道该吃什么，吃凳子？还是吃留在凳子上的隔宿面包？我见到女人，长幼不分，把女儿当成了老婆。”这老头甚至扬言无产阶级迟早将不复存在，说无产阶级最终都将变成有文化有知识的工程师，由于是县城水准的“伏尔泰”，说话当然有县城特色，口无遮拦，与革命理论唱的是反调，你不得不怀疑这是皮利尼亚克对文明的认识，对无产阶级理论的抵触，借刀杀人不能逃脱什么罪责，所以我把雅可夫列为敲响作家丧钟的第一人。

再说雅可夫的弟弟伊万·卡尔波维奇，他有过光荣的革命历史，但被人们称为懒蛋，他与一大群莫名其妙被苏维埃抛弃的“革命者”在野外过着共产主义的集体生活，但是没有钱买酒喝，他认为除他之外的人都是反革命，包括他哥哥嫂子（嫂子是现行反革命），他当面指责从莫斯科来的古董商兄弟是历史反革命，弄得大家都不爽，只好由古董商用半瓶酒酒钱把他打发走了——伊万拿了半瓶酒的酒钱就走，造成了读者们的两种读解反应，一种是我们这样的读者，会心一笑，事不关己地击节赞叹，另一种反应可想而知了，完美的人物刻画与完美的诽谤和丑化有时是一致的，皮利尼亚克为他的完美付出了代价，他在写伊万离开他哥嫂的家和古董商人时意想不到他是干什么去了，他是去喝了，不过他一边喝酒一边在敲作家的丧钟。

雅可夫的老伴玛丽亚是“俄罗斯农村随同圣母像保留下来的妇女典型”，由于婚后第一天遭到丈夫的一句责问：“穿给谁看？”她的一件漂亮的丝绒背心一辈子都压在箱底。这个人物也许是唯一没给作家惹麻烦的，但她抚养长大的儿子女儿却也脱不了干系，女儿卡捷琳娜出场不多，却做了一件在任何社会体制下都不甚光彩的事，她居然答应古董商的无耻要求，招了一群姑娘陪着古董商在澡房里喝花酒。儿子阿基大干脆就是个“托派”，是托派还溜回老家来做了一次迷惘的回乡之旅，最后要回莫斯科时又没“赶上时代的火车”。而雅可夫的两个妹妹虽然分开居住，其中一个尽管婚姻被耽误而不小心成为圣女，另一个里玛却不争气，未婚先孕地养了一对儿女，恰好里玛的女儿克拉夫季娅青出于蓝胜于蓝，她在苏维埃的天空下居然做了性解放运动的先驱者，有了身孕不知道父亲是谁——原谅我在这里开一个不恰当的玩笑，其父亲系皮利尼亚克，他因此被人敲响了又一次丧钟。

从莫斯科远道而来低价收购红木的古董商费奥多罗维奇兄弟干的当然是损人利己的事，他们用卢布轻易地征服了小城的男人女人（唯一抗拒的是另一个古董收藏者卡拉津老爷，但他的抗拒令人怀疑是为了抬价）。他们收集“资产阶级的破烂”，当他们把小城值钱的红木运上船的时候，我们惊讶地发现一个生活在苏维埃时期的作家，是如何奋不顾身地完成了一个文学史上最具俄罗斯情调的中篇小说的经典文本，当古董商兄弟把小城最值钱的红木运上船时，作者本人也在伏尔加河上开始了他黑色的旅程，一个被高尔基称为“自己的孩子”的人，一个名叫皮利尼亚克的才华横溢的作家被自己笔下的人物所控告，踏上了“反革命”的不归之路。

喜欢《红木》的人应该痛恨红木。都是红木惹的祸。如果没有红木，就不会有这个故事。但红木不会说话，要怪还是要怪到买卖红木的人的头上，在红色苏维埃时期，不卖和不买都是很容易做到的，偏偏那小县城的人做不到，结果害得小说家皮利尼亚克写了这部小说，把自己的性命也写没了。

费里尼的人生礼赞

出乎预料的往往是不幸

《卡比利亚之夜》是一个妓女的故事，更精确地说，是一个妓女寻找幸福的故事。这个寻找的前景不容乐观，以我们的阅读和观赏经验来看，无论在小说里还是电影里，一代又一代的女性从男性那里寻找幸福，几乎没有善终的，何况是个妓女？

幸福就是幸福，它有基本的脸谱。幸福从来不会出人预料，生活中出人意料的那一面往往是不幸。幸福几乎是透明的，而不幸像一种神秘的矿物质有待分解，许多艺术家的眼睛追逐那样的矿物质，热衷于切割它，分析它，在艺术家们创造的声音里，幸福万籁俱寂，不幸崭露头角，并且凶恶地将幸福淹没在茫茫人海里，渐渐地不幸本身成为一件艺术品，它呈现天然的悲剧的曲线，扭曲，尖利，有时甚至是血淋淋的。说那些不可得的幸福，对于作家与艺术家是刺激，是诱惑，更是一个日常的向大众敬礼的姿势。追求幸福的大众在生活里逃避所有的不幸，但他们从来不逃避艺术家们的故事，在那些有关他人的故事里，他们安全地重温着不幸，是别人的不幸。

卡比利亚是个妓女，她寻找幸福的经历又比别人更坎坷一些，她的不幸虽然一波三折，终究来得顺利一些，这样的顺利，俗话称作苦命。灰姑娘遇到王子，是辛德瑞拉的邻居或亲友的狂想，辛德瑞拉虽然是在现实中蓬头垢面地奔波，王子却很明显不在现实中，他是为虚幻而生的，他们的相遇是现实与虚幻的相遇，所以不是现实主义。卡比利亚会遇到什么人？一个妓女的世界只能是现实主义的世界，几乎容不下多少美丽的幻想，她的世界是夜的世界，她与男人相遇的机会很多，但遇到最多的是嫖客。没有人期待一个妓女与一个嫖客的结合，那样的结合可能经常发生，但那是水往低处流的生活，不是幸福，卡比利亚偏偏寻找幸福。遇到什么人能够让她获得幸福？确实是个难题。这幸福之所以令人不看好，是因为它定位在男性那一侧，不看好幸福是因为不看好男性，通常来说，多情女子寻到的多为薄情郎，何况卡比利亚是个妓女，所以她要的幸福不仅是个悬念，甚至是有点可疑了。

一部描写妓女的电影，省略了肉欲的展览，从头到尾没有一个性的镜头和描写，甚至小奸小坏的暗示都没有，没有人比费里尼更自信更坚定了。用轻佻一点的语气说，费里尼镜头下的卡比利亚，是一次完全上半身的演出，连上半身都不走光。费里尼的自信当然是来自于他对故事的自信，他与观众之间或许发生了一场看不见的战争，观众对这部电影的心理期待不一定是低级趣味，但如果要让观众彻底脱离低级趣味，心甘情愿地忘记卡比利亚的皮肉生涯，是要用人物和故事与其掰手腕的，要让人看见卡比利亚的心，看见她的灵魂，看见她无辜的上半身，才能无视她不洁的下半身。

女人的不幸大多是从男人开始。卡比利亚也一样。男人对卡比利亚的伤害从一开始就登峰造极了。卡比利亚和男友乔治奥两个人好好地在河边散步，为了四万里拉，乔治奥突然就抢了卡比利亚的手提包，卡比利亚差一点淹死在河里。救她的几个好心人认为她像一只猫，说她有七条命。这只说对了一半，卡比利亚命大，但命大不一定命好，用七条命寻找幸福，寻到的却皆为不幸。

卡比利亚的愤怒源自男人对她的伤害。她对女友万达悲怆地谴责乔治奥，"为了四万里拉就要淹死我?!"万达的回答听上去更加令人绝望，她说，"为五千里拉也有人做!"也许万达的说法有点夸张，但是更符合一个妓女的心境，尖锐，绝望，不抱任何希望。

卡比利亚是个纯真的妓女，这个可疑的说法也是要靠事件和证据来说明的。卡比利亚在街头和一个老妓女打架，打完了自己哭了。她拿着心爱的自动折叠伞在街上觅客人，正好撞见大明星阿波特和情人杰丝搞分手游戏，是上流社会男女玩的游戏，卡比利亚哪里懂这种高级游戏?阿波特让她上他的高级敞篷车，她就去了，去了夜总会，又去了阿波特的豪宅，去了人家的卧室，人家让仆人端来了鱼子酱和螃蟹，请她边吃晚餐边欣赏贝多芬《第五交响曲》，卡比利亚稳得住，她一直端着街头妓女的"范"儿，直到突然认出阿波特是大明星，卡比利亚的小女子情怀就暴露无遗了，她抓着阿波特的手亲个不停，她又哭了，这次哭的原因可怜而可爱，"明天我告诉她们(指街头姐妹)，我和你今天在一起，他们不会相信的!"这一夜本来是"卡比利亚之夜"中最风光的一夜，但阿波特的卧室天生是不属于卡比利亚的，杰丝吃了回头草，她又回来了，她回来卡比利亚就被阿波特安排到了衣帽间里，和一只猫在一起过了一夜。

卡比利亚是卑微的，所以无论她是在街头还是在阿波特的衣帽间里，她的夜晚也都是卑微的，有猫为证。

卡比利亚的夜晚中出现过好人，她被一个卡车司机扔在罗马郊外的那一夜，遇到了圣人般的皮葛里，他带着一个大麻袋，专门给无家可归的流浪者们赠送食物。皮葛里问她，你也住在地洞里吗？这句话让卡比利亚受了伤，她气恼地说，谁住在洞里？我是有家的！皮葛里开车把卡比利亚送回了城里，他们在卡车上的谈话非常耐人寻味。卡比利亚问皮葛里为什么夜里出来，皮葛里说，他要找的是流浪的穷人，白天他们到处流浪，只有夜里他们才回到露宿的地洞。卡比利亚无言以对，他们都是夜里出来的，可是一个是做这事，一个是做那事，卡比利亚的羞耻和不安是从眼睛里流露出来的，她从皮葛里的车上下来的时候，每个观众都从女演员朱丽叶·费里尼的表情里，看见了那种羞耻和不安。

卡比利亚是一个有羞耻感的妓女，她是要赎罪的，因此她期望改变自己的生活。在圣母显灵的日子里，卡比利亚手持蜡烛，随着疯狂的信徒们拥向教堂，向圣母祈愿，祈求圣母改变她的生活。卡比利亚很性急，她以为真心的祈祷应该立刻应验，不应验她就敢生圣母的气，还迁怒于一队虔诚的修女，要他们扔掉手里神圣的旗幅。卡比利亚记仇不分对象，甚至对一个神父否认她是在神的恩泽之下生活。这种言论，严重不靠谱，却是卡比利亚独有的愚昧，也是她独有的单纯。

说起来很有趣，费里尼之所以耐心地铺陈一个妓女并不妓女的那么多夜晚，还是藏着杀手锏，他要依仗一个马戏团的夜晚，这个夜晚才是卡比利亚最致命的一个夜晚。一九五七年费里尼的电影还很“新现实”，马戏团的出现，不仅是表达他的马戏团情结，更多的是作刻意严密的情节之用，在《卡比利亚之夜》里出现的是一个催眠师的舞台。卡比利亚在催眠师的召唤下走上舞台，抵抗不成，终被催眠，当着众人吐露了她十六岁时花季少女的爱情和梦想。催眠师虚拟了一个名叫奥斯卡的男子的声音，卡比利亚和这个声音在舞台上上演了一幕非常美好纯洁的爱情剧。冥冥之中，卡比利亚的生活也被催眠了。也许这是命运，一个祈求改变生活的妓女，她的生活只有在催眠中才能被改变。

那个自称奥斯卡的骗子来得非常及时，他对卡比利亚说，“是命运指引我走进剧场，遇见了你。”骗子的表白其实很多时候是受骗者的写照，只是话要倒过来说，是命运指引卡比利亚走进剧场，遇见了“奥斯卡”，因为命运要更暴烈地毁坏卡比利亚的生活，带她走进不幸的泥沼。

被催眠者往往有忘记现实的需要。卡比利亚有这个需要，因此她在受骗的道路上一帆风顺。奥斯卡对卡比利亚说，我们是两个孤独的生灵，彼此需要。这不是花言巧语，也是两个人相遇最简短精要的说明书，一个需要行骗，一个必将被骗。卡比利亚对奥斯卡的轻信，一半是由于奥斯卡的骗术高明，卡比利亚的智商偏低，另一半是由于她内心的罪恶感。这罪恶感使她低贱，使她盼望得救，圣母不显灵，她要一个人来改变生活，只不过这个“改变生活”的人，恰好是个骗子。

他们确实是彼此需要的。只是他们互相的需要之急迫，看得令人揪心，善良的观众一定曾经在电影院里祈求过，让卡比利亚遇见一个好人奥斯卡吧，这祈求在生活中合情合理，但在这部电影里是不成立的，卡比利亚在餐厅里向奥斯卡展示她卖房子得到的一叠钱时，所有善良观众的善良愿望都破灭了，纯洁必将为邪恶买单，卡比利亚必将受到最大的一次劫掠。

七条命的卡比利亚算是命大，她在悬崖上活了下来，奥斯卡带走了她的钱，没要她的命。电影的开头和结尾，一个骗术高明的绅士新郎呼应了另一个粗鲁的强盗男友，四百万里拉呼应了四万里拉，伤害呼应了伤害，败德呼应了败德，只有纯真和善良没有呼应，它们完整地留给了卡比利亚。

卡比利亚的不幸是被劫掠一空的不幸。有人从她身上索取肉欲，有人从她身上劫掠金钱，劫掠过后卡比利亚还留在世上，卡比利亚不想活，但她死不了。她不能逃脱她的不幸。有人早说过了，她像猫，有七条命，但七条命如果是用来承受七十种苦痛，连圣人都不一定能承受，何况卡比利亚？卡比利亚是个妓女，注定找不到她的幸福，众人散去之后，卡比利亚还在深夜的街头徘徊，这样一个女人有很多夜晚值得书写，最值得书写的是黑夜中的光亮，但卡比利亚连一扇窗子都没有，便只好去写她的黑暗了。

甜蜜的生活是苦涩的

费里尼后来不停地被人追问，为什么不再拍一部像《甜蜜的生活》那样的电影？可见这部电影纪念碑式的意义，或者干脆说，由于受到的美誉过重，它很早就成为了费里尼的盖棺之作，也成了他的一个甜蜜的苦恼。

在拍《甜蜜的生活》时，费里尼绝对想不到，他电影里的一个次要角色会成为以后几十年一种行业的称呼，并且进入所有修正过后的常用词辞典。这个人物就是如今欧洲人所说的拍拍垃圾（Papalachi），拍拍垃圾害死了著名的戴安娜王妃，还有许多人被拍成了垃圾，或者许多垃圾被拍成了名人。但拍拍垃圾起初没那么可恨，也没什么特别的事迹，是一个人名，是男主人公新闻记者马赛罗的一个摄影师而已。

电影的原始构想就是新闻和人生，通过马赛罗的眼睛，或者说通过新闻的眼睛，来反映浮生万象，那双眼睛承担了多么严峻的使命可想而知。所以与其说费里尼第一次启用了男演员马斯特罗亚尼，不如说他启用了他那一双著名的忧伤的灰眼睛。

文明社会的人阅读报纸，其实是在阅读同一个棋局，大人物小人物，达官贵人和寻常百姓，不是新闻躺在人生里，就是人生躺在新闻上。马赛罗的记者生活,就是被新闻线索牵引着东奔西走,他是要记录这些棋局的,只不过作为一部电影的主人公,他自己的生活必然有兵荒马乱之处,他还要记录自己的那盘下不完的残局,所以,记录就更热闹了。

马赛罗是个貌似称职的记者,也许因为他供职的媒体是如今所说的八卦小报,所以他的活动范围很大,采访任务几乎包罗万象,从空运基督圣像到梵蒂冈,到好莱坞女明星来访,从死人案子到结婚典礼,他都要插一脚。又因为马赛罗风流成性(那时候的马斯特罗亚尼,连汗毛都能挑逗女性观众,不让他的角色风流,不仅是浪费,也让人怀疑角色不真实),一旦受访对象是女人,他工作的时候便是公私兼顾了,工作完成后还是辛苦,是风月场上的辛苦,所以马赛罗的记者生涯比别人辛苦十倍。他的搭档拍拍垃圾相比之下是很轻松的,他就是冲过来奔过去,对着目标乱按快门,把动态的新闻化为静态的照片,这几乎是体力活,而马赛罗的眼睛才是新闻之“眼”,一男一女共进晚餐,小心别让他看见,让他看见便是花边新闻。不仅是眼睛,他还是一排受到磨损的牙齿,负责咀嚼所有粗糙的苦涩的甜腻的生活废料,吐出来的就是新闻,当然,他还是一个敏感的味蕾,一个无辜的鼻腔,负责分辨别人和自己的生活中所有的腐臭。

连篇累牍的新闻背后飘浮着虚无的人生,虚无的人生以充实的姿态在现实生活里展开,展开得越热烈,那虚无越深。人的恐惧来源于此,利己主义来源于此,平静和安详也来源于此。信仰不在,一部分人因此受益,可以安心做行尸走肉,另一部分人受难,幸福始终藏在词典里,为他们提供书面的人生追求,还有漫长的精神折磨。影片开头基督像被吊挂在直升飞机上,从罗马城盘旋而过,是一群在楼顶晒太阳的比基尼女郎向飞机上的马赛罗发问,你们要把耶稣送到哪里去?马赛罗说,送到梵蒂冈去。可这是新闻的说法,新闻有时候掩盖了真相,真相是这个镜头的暗喻,耶稣已在空中漫游,目的地不明,耶稣从来不抛弃民众,那么是民众抛弃了耶稣吗?

民众没有抛弃耶稣,只是他们找不到神的位置了。马赛罗亲历了民众寻找圣母的现场。这是一场规模宏大的好戏,两个孩子声称看见了圣母,听见了圣母的声音,他们现场表演,于是成千上万的民众都赶到了那个现场。占据最有利位置的是些危重病人,他们自然是来祈求圣母当场显灵,让他们恢复健康的。大雨滂沱,两个孩子带着游戏的心理,引领着疯狂的人群追逐圣母的神迹,这是一幕《国王的新衣》的翻版,但不会有诚实的孩子出现了,因为有人敢指证一件不存在的衣服,没人敢指证圣母降临的足迹,或者说这不是勇气的问题,人们其实需要那两个孩子,无论是治病还是救赎,他们是希望的泡影,但有泡影希望还在,没泡影才是彻底的绝望。

罗马城的新闻线索指引着马赛罗,记录别人,他的工作总是有方向的。当他和拍拍垃圾去一家餐厅偷拍某王子和情人约会时,王子的随从气急败坏地质问他,为什么你要这么乱拍,为什么我就不拍你?马赛罗微笑着回答他,因为你不是记者。马赛罗靠他的职业经验应对他的新闻对象,井井有条,但马赛罗在私人生活中基本是手足无措的,貌似风流的男人,内心却是曲径通幽,他迷失在女人中间,迷失在情感世界里。

马赛罗的迷失有时候是甜蜜的。他作为记者与好莱坞女明星西尔维亚的亲密接触,是一个风流男子在石榴裙下的迷失,无关职业,之所以甜蜜,因为是一场娱乐,无需感情来买单。西尔维亚风骚而天真,跳完舞便丢了鞋,路上看见小野猫,便急着要给小猫买牛奶,看见罗马著名的许愿池喷泉,便急着往池里跳,马赛罗都会跟进,跟进一次获利一次。为此,他和西尔维亚都被西尔维亚的丈夫打了耳光。这是逢场作戏的有限付出,不算疼。马赛罗周旋在情人玛德莱娜和同居女友艾玛中间,顾此失彼,然后再亡羊补牢,因此情感生活显得很忙碌,他和女人共用同一个棋盘，但下的是各自的棋。他对来自富豪家庭的玛德莱娜剖析自己的内心时说，罗马有丛林的味道，可以把自己藏起来。玛德莱娜的自我剖析比他更直接，我藏不起来，只有做爱，能让我开心起来。他和玛德莱娜在一起，探索的是欲望世界，这种探索发展到极致的一场戏，是两个人带着一个中年妓女，开车去妓女的家中，过了别具风情的一夜。马赛罗后来去报道一个上流社会家庭的婚礼，在古堡里遇见玛德莱娜，还是在别人的房子里，在一间密室里，隔着一堵神秘的墙，他们做了一次真挚的交流。玛德莱娜向马赛罗表白，我愿意做你的妻子，而不是像个妓女一样与你寻欢作乐。但是下一个镜头意味深长地颠覆了这个表白，一个陌生男子走到玛德莱娜身边，就在墙的另一侧，他们开始寻欢作乐，马赛罗则被丢在墙的这一侧。这一次马赛罗有点痛。在与玛德莱娜的游戏中，马赛罗即使不是失败者，也是个迷失者。而马赛罗和女友艾玛在一起，痛的是艾玛，痛得要自杀。女人对男人过多的爱，也给了男人过多的筹码，马赛罗的筹码多一些，自然要给女友施加痛苦的，于是艾玛在痛苦中向他发出尖锐的质问："你是个利己主义者！你这么生活，到底要干什么？"艾玛从某个侧面看清了马赛罗的面目，她说，"我生活在虚伪中，你是虚伪的根源！"

虚伪总是要用来干什么的，马赛罗却并不知道要干什么。他只是害怕而已，莫名其妙地害怕。有趣的是马赛罗的父亲也害怕。父亲来访的戏真是精彩极了。他来罗马探望儿子，醉翁之意不在酒，让儿子带着去了夜总会，又勇敢地跟随一个舞女去过夜，结果却犯"病"了。马赛罗赶到那里时，看见的不是一个犯心脏病的父亲，而是一个陷于恐惧中的苍老的父亲，器质没问题，灵魂因为自我放逐正在瑟瑟发抖。他甚至不愿和儿子多交谈，因为害怕，因为逃避，要乘早班火车离开罗马，回到妻子身边去。

《甜蜜的生活》对现实的控诉和批判，最令人震撼的当然是马赛罗的朋友兼精神导师斯坦的死。马赛罗曾带着艾玛去斯坦的家里，是去聆听什么瞻仰什么的。在斯坦家的派对上，他能够听到马来女歌手在轻轻吟唱东方民谣，他能听见唱机里传来斯坦亲手刻录的大自然的风声、雨声、海潮声，他能看见斯坦美貌温顺的妻子和一双可爱的小儿女，他能够听见斯坦背诵女儿稚气可爱的诗句，“谁是太阳的母亲?”他能够看见斯坦撩开纱帐去亲吻儿女道晚安的情景。正如马赛罗告诉斯坦的，“你的家对我是个圣殿。”马赛罗羡慕斯坦安静幸福的生活，这是一滴江水对海水的羡慕，因为没有流到尽头，水还没有那么苦涩，没有那么咸，斯坦对此的回答则是海水的回答，他说，黑暗令我心事重重。他还说，安宁只是深渊的另一边。

斯坦这条线索的一端，拴在一颗最大的定时炸弹上。他最后杀死自己的孩子后自杀了。观众也许事先发现了斯坦头上的阴影，隐约看见他那圣殿般的家里，定时炸弹的导火线已经露出了端倪。但斯坦的死无疑让马赛罗受到了一生最大的惊吓，一个样板的破灭使他对生活更加无所适从。这是一个致命的打击，最致命的打击往往只能用最简单的词汇去描述，因此当警察询问斯坦的死因时，马赛罗脱口而出，是因为害怕。

是害怕。确实害怕。作为社会病，恐惧无法治愈，因为病灶无法切除。再强烈的爱都可能得不到呼应，迷惘却是一种传染病，通过空气也可以传播，因为害怕。马赛罗在经历了斯坦之死的灵魂大冲撞之后，无法清理他的生活，所以他的生活越来越放纵，也越来越异化。他在娜迪亚的家庭聚会上借用羽绒枕头里的羽毛，把女主人装扮成一只鸡，最后把所有羽毛撒向空中，不仅是苦闷的发泄，不仅是伤害他人或者自我伤害，似乎更像是一场祭奠，所有的羽毛可以看作墓前的菊花，是诀别理想，也是对人生和现实不成敬意的敬意。

马赛罗的眼睛历经风雨，不再是一个新闻记者骚动热情的眼睛，是一双哀悼全世界的眼睛了。电影尾声部分有人在海滩上跟着马赛罗，执着地重复一个预言，一九六五年前，世界将全面堕落。而被人打捞上海滩的大死鱼意味深长，费里尼果断地给那死鱼眼睛一个大特写，啊，死鱼的眼睛与马赛罗的生活多么匹配！死鱼的眼神将是马赛罗余生的眼神，一个最荒凉也最决绝的眼神，这社会，这人生，看也罢，不看也罢。

虚无的人生也是值得赞叹的，赞叹的方式不一样而已。正像你可以说生活是多么甜蜜一样，你也可以说，生活是多么可怕。后来费里尼一直在向人们执着地解释，英语翻译这部电影的片名是不妥帖的，不应该是《甜蜜的生活》(*Sweet life*)，而应该是“生活的甜蜜”。这么颠倒一下，粗看没有区别，细看是有区别的，再仔细一琢磨，又没区别了，看上去都是在赞叹人生，其实只不过是一次沉重的哀叹吧。

想到什么说什么

一

种种迹象表明：我们的文学逐渐步入了艺术的殿堂。今天我们看到为数不少的具有真正艺术精神的作家和作品涌现出来。这是一点资本，我们不妨利用这一点资本来谈谈一些文学内部和外层的问题。不求奢侈，不要过激。既然把文学的种种前途和困境作为艺术问题来讨论，一切都可以做得心平气和，每一种发言都是表现，这就像街头乐师们的音乐，每个乐师的演奏互相联系又相对独立，但是你看他们的态度都是宁静而认真的。

二

形式感的苍白曾经使中国文学呈现出呆傻僵硬的面目，这几乎是一种无知的悲剧，实际上一名好作家一部好作品的诞生在很大程度上有赖于形式感的成立。现在形式感已经在一代作家头脑中觉醒，马原和莫言是两个比较突出的例证。

一个好作家对于小说处理应有强烈的自主意识，他希望在小说的每一处打上他的某种特殊的烙印，用自己摸索的方法和方式组织每一个细节每一句对话，然后他按照自己的审美态度把小说这座房子构建起来。这一切需要孤独者的勇气和智慧。作家孤独而自傲地坐在他盖的房子里，而读者怀着好奇心在房子外面围观，我想这就是一种艺术效果，它通过间离达到了进入（吸引）的目的。

形式感是具有生命活力的，就像一种植物，有着枯盛衰荣的生存意义。形式感一旦被作家创建起来也就成了矛盾体，它作为个体既具有别人无法替代的优势又有一种潜在的危机。这种危机来源于读者的逆反心理和喜新厌旧的本能，一名作家要保存永久的魅力似乎很难。是不是存在着一种对自身的不断超越和升华？是不是需要你提供某个具有说服力的精神实体，然后你才成为形式感的化身？在世界范围内有不少例子。

博尔赫斯——迷宫风格——智慧的哲学和虚拟的现实；

海明威——简洁明快——生存加死亡加人性加战争的困惑；

纪德——敏感细腻——压抑的苦闷和流浪的精神孤儿；

昆德拉——叛逆主题——东欧的反抗与逃避形象的化身。

有位评论家说，一个好作家的功绩在于他给文学贡献了某种语言。换句话说一个好作家的功绩也在于提供永恒意义的形式感。重要的是你要把你自己和形式感合二为一，就像两个氢原子一个氧原子合二为一，成为我们大家的水，这是艰难的，这是艺术的神圣目的。

三

小说应该具备某种境界，或者是朴素空灵，或者是诡谲深奥，或者是人性意义上的，或者是哲学意义上的，它们无所谓高低，它们都支撑小说的灵魂。

实际上我们读到的好多小说没有境界，或者说只有一个虚假的实用性外壳，这是因为作者的灵魂不参与创作过程，他的作品跟他的心灵毫无关系，这又是创作的一个悲剧。

特殊的人生经历和丰富敏锐的人的天资往往能造就一名好作家，造就他精妙充实的境界。

我读史铁生的作品总是感受到他的灵魂之光。也许这是他皈依命运和宗教的造化，其作品宁静淡泊，非常节制松弛，在漫不经心的叙述中积聚艺术力量，我想他是朴素的。我读余华的小说亦能感觉到他的敏感他的耽于幻想，他借凶残补偿了温柔，借非理性补偿了理性，做得很巧妙很机警，我认为他有一种诡谲的境界。

小说是灵魂的逆光，你把灵魂的一部分注入作品从而使它有了你的血肉，也就有了艺术的高度。这牵扯到两个问题，其一，作家需要审视自己真实的灵魂状态，要首先塑造你自己。其二，真诚的力量无比巨大，真诚的意义在这里不仅是矫枉过正，还在于摒弃矫揉造作、摇尾乞怜、哗众取宠、见风使舵的创作风气。不要隔靴搔痒，不要脱了裤子放屁，也不要把真诚当狗皮膏药卖，我想真诚应该是一种生存的态度，尤其对于作家来说。

四

诗歌界有一种说法叫 Pass 北岛，它来自于诗歌新生代崛起后的喉咙，小说界未听过类似的口号，也许是小说界至今未产生像北岛那样具有深远影响的精神领袖。我不知道这种说法是好是坏，Pass 这词的意义不是打倒，而是让其通过的意思，我想它显示出某种积极进取的倾向。

小说界 Pass 谁？小说界情况不同，无人提出这种气壮如牛的口号，这是由于我们的小说从来没有建立起艺术规范和秩序(需要说明的是艺术规范和秩序与百花齐放百家争鸣没有对应关系)。小说家的队伍一直是杂乱无章的，存在着种种差异。这表现在作家文化修养艺术素质和创作面貌诸方面，但是各人头上一方天却是事实。同样的，我也无法判断这种状况是好是坏。

实际上我们很少感觉到来自同胞作家的压力。谁在我们的路上设置了障碍？谁在我们头上投下了阴影？那就是这个时代所匮乏的古典风范或者精神探求者的成功，那是好多错误的经验陷入于泥坑的结果。我们受到了美国当代文学、欧洲文学、拉美文学的冲击和压迫，迷惘和盲从的情绪笼罩着这一代作家。你总得反抗，你要什么样的武器？国粹不是武器，吃里爬外也不是武器，老庄、禅宗、“文革”、“改革”，你可以去写可以获得轰轰烈烈的效果，但它也不是你的武器。有人在说我们靠什么走向世界？谁也无法指点迷津，这种问题还是不要多想为好，作家的责任是把你自己先建立起来，你要磨出你的金钥匙交给世界，然后你才成为一种真正的典范，这才是具有永恒意义的。

五

有一种思维是小说外走向小说内，触类旁通然后由表及里，进入文学最深处。具有这种思维的大凡属于学者型作家。

我们似乎习惯于一种单一的艺术思维，恐怕把自己甩到文学以外，这使作家的经验受到种种限制，也使作家的形象在社会上相对封闭。在国外有许多勇敢的叛逆者形象，譬如美国诗人金斯堡六十年代风靡美国的巡回演讲和作品朗诵;譬如作家杜鲁门·卡波特和诺曼·梅勒,他们的优秀作品《冷血》《刽子手之歌》《谈谈五位女神之子》中的非小说的文字,他们甚至在电视里开辟了长期的专栏节目,与观众探讨文学的和非文学的问题。可以把这种意识称为有效的越位。它潜伏着对意识形态进行统治的欲望(至少是施加影响),它使作家的形象强大而完整,也使文学的自信心在某种程度上得到加强。

我想没有生气的文坛首先是没有生气的作家造成的,没有权利的作家是你不去争取造成的。其他原因当然有,但那却构不成灾难,灾难来自我们自己枯萎的心态。

镜子与自传

一个人写自传，就好像在自己的桌前竖起了一面镜子，但是他如何描绘镜子里的那个人，其方法和习惯却很有讲究。因此在我们有关自传的阅读经验中，产生了对传主的真切的或模糊的形形色色的印象。

我们总是信服一个人对自我的陈述和描绘，总是以为一份自传需要负起证词似的责任，总是相信自传的镜子将准确地传达镜前人的形象和他的眼神，但是这样的阅读期待也许是幼稚而有害的。最近读了法国新小说主将阿兰·罗伯-格里耶的自传文字《重现的镜子》，更加深了这种感觉。阅毕合卷后我看见的是传主母亲的形象和一些不相干的人，我也看见了罗伯-格里耶的眼神，但那是注视另一位法国文化名人罗兰·巴特的鄙视和挖苦的眼神。

一个总是批评丈夫神经有问题的妻子，一个总是让儿子不要婴儿的母亲，一个因为丈夫不能及时点燃蜡烛而差点用刀杀他的中产阶级妇女，这个精彩的人物推翻了我对作者无视人物形象的陈旧印象，他笔下的这个母亲是如此真切，真切得无所保留。再看看罗兰·巴特吧。“罗兰·巴特在他生命中的最后日子丝毫不为意识到自己是个招摇撞骗的人而烦恼”，不仅如此，“他是个伪君子。”他还是个假“思想家”。作者如此无情如此尖锐地攻击另一位大师（其时罗兰·巴特刚刚因车祸遇难），着实让我目瞪口呆。

我相信这本书的创作是真挚的，但读后多少又有些失落，失落之处不在于对作者的德行的怀疑，这种怀疑是没有多大意义的。我的失落在于镜子里的罗伯-格里耶的形象竟然是斜睨着双眼的，我不仅希望看见他斜睨双眼的形象，也很想看见他的正视世界与人群的眼神，很想看见他审视自我的眼神。但那样的眼神恰恰是闪烁其词一带而过的，唯有他对去战后德国做工人生活的描写细致而和平。

不知怎么想起了另一位伟大的法国人卢梭，想起那本著名的《忏悔录》。当年我深深地为这颗自我袒露自我鞭挞的灵魂所感动，有一天读到关于那本书的文字，竟然说卢梭在自传中描绘的卢梭并非真实的卢梭。我从此多长了心眼，自传作为一面镜子多半是长了绿锈的铜镜吧，我们必须学会从铜镜中触摸镜中人的形象。还是罗伯-格里耶说得好，“我不是一个真实的人，我也不是一个虚构的人。”这也许正好泄露了自传的天机。

寻找灯绳

多年来写作已经成为我生活的最重要的一部分，这是一种既主动又被动的结果，其中甘苦我已有过品尝，但我不喜欢将其细细描述太多，更不喜欢那种夸张的戏剧化的自传性语言。我只想说，我在努力靠近我的梦想，我想趁年轻时多写些小说，多留几部长篇和小说集，作为一个文学信徒对大师们最好的祭奠。

对于美国作家塞林格的一度迷恋使我写下了近十个短篇，包括《乘滑轮车远去》《伤心的舞蹈》《午后故事》等。这组小说以一个少年视角观望和参与生活，背景是我从小长大的苏州城北的一条老街。小说中的情绪是随意而童稚化的，很少有评论家关注这组短篇，但它们对于我却是异常重要的。一九八四年秋天的一个午后，我在单身宿舍里写了四千多字的短篇《桑园留念》，那个午后值得怀念。我因此走出第一步，我珍惜这批稚嫩而纯粹的习作。

朋友们一般都认为我的三部中篇《一九三四年的逃亡》《罂粟之家》《妻妾成群》是我创作中最重要的作品。我同意这种看法。现在回头看这三部中篇，明显可见我在小说泥沼中挣扎前行的痕迹，我就此非常感激《收获》杂志，他们容纳了我并帮助我确立了自信的态度。《妻妾成群》给我带来的好运纯属偶然和巧合，对于我的创作来说，《妻》是我的一次艺术尝试，我力图在此篇中摆脱以往惯用的形式圈套，而以一种古典精神和生活原貌填塞小说空间，我尝试了细腻的写实手法，写人物、人物关系和与之相应的故事，结果发现这同样是一种令人愉悦的写作过程。我也因此真正发现了小说的另一种可能性。《妻》的女主人公颂莲后来成为我创作中的"情结"，在以后的几个中篇中，我自然而然地写了"颂莲"式的女性，譬如《红粉》中的小萼和《妇女生活》中的娴和箫。到目前为止，所谓的女性系列已都写成，我将继续"走动"，搜寻我创作中新的可能性。

小说是一座巨大的迷宫，我和所有同时代的作家一样小心翼翼地摸索，所有的努力似乎就是在黑暗中寻找一根灯绳，企望有灿烂的光明在刹那间照亮你的小说以及整个生命。

在去年的一篇小文章中，我曾就小说风格问题谈了几点想法。我一直认为当一个作家的创作形成所谓的风格之后，创作危机也随即来临，如何跳出风格的"陷阱"，如何发展和丰富创作内涵成为最迫切的任务。要不断地向昨天的作品告别，要勇于打碎原有的一切，塑造全新的作品面貌和风格，我想这才是写作生命中最有意义的阶段，也是最具挑战性的创作流程。正如我刚才的比喻，必须有勇气走进小说迷宫中的每扇门，每一个黑暗的空间。

从自己身边绕过去。

从迷宫中走出去。

试一试能否寻找那些隐蔽的灯绳。

周作人的“夏夜梦”

发现一个作家作品中的“另类”，虽不及发现新大陆似的令人雀跃，却也使人眼睛发亮，好像在一片玫瑰园里撞见了一朵菊花。

偶然中读到《谈虎集》中那篇《夏夜梦》，竟然觉得从纸上见到了周作人先生年轻时的脸，比后来瘦，有祖传的严肃表情，比后来要尖刻，却没有后来的拘泥。他在年轻的文字中跳跃，而且扮鬼脸，哈哈大笑的时候在长袍里拔出剑来——这一份调皮与生动，或者说这一份刚毅与肃杀，不是我一厢情愿的美化或丑化，是《夏夜梦》中记述的五个梦给人一非同小可的感受。

五个梦被周作人先生归结为“夏夜梦”，在1922年的《晨报》上发表，当然披着那个时代的梦的衣裳，只是其颜色暗淡得刺痛眼睛。

第一个叫做《统一局》的梦先声夺人，说的是作者梦见百姓在地安门围观一张由“饮食统一局长三九五七”颁发的告示，告示内容居然是如此内容：

“目下收入充足，军民人等应该加餐，自出示之日起，不问男女老少，应每日领米二斤、麦二斤、猪羊牛肉各一斤，马铃薯三斤，油盐准此，不得折减，违者依律治罪。”

好一张美妙的梦中告示，更美妙的还有梦境中穿编号服的女人六八二和老头子三六八的对话，他们都为自己的胃口发愁，女人说，每天吃这个，很腻的，但是又怎么好不吃呢？老头子则说，实在吃不下，只好拚出治罪罢了。

当然是一个带有政治讽喻的超现实的梦，此梦人人能释，并且释出其中的反梦意味，但我不知怎的会想起遥远的卡夫卡来，卡夫卡虽然不是用反方向写作，但如果他有这个梦，还不知道会怎样演绎，成就又一部卡式小说呢。

第二个梦则更像一篇浓缩了的周家小说，说的是“长毛时代”，我和仆人“得法”在人人逃难的情况下等着“长毛”来，一个等着杀“长毛”，一个等待着被“长毛”杀。结果是“我”赶出去把“长毛”杀了，梦中那仆人的表现却令人称绝，跪在地上等着砍头的“得法”从容地立起，从容地走出去了。在他迟钝的眼睛里并不表示感谢，也没什么惊诧，但是因了我的多事，使他多要麻烦，这一种烦厌的神情却很容易地可以看出来了：

此梦也不用我多嘴，其强烈的国民批判动机已经显出悲怆之情来了，打人打在脸上，给红指印作纪念的手法。此梦虽短，让人想起其兄鲁迅先生名篇《药》中吃人血馒头的人来。区区一梦，言简意赅，小刀子捅得“国民”鲜血直流。

第五个梦《汤饼会》，我一直不敢精准地确定“汤饼会”到底是什么仪式，应该是跟婴儿降生有关系的吧。这个梦梦得最别致，居然梦见了小儿投胎时“证人”诵读的投胎条约。条约如下：一、承认子女降生纯属个人意志，应由自己负全部责任，与父母无涉。二、承认子女对于父母应负全部责任，并赔偿损失。三、准第三条，承认子女为父母之所有物。四、承认父母对于子女可以自由处置：甲：随意处刑。乙：随时变卖或赠与。丙:制造成谬种或低能者。五、承认本人之妻子等附属物间接为父母的所有物。

这第五梦借梦编造的条款,勇敢地骂起父父子子的伦理纲常来了,字字愤怒,是因怒生恶,恶向胆边生,就没有什么不敢骂的了,骂得特别,读得就过瘾,过瘾的同时就渴望看见一九二二年的周作人先生,他血气方刚的时代他挥刀拔剑的时候自己也过瘾了吗?

“我手执钢鞭将你打。”也许是周氏兄弟的文训,但年轻时代的周作人先生打人打得如此别开生面,不能不说是惊喜了。

春梦如狗屁,夏梦却意味深长,其实在我看来,五个梦不是梦,是一种愤怒的心声吧!《夏夜梦》也不一定是杂文,也许是未能展开未能完成的小说呢。

我为什么不会写杂文

非小说文字中，我最喜欢阅读的是一些伟大的作家写出的伟大的杂文。记得以前读鲁迅先生的文章，读到那个著名的一口痰和一群人的片段时，一种被震慑的快感使我咧嘴大笑，自此我的心目中便有了这种文体的典范和标准。

世界在作家们眼里是一具庞大的沉重的躯体，小说家们围着这具躯体奔跑，为的是捕捉这巨人的眼神、描述它的生命的每一个细节，他们甚至对巨人的梦境也孜孜不倦地作出各自的揣度和叙述。小说家们把世界神化了，而一些伟大的杂文作家的出现打乱了世界与文字的关系。这些破除了迷信的人把眼前的世界当做一个病人，他们是真正勇敢而大胆的人，他们皱着眉头用自制的听诊器在这里听一下，那里听一下，听出了这巨人体内的病灶在溃烂、细菌在繁衍，他们就将一些标志着疾病的旗帜准确地插在它的躯体上。自此，我们就读到了一种与传统文学观念相背离的文字，反优美、反感伤、反叹息、反小题大做、反蜻蜓点水、反隔靴搔痒，我们在此领教了文字的战斗的品格，一种犀利的要拿世界开刀的文字精神。

作家如我，多年来睁大眼睛观察着世界这个巨人，观察它的眼神，但有时候它睡着了，没有眼神，我坐在它的口腔附近，能闻见它的鼻息和一丝隐隐的口臭。作家如我，有时候企图为世界诊病，也准备了一把手术刀，一些标识疾病的旗帜，在这巨人的身边忙碌，但我发现我无法翻动它的巨大的沉重的躯体，我无从下手，当我的手试探从巨人的腋下通过找到力的支点时，我感受到巨人真正的力和重量。感受到它的体温像高炉熔液使你有灼痛的感觉，我感到恐惧，我发出了胆怯的被伤害了的惊叫。作家如我，在世界这个巨人身边扼腕叹息，一筹莫展，而手中精心准备的那些五颜六色的旗帜受不了主人的犹豫和无能，旗帜作出背叛的决定，它们一改初衷，改换做了节日彩旗，发出一种类似欢迎欢迎的嘈杂声，使我的处境更加荒诞，使我的恐惧更加恐惧。作家如我，最后用一种不确定的声音指出世界患了牙周炎，听者说：我早就知道了，几乎人人都有牙周炎。我觉得颜面扫地，我俯身倾听世界的内脏的声音，我听到了一些啰音，我知道世界的肺部也许受到了感染，我想把这个发现告诉别人。但听众也背叛了我，他们不告而别，而我终于发现我是白忙一场，更重要的是我觉得不管是谁有点啰音都没什么，就医学常识来说有点啰音不碍大事。我想我在忙些什么屁事，世界睡觉我为什么不睡，于是我怀着虚无的激情躺在这巨人的脑袋边，一起睡上一觉。

人要是睡着了除了做梦，什么也干不了，所以我的梦的产量很高，所以一直没写出鲁迅那样的杂文。

虚构的热情

我在许多场合遇到过许多我的读者，他们向我提出过许多有意思的话题，大多是针对小说中的某一个细节或者某一个人物的。那样的场合往往使我感叹文字和语言神奇的功能，它们在我无法预知的情况下进入了许多陌生人的生活中间，并且使他们的某种想象和回忆与我发生了直接的联系，我为此感到愉快。

但是也有很多时候，读者的一个常见的问题会令我尴尬，这个问题通常是这样的：你没有经历过某某小说中所描写的某某生活，你是怎么写出来的呢？我总是不能言简意赅地回答好这个问题。碰到熟悉的关系较密切的人，我就说，瞎编的；遇到陌生的人我选择了一个较为文雅的词语，那个词语就是虚构。

虚构这个词语不能搪塞读者的疑问，无疑他们不能满足于这么简单潦草的回答。问题在于我认为自己没有信口雌黄，问题在于我认为我说的是真话，问题在于我们对虚构的理解远远不能阐述虚构真正的意义。

所有的小说都是立足于主观世界，扎根于现实生活中，而它所伸展的枝叶却应该大于一个作家的主观世界，高于一个作家所能耳闻目睹的现实生活，它应该比两者的总和更加丰富多彩。一个作家，他能够凭借什么力量获得这样的能量呢？我们当然寄希望于他的伟大的灵魂，他的深厚的思想，但是这样的希望是既合理又空泛的，它同样适用于政治家、音乐家、画家甚至一个优秀的演员，而对于一个作家来说，虚构对于他一生的工作是至关重要的。虚构必须成为他认知事物的一种重要的手段。

虚构不仅是幻想，更重要的是一种把握，一种超越理念束缚的把握，虚构的力量可以使现实生活提前沉淀为一杯纯净的水，这杯水握在作家自己的手上，在这种意义上，这杯水成为一个秘方，可以无限地延续你的创作生命。虚构不仅是一种写作技巧，它更多的是一种热情，这种热情导致你对于世界和人群产生无限的欲望。按自己的方式记录这个世界这些人群，从而使你的文字有别于历史学家记载的历史，有别于报纸上的社会新闻或小道消息，也有别于与你同时代的作家和作品。

虚构在成为写作技术的同时又成为血液，它为个人有限的思想提供了新的增长点，它为个人有限的视野和目光提供了更广阔的空间，它使文字涉及的历史同时也成为个人心灵的历史。

如今，我们在谈论博尔赫斯、马尔克斯、卡尔维诺时看见了虚构的光芒，更多的时候虚构的光芒却被我们忽略了。我们感叹卡夫卡对于人的处境和异化作出了最准确的概括，我们被福克纳描绘的那块邮票大的地方的人类生活所震撼。我们赞美这些伟大的作家，我们顺从地被他们所牵引，常常忘记牵引我们的是一种个人的创造力，我们进入的其实是一个虚构的天地，世界在这里处于营造和模拟之间，亦真亦幻，人类的家园和归宿在曙色熹微之间，同样亦真亦幻。我们就是这样被牵引，就这样，一个人瞬间的独语成为别人生活的经典，一个人原本孤立无援的精神世界通过文字覆盖了成千上万个心灵。这就是虚构的魅力，说到底这也是小说的魅力。

我想同时代的许多作家都面临着类似的难题:我们该为读者描绘一个什么样的世界,如何让这个世界的哲理和逻辑并重,忏悔和警醒并重,良知和天真并重,理想与道德并重,如何让这个世界融合每一天的阳光和月光。这是一件艰难的事,但却只能是我们唯一的选择。

散文的航行

从唐宋八大家到鲁迅，我们的散文传统怀着忧国忧民的一腔热血。鲁迅过人的尖锐和思辨力使散文一度发出了狮吼雷鸣之声，透过鲁迅，人们充分认识到，文字也是大力神。这是二十世纪上半叶的力量。如今大力神鲁迅已经被人们虔诚地供奉在文学的神殿上。榜样的力量是无穷的，但榜样的高度却也是难以超越的，因此我们看到一种非常奇特的现象：人们信仰鲁迅，崇拜鲁迅，却在文字中无声无息地逃避鲁迅；鲁迅这盏民族魂的探照灯照亮了散文的旅途，但旅途上没有什么人。

然后我们应该谈到二十世纪上半叶另外一个伟大的作家沈从文。《湘行集》写于一九三四年，其时距鲁迅病故上海尚有两年光景。抛却两人的私交不谈，他们的文字其实隆重地握了一次手，但人们容易忽略这种暗藏的符号及其意义。自此鲁迅一直伟大着，沈从文一直优秀着，但沈从文后起的优美和阴柔文字风格牵制了鲁迅的影响力，这并不是两大阵营力量对比的结果，但事实令人惊叹。在后来的散文漫长的航程中，鲁迅是船长，但舵手是沈从文，这艘大船的航线优美而柔和，驶向一个个名叫至情至性之岛，而我们知道船长鲁迅指定的目的地也许是火山，也许是地狱，也许是天堂。为什么这样？谁能说得清楚，也许是文字力量的均衡带来了航线的修改，也许是航线的修改带来了力量的均衡？

谁又能说得清楚，多年来散文的航行是效忠于船长，这是效忠于舵手，或者仅仅效忠了船自己？

我们都处于一个窃窃私语着的散文格局中，无论怎么看待散文传统，它必定是一把双刃剑，有时赋予你力量，有时却给你负担。由于这个时代人们的精神普遍处于一种漂流状态，作为记录真实感受和思想的散文也显得轻盈而零乱，又由于这个时代注重个性，人们在散文创作中纷纷选择自己的服饰、道具和配音设备，而选择放逐自己的人，环顾四周，已经找不到苏武牧羊的草场和鲁滨孙独居的小岛。

短篇小说，一些元素

事实上我不知道如何选出一个经典的短篇选本，更不知道如何使它具备权威性；我唯一可以做的是把自己最喜欢的挑选出来，让读者与我一起分享这份阅读的快乐。

谈及短篇小说，古今中外都有大师在此领域留下不朽的声音。有时候我觉得童话作家的原始动机是为孩子们上床入睡而写作，而短篇小说就像针对成年人的夜间故事，最好是在灯下读，最好是每天入睡前读一篇，玩味三五分钟，或者被感动，或者会心一笑，或者怅怅然的，如有骨鲠在喉。如果读出这样的味道，说明这短暂的阅读时间都没有浪费，培养这样的习惯使一天的生活始于平庸而终止于辉煌，多么好！

当然前提是有那么多好的短篇可以放在枕边。

我这里挑选的作品有选家们都钟爱的作品，比如契诃夫的《万卡》和莫泊桑的《羊脂球》，我本想排除所有成为“经典”的作品，给人们一个全新的读本，但无论如何也不忍心放弃这两篇，因此我选入这两篇，相信读者早已读出了它们各自的经典意义，原谅我不在这里拾人牙慧。

首先让我谈谈读霍桑《威克菲尔德》的感受，我觉得它给我的震动不比《红字》弱小。一个离家出走到另一个街区的男人，每天还在暗中观察家人的生活，这样的人物设置本身已经让作品具备了不同凡响的意义。这个男人恐惧什么？这个男人在逃避什么？这个男人离家出走的直线距离不会超过一千米，但是我们作为读者会情不自禁地丈量他离社会的距离，离开伦理道德的距离，这就是《威克菲尔德》的鬼斧神工之处。一个离家出走几百米的男人因此比许多小说描写的漂洋过海的离家出走的人更加令人关注。而老奸巨猾的霍桑却不想摧毁什么，他让威克菲尔德最后又回到了家里："失踪后的第二十个年头，一天傍晚，威克菲尔德习惯性地朝他仍称为家的地方信步走去。"霍桑让这个人物"晚上不声不响地踏进家门，仿佛才离家一天似的"。就这样，在发出一种尖利的令人恐慌的怪叫声后，霍桑也善解人意地抚慰了我们不安的感官，也扶正了众多紧张的良心和摇晃的道德之树。

辛格的令人尊敬之处在于他的朴拙的小说观，他总是在"人物"上不惜力气，固执己见地种植老式犹太人的人物丛林，刻画人物有一种累死拉倒的农夫思想，因此辛格的人物通常是饱满得能让你闻到他们的体臭，《傻瓜吉姆佩尔》就是他最具标志性的人物文本。与辛格相比，我们更加熟悉的大师福克纳一直是在用人类写作历史上最极致的智慧和手段为人类本身树碑立传。《献给爱米丽的一朵玫瑰花》被评论认为是吸收了哥特式小说的影响，哥特式小说与伟大的福克纳相比算老几呢？这是众多热爱福克纳先生的读者下意识的反应，但这不是福克纳本人的反应，他是不耻下问的。我们所读到的这朵"玫瑰"最终是经过圣手点化的，所以它阴郁、怪诞、充满死亡之气，却又处处超越了所谓"艺术氛围"，让人们急于探究爱米丽小姐的内心世界，她的内心世界就像她居住的破败宅第，终有一扇尘封之门。福克纳要为我们推开的是两扇门，推开内心之门更是他的兴趣所在，所以我们看见门被打开了，看到爱米丽小姐封闭四十年的房间，看见她的死去多年的情人的尸体躺在床上，看见枕头上的“一绺长长的铁灰色头发”，我们看见爱米丽小姐其实也躺在那里，她的内心其实一直躺在那里，因为福克纳先生告诉我们那是世界上最孤独的女人之心。我们读到这里都会感到害怕，不是因为恐惧，而是为了孤独。

孤独的不可摆脱和心灵的自救是人们必须面对的现实，我们和文学大师们关注这样的现实。博尔赫斯的《第三者》不像他的其他作品那样布满圈套，这个故事简单而富于冲击力，这也是我在他的无数精美之作中左顾右盼最后选定此篇的理由。《第三者》叙述的是相依为命的贫苦兄弟爱上同一个风尘女子的故事，所以我说它简单。但此篇的冲击在于结尾，为了免于不坚固的爱情对坚固的兄弟之情的破坏，哥哥的选择是彻底摆脱爱情，守住亲情，他动手结果了女人的生命。让我们感到震惊的就是这种疯狂和理性，它有时候成为统一的岩浆喷发出来，你怎能不感到震惊？令人发指的暴行竟然顺理成章，成为兄弟最好的出路！我想博尔赫斯之所以让暴力也成为他优雅精致的作品中的元素，是因为最优秀的作家无需回避什么，因为他从不宣扬什么，他所关心的仍然只是人的困境，种种的孤独和种种艰难却又无效的自救方法，也是人类生活中最重要的细节。

沉重的命题永远是我们精神上需要的咖啡，但我也钟爱一些没说什么却令人感动令人难忘的作品。就像乔伊斯的《阿拉比》，这是《都柏林人》中的一篇。写的是一个混沌初开的少年的感情世界，也许涉及了少年的初恋，也许什么也不涉及。少年手里抓着一枚银币，夜里独自一人坐火车去远处的阿拉伯风格集市，他原先想买什么的，原先大概是准备送给“曼根的姐姐”什么的，但他辛辛苦苦到了集市，却什么也没买，而集市也已经熄灯了，这就是小说的主要内容，你可以作出种种揣摩，对作家的意图作出深层次的理解。但我想对这样的作品，想象的补充是更加有趣的，想象一个少年夜里独自坐在火车上，想象他独自站在已经打烊的集市中的心情，回忆一下，你在那个年龄有没有类似的一次夜游，这也许更贴近了作家的本意。这也是对短篇小说的一种读解方法。同样的方法应该也适用于卡波特的《圣诞节忆旧》，严格地说这不像一篇虚构的小说，它很像一次无所用心的回忆，回忆作家幼年与一个善良而孩子气的老妇人苦中作乐过圣诞节的琐事。正因为无所用心而使叙述明亮朴素，所有悲伤全部凝结成宝石，在我们面前闪闪发亮。尤其是写到老妇人之死，作家是这样写的：又一个十一月的早晨来临了，一个树叶光光、没有小鸟的冬天早晨，她再也爬不起来大声说："这是做水果蛋糕的好天气！"应该说《圣诞节忆旧》不是一篇很著名的小说，但我确信读者会被这么一种散淡而诚挚的作品所感动，并且终生难忘。

我之所以喜爱雷蒙·卡佛，完全是因为佩服他对现代普通人生活不凡的洞察力和平等细腻的观察态度，也因为他的同情心与文风一样毫不矫饰。这篇《马辔头》里的农场主霍利茨是卡佛最善于描写的底层人物，破产以后举家迁徙，却无法在新的地方获得新的生活，最后仍然是离开去了更陌生的地方。这个失意的不走运的家庭人都走了，却留下了一只马辔头，让邻居们无法忘记他们的存在，也让我们感受到了这只马辔头散发的悲凉的气息。卡佛不是泛泛的"简单派"，因为他的节制大多是四两拨千斤，我们总是可以感受到他用一根粗壮的手指，轻轻地指着我们大家的灵魂，那些褶皱，那些挫伤，那些暧昧不清的地方，平静安详就这样产生了力量。

张爱玲是这个选集里唯一的一位汉语作家，需要澄清的是我并不认为她是在国产短篇小说创作中唯一青史留名者。我选《鸿鸾禧》，是因为这篇作品极具中国文学的腔调，是我们广大的中国读者熟悉的传统文学样板，简约的白话，处处精妙挑剔，一个比喻，都像李白吟诗一般煞费苦心，所以说传统中国小说是要从小功夫中见大功夫的，其实也要经过苦吟才得一部精品。就像此篇中两个待字闺中的小姑子二乔和四美，她们为哥嫂的婚礼精心挑选行头，但张爱玲说，虽然各人都认为在婚礼中是最吃重的角色，但“对于二乔和四美，（新娘子）玉清是银幕上最后映出的雪白的‘完’字，而她们则是精彩的下期佳片预告”。张爱玲小说最厉害的就是这样那样聪明机智的比喻，我一直觉得这样的作品是标准中国造的东西，比诗歌随意，比白话严谨，在靠近小说的过程中成为了小说，因此它总是显得微妙而精彩，读起来与上述的外国作家的作品是不同的，这也是我选《鸿鸾禧》最充分的理由。

关于短篇小说的几句话

不管是长篇、中篇还是我这里要说的短篇，肌理之美是必须的，而血肉的构造尤为重要，构造短篇的血肉，最重要的恰恰是控制。

在区区几千字的篇幅里，一个作家对叙述和想象力的控制犹如圆桌面上的舞蹈，任何动作，不管多么优美，也不可泛滥，任何铺陈，不管多么准确，也必须节约笔墨，对于激情过度的作家来说，短篇不能满足激情的需要，因为激情在这里最终将化为一种平衡的能力。

短篇也能讲一个故事，但是我们不能在故事中设置冲突了，短篇也要讲究人物，可是我们无法用很多文字去刻画人物性格了，我们唯一需要解决的问题还是如何控制的问题。

控制文字很大程度上就是控制节奏，正如卡尔维诺所说，短篇小说是一辆马车，它怎么跑，跑得多快，完全要取决于路面的交通情况，因此写作短篇的时候，我们的眼睛要睁得更大一些，以便看清楚前方的路面。

自序七种

一 《少年血》自序

包括刚刚脱稿的《游泳池》等三个短篇，这本集子的创作时间横亘八年之久，是我多年来对短篇的迷恋和努力的心血结晶，对于我个人来说，我将特别珍视这本集子。

编辑顺序与创作时间恰恰相反，第一辑中的一个小中篇和八个短篇是一年来的近作，第二辑收的作品大约都写于一九八八年到一九九〇年这段时间，第三辑则是从一九八八年前的作品堆里挑选出来的。

《桑园留念》写于一九八四年十月，那时候刚从学校毕业来到南京工作，认识了几个志同道合的文学朋友，写这个短篇的目的似乎是为了扭转他们对我以前习作的不良印象。我把《桑》的原稿从一个朋友家的门缝里塞进去，我成功了，看过《桑》的朋友们都表示了对它的喜欢，自此我对小说创作信心陡增，但是《桑园留念》是在全国各家杂志辗转三年后才在《北京文学》上正式发表的。

我之所以经常谈及《桑园留念》，并非因为它令人满意，只是由于它在我的创作生活中有很重要的意义。重读这篇旧作似有美好的怀旧之感，想起在单身宿舍里挑灯夜战，激情澎湃，蚊虫叮咬，饥肠辘辘。更重要的是我后来的短篇创作的脉络从中初见端倪，一条狭窄的南方老街（后来我定名为香椿树街），一群处于青春发育期的南方少年，不安定的情感因素，突然降临于黑暗街头的血腥气味，一些在潮湿的空气中发芽溃烂的年轻生命，一些徘徊在青石板路上的扭曲的灵魂。从《桑园留念》开始，我记录了他们的故事以及他们摇晃不定的生存状态，如此创作使我津津有味并且心满意足。

我从小生长在类似"香椿树街"的一条街道上，我知道少年血是黏稠而富有文学意味的，我知道少年血在混乱无序的年月里如何流淌，凡是流淌的事物必有它的轨迹。在这本集子中我试图记录这种轨迹。

《少年血》中还出现了香椿树街的另一类故事，比如《木壳收音机》和《一个礼拜天的早晨》，还有几篇以乡村少年为人物的短篇小说，《狂奔》《稻草人》等等，或许可以视其为一棵树上的几根枝杈？或许这些枝杈比树干更加动人一些？或许这些枝杈是我今后的短篇创作的新的意向？

我不能确定以后是否会继续沉溺在《少年血》的故事中，也无法判断《少年血》的真正的价值，但这本书无疑将是我的自珍自爱之作。

对于创作者来说，自珍自爱尤其重要。

二 《世界两侧》自序

我给这本书定下的书名有点抽象，但也可以顾名思义，它触及了这个世界的两侧。

一侧是城市，一侧是乡村，这是一种对世界的片面和简单的排列方法。

先说说有关乡村的部分。细心的读者可以发现其中大部分故事都以枫杨树作为背景地名，似乎刻意对福克纳的“约克纳帕塌浩”县东施效颦。在这些作品中我虚拟了一个叫枫杨树的乡村，许多朋友认为这是一种“怀乡”和“还乡”情绪的流露。枫杨树乡村也许有我祖辈居住地的影子，但对于我那是飘浮不定的难以再现的影子。我用我的方法拾起已成碎片的历史缝补缀合，这是一种很好的小说创作的过程，在这个过程中我触摸了祖先和故乡的脉搏，我看见自己的来处，也将看见自己的归宿。正如一些评论所说，创作这些小说是我的一次精神的“还乡”。

《一九三四年的逃亡》是我生平第一个中篇小说，写于一九八六年秋冬之际。现在读来有诸多不满之处，但它对于我也有一份特殊的意义。

现在说说世界的另一侧，这些有关城市生活的小说。《烧伤》等三个短篇是一九九二年的新作，《平静如水》等四个中篇写于一九八七年或一九八八年。这是一些关于青春期、孤独、迷惘、爱情、失落、寻找的半流行小说。之所以自诩为“半流行”，是因为这些作品都有着上述流行而通俗的故事线索和内核，也正是这些作品为我获取了最初的较广泛的读者。

我真实的个人生活的影子飘荡在这些城市青年中，亦真亦幻，透过它我作了一些个人生活的记录，有关青春和梦想，有关迷惘和寻找，有关我自己、我的朋友和在城市街道擦肩而过的陌生青年。

我把这两类作品收进《世界两侧》中，就像一个花匠把两种不同的植物栽在一个园子里，希望它们看上去和谐而丰富。

人们生活在世界的两侧，城市或者乡村，说到我自己，我的血脉在乡村这一侧，我的身体却在城市那一侧。

三 《婚姻即景》自序

这本书收有我的那些中篇"代表作","代表作"当然是指被舆论和广泛的读者所关注的作品,换句话说它们是我小说中未受冷落的一批。

先说说《妻妾成群》,如今因被改编成电影《大红灯笼高高挂》而广为人知。这个结果我未曾预料到。当初写《妻》的原始动机是为了寻找变化,写一个古典的纯粹的中国味道的小说,以此考验一下自己的创作能量和功力。我选择了一个在中国文学史上屡见不鲜的题材,一个封建家庭里的姨太太们的悲剧故事,这个故事的成功也许得益于从《红楼梦》《金瓶梅》到《家》《春》《秋》的文学营养。而我的创造也许只在于一种完全虚构的创作方式,我没见过妻妾成群的封建家庭,我不认识颂莲梅珊或者陈佐千,我有的只是"白纸上好画画"的信心和描绘旧时代的古怪的激情。

自《妻妾成群》之后又写了《红粉》《妇女生活》和《另一种妇女生活》,这四个中篇曾经作为有关妇女生活的系列由浙江文艺出版社结集出版。我曾以为此类作品难以为继,没想到今年又写了一个《园艺》,虽与前述作品的意义不相同,但阴柔的小说基调似乎是相仿的。联想起从前发表的"创作谈"一类文字立志要跳出风格的陷阱,不由有点感慨,以我的写作惯性来看,跳出"陷阱"不是一件轻而易举的事,以后断不敢轻言"跳"与"变"了。

《已婚男人》和《离婚指南》写的是男人,一个现实生活中的名叫杨泊的男人,它们是我对自身创作的一次反拨,我试图关注现实,描摹一个男人在婚姻中的处境,理想主义一点点消逝换之以灰暗而平庸的现实生活,男人困窘而孤独的一面令人回味。我试图表现世俗的泥沼如何陷住了杨泊们的脚、身体甚至头脑，男人或女人的恐惧和挣扎构成了大部分婚姻风景，我设想当杨泊们满身泥浆爬出来时，他们疲惫的心灵已经陷入可怕的虚无之中。这或许是令人恐惧的小说，或许就是令人恐惧的一种现实。

多年来我苦心经营并努力完善着我的文学梦想，有机会将我的绝大部分中短篇作品一起出版，是我近年来最快乐的一件事，为此我要谢谢江苏文艺出版社和有关的朋友们。

四 《末代爱情》自序

一九九三年遥远的波黑依然是战火纷飞生灵涂炭，我经常从电视上看见一些年轻英俊的斯拉夫人种的士兵在硝烟中穿行的镜头(或是断了一条腿躺在担架上)。也是在电视上，我看见无数男欢女爱纠缠不清没完没了的连续剧，每剧必有一首凄怆动情的主题歌，每天夜里准时刺痛你的耳膜。

那恰恰是世界的两个方面，一个是真实而平静的血，一个是虚幻的赚人眼泪的戏。我们只能生活在其中，玩味他人或者被他人玩味，去打仗或者制造打仗的武器，去演戏或者欣赏别人演戏。我们只能这样，不管是一九九三年，还是一九九二年或一九九四年。

一九九三年像所有的年份一样，对于我也是有苦有乐。一九九三年南京的夏天并不很热，相信冬天也不应太冷，正如我蜗居在阁楼上写出的作品，不是很精彩，但也不会让我很失望。

写作者为自己作品的好坏担惊受怕，本身是一件令人忧虑的事，但我不想避讳这种忐忑的心情。好在那篇作品完了，我又可以寄希望于下一部小说了。

与我同住南京的作家叶兆言说，作家就得写。

随遇而安，随遇而乐，最重要的是保持一种良好的创作心情——是不是这样？我想应该是这样。一九九三年冬天的夜晚，窗外寒风呼啸，我听见一个声音在冥冥中说：你一个字一个字地到底要写到什么时候？另一个声音却说：写你的吧，别东张西望，你以为你是个什么东西？除了写作你还能干什么？

还能干什么？嗯？

五 《后宫》自序

这里有两座宫廷，两种历史。

《我的帝王生涯》是我随意搭建的宫廷，是我按自己喜欢的配方勾兑的历史故事，年代总是处于不详状态，人物似真似幻，一个不该做皇帝的人做了皇帝，一个做了皇帝的人最终又成了杂耍艺人。我迷恋于人物峰回路转的命运，只是因为我常常为人生无常历史无情所惊慑。

《武则天》在我自己看来是个中规中矩的历史小说，尽管我绞尽脑汁让这篇小说具有现代小说的功能，但它最终还是人们所熟悉的一代女皇武则天的故事，不出人们之想象，不出史料典籍半步，我没有虚构一个则天大圣皇帝的欲望，因此这部小说这个著名的女人也只能落入窠臼之中。

一个是假的？一个是真的？

其实也不尽然，姑且不论小说，人与历史的距离亦近亦远，我看历史是墙外笙歌雨夜惊梦，历史看我或许就是井底之蛙了。什么是真的？什么是假的呢？

六 《米》自序

《米》写于一九九〇年与一九九一年冬春两季，那是我的第一次长篇小说的创作实践，刚动笔写第一章时我年轻气盛，写到中途时面黄肌瘦，春天终于完稿时我几乎是老态龙钟了。我这么回忆《米》的创作过程并非轻薄之言，只是它第一次让我深刻感受了创作的艰辛和磨难。

《米》发表以后我听到了两种截然不同的意见，我至今仍然十分感激那些对其赞誉有加的朋友。而当初那些尖锐的由表及里的批评在我记忆中也并无恶意，它帮助我反省我的作品内部甚至心灵深处的问题。这部小说使我心怀歉疚，歉疚来自于自我审视后的结论：我自己觉得小说中的某些细节段落尤其是性描写有哗众取宠之心。

无论你灵魂的重量如何压住小说的天平，灵魂应该是纯洁的，当然这不仅仅是《米》给我的戒条。

《城北地带》是我的长篇新作，在我寥寥几部长篇中，它是尤为特殊的一部，因为小说中的人物都是我真实生活中童年记忆中闪闪烁烁的那一群，我小说中的香椿树街在这里是最长最嘈杂的一段，而借小说语言温习童年生活对于我一直是美好的经验。我之所以执着于这些街道故事的经营，其原因也非常简单：炊烟下面总有人类，香椿树街上飘散着人类的气息。

作为我的文集的第六种，这本书恰巧收进了我的长篇处女作和最新作品，恰巧可以让我和我的读者们一起回顾一下：从彼地到此地，这个人他一直喋喋不休地在说些什么？

七 《蝴蝶与棋》自序

短篇小说的创作花费了我近年来最主要的精力，现在能以如此快捷的速度将这些短篇推向读者，高兴之余亦颇为惶恐。

我不知道读者是否会理解并赞赏这些处于风格变化中的作品。事实上我自己也不能确定这种变化的价值。许多作家对于艺术的见解是一厢情愿的，而一厢情愿的创作通常导致两种结果：或者在困境中获取真正独特的艺术生命，或者看着黑暗渐渐吞噬你手中的最后一根蜡烛。

写作者终其一生都在设法建造他想象中的文学建筑，它的空间至少得由几面墙围成，而这几面墙的建设恰恰是需要你呕心沥血的。在塞林格最优秀的短篇小说《献给艾丝美》中，一个小男孩让军人猜了一个谜语：一面墙对另一面墙说了什么？这个谜语的谜底是：墙角见。我常常想起这个谜语和谜底，我想一面墙迟早该和另一面墙见面的，许多创作者因此精心规划着那些墙角，企望这面墙与那面墙的完美的会合。

但是一切都悬而未决，这便是我或我们大家的惶恐的根源。

我为什么写《妻妾成群》

一九八九年春天的一个夜晚，我在独居的阁楼上开始了《妻妾成群》的写作，这个故事盘桓于我想象中已经很久。

“四太太颂莲被抬进陈家花园的时候是十九岁……”当我最后确定用这个长句做小说开头时，我的这篇小说的叙述风格和故事类型也几乎确定下来了。对于我来说，这样普通的白描式的语言竟然成为一次挑战，真的是挑战，因为我以前从来未想过小说的开头会是这种古老平板的语言。

激起我创作欲望的本身就是一个中国人都知道的古老的故事。妻、妾、成、群，这个篇名来源于一个朋友诗作的某一句，它恰如其分地概括了我头脑中那个模糊而跳跃的故事，因此我一改从前为篇名反复斟酌的习惯，直接把它写在了第一页稿纸上。

或许这是一张吉祥的符咒，正如我的愿望一样，小说的进程异常顺利。

新嫁为妾的小女子颂莲进了陈家以后怎么办？一篇小说假如可以提出这种问题也就意味着某种通俗的小说通道可以自由穿梭。我自由穿梭，并且生平第一次发现了白描式的古典小说风格的种种妙不可言之处。

自然了，松弛了，那么大大咧咧搔首弄姿一步三叹左顾右盼的写作方法。

《妻妾成群》这样的故事必须这么写。

春天以后窗外的世界开始动荡，我的小说写了一大半后锁在了抽屉里，后来夏天过去秋天来了，我看见窗外的树木开始落叶，便想起我有一篇小说应该把它写完。

于是颂莲再次出现在秋天的花园里。

我想写的东西也更加清晰起来。我不想讲一个人人皆知的一夫多妻的故事。一夫四妻的封建家庭结构正好可以移植为小说的结构，颂莲是一条新上的梁柱，还散发着新鲜木材的气息，却也是最容易断裂的。

我不期望在小说中再现陈家花园的生活，只是被想象中的某些声音所打动，颂莲们在雪地里蹑足走动，在黑屋里掩面呜咽。不能大步走路是一种痛苦，不能放声悲哭是更大的痛苦，颂莲们惧怕井台，惧怕死亡，但这恰恰是我们的广泛而深切的痛苦。

痛苦中的四个女人，在痛苦中一齐拴在一个男人的脖子上，像四棵枯萎的紫藤在稀薄的空气中互相绞杀，为了争夺她们的泥土和空气。

痛苦常常酿成悲剧，就像颂莲的悲剧一样。

事实上一篇小说不可能讲好两个故事，但一篇小说往往被读解成好几种故事。

譬如《妻妾成群》，许多读者把它读成一个“旧时代女性故事”，或者“一夫多妻的故事”，但假如仅仅是这样，我绝不会对这篇小说感到满意的。

是不是把它理解成一个关于“痛苦和恐惧”的故事呢？

假如可以作出这样的理解，那我对这篇小说就满意多了。

我为什么写《菩萨蛮》

我一直想在一部小说中尽情地描摹我所目睹过的一种平民生活，我一直为那种生活中人所展示的质量唏嘘感叹，我一直觉得有一类人将苦难和不幸看做他们的命运，就是这些人且爱且恨地生活在这个嘈杂的世界上，他们唾弃旁人，也被旁人唾弃，我一直想表现这一种孤独，是平民的孤独，不是哲学家或者其他人的孤独。

因此我写了《菩萨蛮》。

这是一个发生在南方一个平民家中的故事，是一个传统的一家人的故事，只是所有的叙述通过亡父华金斗的幽灵来完成。

故事发生时间：六十年代——八十年代。

叙述人华金斗是个怨天尤人牢骚满腹的幽灵，这个人已经死去，做一个飘荡的幽灵，不用吃饭，省了口粮，不用穿衣，省了布线，这一点他很满意，但他既然已经死去，就管不了家里人的闲事，这使他在天上仍然怒火满腔。死人不愿安息，注定是一个痛苦而孤独的幽灵。

大姑是活着的，如此她就要照顾哥嫂遗留下来的五个子女。大姑对孩子们的爱是一锅黏稠的粥，看不见清晰的内容，但正是这种粥型之爱喂饱了孩子们，使他们长大成人。大姑在漫长的岁月中顽强地责备整个世界，呵护华家的孩子，因为太忙太累她来不及思考，所以她并不知道她的孤独，在我看来，大姑这样的女性，不懂孤独便是她的孤独。

说到华家的孩子们，除了二女儿新梅，几乎个个让华金斗恨铁不成钢，可是新梅却让一个浑小子骗大了肚子，红颜早逝，剩下的三女一男，他们从小就跟父亲的亡灵对着干，虽然结结巴巴地长大成了人，但又算什么玩意儿？尤其是华家的唯一的儿子，他竟然不能为华家传继血脉，整天跟男人在一起鬼混。用港台流行的说法，他是一个可恶的"基佬"。

我写了一个痛哭的幽灵，他不知道自己为什么遭此磨难，后来他就不想管人间的什么闲事了，他想法去了地狱，把更大的孤独留给别人，留给我，留给我们大家。

我写《黄雀记》

有很多朋友说，我借《黄雀记》回归了香椿树街。

其实，这条街，我从来没离开过。

从地理意义上说，这个世界给予作家形形色色的礼物，体积不同，包装不同，但打开来看箱底，通常就是一个城市、一个村庄，或者仅仅一条街道、一片屋檐，如此而已。我珍惜这件陈旧而贵重的礼物。几十年来，我一直孜孜不倦地经营香椿树街小说，因为使用文字造街，我期望这条街道可以汲取某种神奇的力量，期望这条街能够延展，能够流动。所谓流水不腐，香椿树街的生活对于我始终是流水，我信任这条街道，缘于我对流水之功的尊崇。这条香椿树街会显得狭窄短促吗？有人担心，而我从未担心过。我描绘勾勒的这条香椿树街，最终不是某个南方地域的版图，是生活的气象，更是人与世界的集体线条。我想象的这条街不仅仅是一条物理意义上的街道，它的化学意义是至高无上的。我固守香椿树街，因为我相信，只要努力，可以把整个世界整个人类搬到这条街上来。

青少年时代，在我每天上学的必经之路上，有一个衰败的临街的窗口，在阳光的照耀下，一个老人总是在窗子里侧对过路人微笑。他的头发是银色的，面孔浮肿苍白，眼神空洞，表情看起来处于慈祥与怪诞之间，他的衣服永远是一件旧时代的黑罩衫。我后来知道，那其实是一个垂死的姿态，老人不是站在窗后看街景，他一直瘫坐在窗后的床上，无法站立，也无处可去。如果我停留，应该是能闻到那老人和其床铺散发的臭味的，他已经瘫痪很多年，大小便失禁。后来我知道，他独居一辈子，曾经是一名会计，不是哑巴，但基本上拒绝说话交流。有个外甥女偶尔来照顾他，照顾得不耐烦，出门后对邻居说，我以为他活不长的，没想到活了这么久，这样人不人鬼不鬼的，还活着干什么？后来我想起，虽然我天天看得见这老人的脸，却从未听见过他的声音。这个瘫坐窗边的老人，将他一生的故事，都埋葬在臭味或沉默中了。

好多年前，我熟悉的一个特别腼腆的街坊男孩，令人意外地卷入了一起轰动街头的青少年轮奸案，据说还是主犯。有群众舆论说那个女孩的生活作风很有问题。男孩的父母一直声称儿子无辜，为此跑断了腿，说破了嘴，试图让当事的女孩推翻口供，未有结果。那个腼腆男孩多年后从狱中出来，混得不错，性格依然很腼腆。人到中年之后，我遇见过他，有机会刺探当年的案底，追问他的罪与罚是否真实公平，却竟然没有那份勇气。

好在有小说。

小说里有自由。自由给小说带来万能的勇气，也带来了最尖锐的目光，它可以帮助我们刺探各种人生最沉重的谜底。

生命与灵魂不一定相互依偎，有时候是一场漫长的分离。《黄雀记》里横亘着香椿树街式的伦理道德，其脉络以人情世故的乱针针法来编织，“传统”大摇大摆地掩盖理性。人们生活于其中，有真实的温暖与宽恕，有真实的自私与冷酷，有痛楚陪伴的麻木，有形形色色的遗忘与搜寻的方法。当然，隐喻与象征在小说里总是无处不在。《黄雀记》里的人物面对过去的姿态，放大了看，也是几亿人面对过去的姿态。展望未来是容易的，展望的结果大多化作浪漫的诗篇，所谓面对过去，有一部分也容易，那就是清算他人之罪，只有自我清算这一部分，最为艰难痛苦，无关仇恨与复仇了，自我便成为自我的敌人。在控告之后，至少还应该反省，至少还有忏悔。忏悔与反省的姿态很美好，那是我所能想到的最恰当的面对过去的姿态。这个姿态，可以让一个民族安静地剖析自己的灵魂。这个姿态，还有可能带来一个奇迹，让我们最真切地眺望到未来，甚至与未来提前相遇。

反　响

荣登中国小说学会二〇一三长篇小说排行榜、《中国作家》杂志社二〇一三年度最佳长篇小说排行榜。

"一宗荷尔蒙气味刺鼻的强奸案，战栗地歌吟着那个时代的历史，还演绎出无尽的流连在香椿树街的罪恶渊薮。"

——凤凰网"读书频道"

"苏童的作品既是迷人的，同时又令人感到不安。多年来，他已经习惯用少年、暴力、女性、历史、现实、宿命等小说元素，去探索一些人性中最为隐秘的状态和心灵上最为焦灼的时刻。"

——《文汇读书周报》

"《黄雀记》是苏童最重要的一部小说，它做到了历史和当下的紧密结合，引申出最终的拷问。"

——《收获》主编程永新

"苏童小说里面，常常你感觉到有一种 motive，那是什么呢？就是我们这么多的事情，这么多可怕的事件，仿佛我们每一个事件的发生背后都有一个导演，这个导演同时是一个囚笼……你会发现，苏童始终是那个令人毛骨悚然的苏童。”

——凤凰卫视主持人梁文道

“在小说中，苏童以温婉、轻慢、毫不滞重、娓娓道来的耐心叙述，写出了一个时代生活的惶惑、脆弱和逼仄。”

——著名评论家张学昕

《黄雀记》节选

她像一丛荆棘在寂静与幽暗里成长，浑身长满了尖利的刺。一颗粉红色药片导致的昏睡，颠覆了她对世界的信任。她垂青的世界简略为一只兔笼，她垂青的生灵以兔子作为代表，具有强烈的排他性。没有人来矫正她对世界的认识，长此以往，殃及无辜，医院内外的人类一律没给她留下什么好感，包括养育她的那对老人，她对谁都骄横无礼，大家不懂她的愤怒，通常就不去招惹她。

谁都承认仙女容貌姣好，尤其是喂兔子的时候，她歪着脑袋，嘴巴模仿着兔子食草的口型，一个少女回归了少女的模样，可爱而妩媚。春天了，别人在草地上放羊，她放兔子。保润看见过好几次，她把兔子赶到新生的草丛里，自己守着兔笼，膝头摊开了一本书，不怎么看书，只是坐在草地上咬指甲，或者发呆。更多的时候她提着兔笼在井亭医院走来走去，昂着脸，目光傲慢，像一个手持宝物的女侠客穿行在吸血鬼的世界里。她有一张瘦小的瓜子脸，杏眼乌黑发亮，五官搭配紧凑而完美，她的泼辣是由稚气堆砌出来的，她的愤怒因为来历不明，显得有点脱俗，也异常尖利。她的眼神总在粗暴地驱逐别人，走开，走开，离我远一点。这个女孩的身影，弥漫着某种古里古怪的诗意，保润无法形容那股诗意，只是喜欢，因为喜欢，他常常在脑子里构想他给她的第一封信，但是由于他的文化水平太低，想出第一句：亲爱的仙女同志。第二句该怎么写，他至今没有想好。

有一次保润看见她在锅炉房打开水，鼓起勇气，对着她的背影打了个招呼，喂！她转过身来，你在叫谁？谁是喂？保润不得不退后一步，叫你呢，我们见过的，我多一张电影票，去看电影吗？她先是粲然一笑，扭过脸去想了想，再回头，已经是一副受辱的表情了。你见过的人多了，她说，见你妈妈最多吧？带你妈妈一起去看啊。

她的无礼，已经成了个性，或者习惯。保润不知道柳生到底用了什么诀窍，做了这女孩的老大。这是一个灼热的谜团。保润解不开这个谜团。有一天柳生跑到男病区的楼外，高声大嗓地把保润喊下了楼。他告诉保润，承诺可以兑现了，看电影的事，都安排好了。仙女答应跟他去看一场电影，只不过有几个附加条件，必须在井亭医院以西三百米的汽车站接她，必须去工人文化宫，必须看进口的爱情片，看完电影必须带她去滑一场旱冰。

保润对这些附加条件有点反感，嘀咕道，去看一场电影，又不是去结婚，哪儿来这么多麻烦？柳生皱起了眉头，这怎么是麻烦？人家这是给你机会，她贪玩你就陪她玩，玩得越多，你的机会不是越多吗？保润认真地问，有什么机会？柳生发出一声怪笑，拍拍保润的肩膀，你跟我装傻呢？你想要什么机会？你想要什么机会，就去创造什么机会么！

剩下的一个细节让保润有点担心。是滑旱冰的花销。以前他去过文化宫的旱冰场，有人偷旱冰鞋，文化宫方面严防顾客的偷窃行为，旱冰鞋的押金贵得离谱。保润手头拮据，所以他问柳生，你知道旱冰鞋现在押金多少钱？柳生看出他的尴尬，你是没有钱吧？没有魄力是大事，没有钱是小事，要不，我先借你点？保润爱面子，涨红了脸说，谁说我没钱？钱算个屁，我妈的小盒子里最近很多钱，她不给我钱，我就自己拿。

那天的天气不好，天空阴沉，郊区公路上小雨霏霏。他看见仙女头上戴着一个手帕叠成的帽子，站在公共汽车的站台上。她穿一件白底小红花的衬衣，蓝色牛仔短裙，背着个硕大的书包，远远地看过去，是一个候车上学的女学生，打扮寻常，但仍然美丽。他还是头一次在医院之外看见仙女，莫名其妙地胆怯了，自行车在公路中央打了几个圈，终于滑向汽车站台，去工人文化宫？他说，上来吧。

他记得很清楚，仙女给了他一个下马威。

她毫不掩饰对一辆半旧自行车的嫌弃。骑个破自行车去工人文化宫？开国际玩笑，屁股都要颠碎的。她用一种受骗的眼神瞪着保润，闹了半天，你没有摩托车的？你没有白头盔的？

关于《河岸》的写作

一

对于我来说，《河岸》的写作是完成一个夙愿。很早以前，我就告诉自己，一定要实现一个个人计划——用一部小说去捕捉河流之光。河流从来都是富有灵魂的，而我与河流的灵魂天生是亲近的，得出这个结论，并非是出于浪漫的诗性，恰好是一种务实的理性。我梳理了我与河流的关系，河流给我以安全感，或者说，我内心始终崇拜着河流。我从小住在苏州的河边，现在住在南京的江边，不知为什么，我一直认为河流收藏了世界最大的秘密，去向河水打听密码，是一件艰巨而神奇的工作，我自知无法完成，于是我把这工作交给了小说里的主人公库东亮，让他去破解河水的密语。他很不幸，但也很幸运，他破解了河水的密语，这个人物，因此生活在河流之光里。

二

《河岸》不仅是关于河流的故事，也是“文革”后期三个半孤儿的故事。父亲、傻子扁金、慧仙，都是孤儿，而主人公库东亮，应该算是半个孤儿。众所周知，孤儿们是被抛弃的，是被放逐的，他们如何成长，如何安置自己，或者如何获救，是一个残酷的悬念。对于《河岸》中的孤儿们来说，成长是在压抑中开始，家是在驳船上漂流，而河流意外地成为他们的土地。这三个半孤儿的命运也许是独特的，也许并不独特，是普遍的。从一个阴郁的角度上看，这是一个阴郁的受难求救的故事，从一个明亮的角度看，却是一个明亮的寻找天堂的故事。我不愿意奢谈主题，但我愿意让这小说的主题具有开放性，即便与此相关的所有关键词都在相互寻找，河与岸，记忆与遗忘，光荣与羞耻，罪恶与救赎，遗弃与接纳，父与子，爱与恨，它们都在相互寻找，所以，最终这也许还是一个关于寻找的故事。

三

很多年前，我想象中的这部小说是一个少年沿着河岸流浪，走过一个一个城乡村镇，寻找所谓河流的秘密。现在我仍然能看见那个少年的身影，只不过现在他行走的身影也出现在河流之上了。

河与岸必然要同时书写。

土地是河流的桎梏，也是河流的河床所在。其实我无意强调河与岸的二元对立，只是借此探索流动的乡土，世界的中央、角落或者尽头，是否可以寻见最好的家园。

说到流浪，我的理解也有了一些变化，它暗指人的命运，可能不是一个抒情性的修辞，可能是一个严峻的常识。

四

我承认我一直热衷于表达父子关系，因为这种关系不仅紧张，而且特别具有弹性，寓含了很多社会的政治的伦理的意味。

《河流》中由邓少香奶奶牵引的一条血统的红线一直在跳跃，而父子关系是《河岸》中的核心人物关系，也是推动小说发展的重要动力。邓少香一去，《河岸》中人物的母亲都处于失散状态，父亲的幽灵和肉身却开始四处游荡。

库家父子是一本说明书。他们的父子关系令人感到压抑，压迫导致反抗，反抗导致压迫，这种关系一直紧张得倾向于崩溃，然后却自然地修复，更加紧密。他们的关系也许必然是紧密的，因为我们习惯的逻辑与伦理不容许他们再失散。

五

我一直认为六十年代的一代人看待“后文革”时代，由于一种无可避免的“童年视角”影响，书写态度有点分裂，真实记忆中的苦难感有点模糊，而“革命”所带有的狂欢色彩非常清晰，这样的记忆，悲哀往往更多来自理性，是理性追加的。如果说这一代人对于“革命”有焦虑，那是理性的焦虑。

《河流》中应该有我对六七十年代的记忆，但这个人记忆处于一个脆弱的地位。记忆的力量从来大不过虚构的力量，更重要的是它被理性调整，甚至修剪。打开记忆之门，是为了让飘浮的记忆稳定下来，要成形，要凝结，并且还要扩张，或者辐射，最后依赖于理性的组合，而这类组合说到底是叙述。所以，小说里的河流与其说来自记忆，来自文化想象，不如说是来自叙述。